C. M. Wieland

C. M. Wielands Sämtliche Werke: Supplemente

Erster Band

C. M. Wieland

C. M. Wielands Sämtliche Werke: Supplemente
Erster Band

ISBN/EAN: 9783743658370

Hergestellt in Europa, USA, Kanada, Australien, Japan

Cover: Foto ©Andreas Hilbeck / pixelio.de

Weitere Bücher finden Sie auf **www.hansebooks.com**

C. M. WIELANDS

SÄMMTLICHE WERKE

SUPPLEMENTE

ERSTER BAND

LEIPZIG

BEY GEORG JOACHIM GÖSCHEN. 1798.

INHALT.

DIE NATUR DER DINGE.

MORALISCHE BRIEFE.

DIE NATUR DER DINGE

ODER

DIE VOLLKOMMENSTE WELT.

Ein Lehrgedicht in sechs Büchern. 1751.

VORBERICHT

(nebst einigen Auslassungen und Zusätzen.)

Das System dieses Lehrgedichts hat einen Ursprung, wodurch es sich vielleicht von allen andern Systemen unterscheidet, die seit Erschaffung der Welt zur Auflösung der unauflösbarsten aller Aufgaben ausgebrütet worden sind. Es war die Frucht eines enthusiastischen Spaziergangs eines noch sehr jungen und sehr platonischen Liebhabers mit seiner Geliebten, an einem sehr heißen Sommertage des Jahres 1750, nach Anhörung einer etwas kalten Predigt über den Text: Gott ist die Liebe: und wenn die Musen die poetische Darstellung so gewiß eingegeben hätten, als die Liebe das System, so würde es die Nachsicht, womit es im Jahre 1751 aufgenommen wurde,

wenigstens von einer Seite gerechtfertiget haben. Doch, die
Musen hätten thun mögen was ihnen beliebt hätte, wenn das
Werk nur unter den Augen derjenigen geschrieben worden
wäre, für die es anfänglich zunächst bestimmt war. Vermuthlich würde es dann eine ganz andere und gefälligere Gestalt
gewonnen haben. Der Verfasser würde von allen den Theilen
desselben, welche eigentlich in das Gebiet der Einbildungskraft
gehören, mehr Vortheil gezogen haben; die unverständliche
und einschläfernde Metafysik des zweyten und dritten Buchs
würde weggeblieben, der Vortrag nicht so platt und trocken,
und das Ganze überhaupt interessanter und mit sich selbst
übereinstimmiger geworden seyn. Da es aber in einer sehr
schwermüthigen Einsamkeit aufgesetzt wurde, und der Verfasser überdiefs zur bösen Stunde den Gedanken gefafst hatte,
zu einem so antilukrezischen Gedichte den Lukrez zum
Muster zu nehmen: so blieb die Ausführung, schon aus diesen
beiden Ursachen, weit unter der ursprünglichen Idee, zumahl
da der Dichter in einem Alter war, wo man *impatiens
limae* zu seyn pflegt, und der letzte Vers des sechsten Buchs
kaum auf dem Papiere stand, da, vermöge einer andern Untu-
gend dieses Alters, schon der Plan zu einer neuen Unterneh-
mung sich aller seiner Aufmerksamkeit und Zuneigung bemäch-
tigt hatte.

Es ist wohl kaum nöthig hinzu zu setzen, daſs man —
ungeachtet des zuversichtlichen dogmatischen Tons, der im
Ganzen herrscht, *) und einem Jüngling von siebzehn Jahren
eben so billig zu gut gehalten wird, als es billig ist, ihn
(zumahl bey hyperfysischen Spekulazionen) an Männern
lächerlich zu finden — das System dieses Gedichts und die
Hypothesen, die darin behauptet werden, für nichts besseres
als wachende Träume eines filosofierenden Dichters, oder Visio-
nen eines poetisierenden Platonikers *in herba* ausgiebt. Wie
viel oder wenig Scheinbarkeit ihnen dieser gegeben, oder,
wenn er ein tieferer Denker und geübterer Dichter gewesen
wäre, etwa hätte geben können, läſst man dahin gestellt seyn;
genug, daſs seine Hauptabsicht löblich, die Mittel wenigstens
unschuldig, und seine Hypothesen, eine in die andere gerechnet,
immer so gut als andre ehrliche Hypothesen sind.

Was die Poesie dieses Lehrgedichts, zumahl in der ersten
Ausgabe von 1751 betrifft, so dürften wohl wenig andere
Dichterwerke geschickter seyn, einen Lehrer der poetischen

*) Und vornehmlich in den **vorläufigen Anmerkungen**, die
sich noch in der Ausgabe von 1770 finden, und aus der gegenwärtigen
billig weggelassen worden sind.

Ästhetik mit Beyspielen aller möglichen Fehler, die dem schönen
Stil und Vortrag entgegen stehen, reichlicher zu versehen;
und in der That würde es, wenn man die Zeit, worin es
geschrieben wurde, aus den Augen liefse, unerklärbar seyn,
wie und wodurch es bey seiner ersten Erscheinung in einem
Bodmer, Breitinger, Hagedorn, Sulzer, und andern
principibus viris derselben Zeit eine so günstige Meinung
von den Fähigkeiten des jungen Aspiranten hätte erregen
können, als wirklich geschehen ist.   Wie tief dieser erste
Versuch unter dem ist, was er (seiner Überschrift nach)
seyn sollte und seyn müfste, um einen Platz unter den Lehr-
gedichten zu verdienen, hat schwerlich jemand stärker gefühlt
als der Verfasser selbst, da er sich bey dieser neuen Ausgabe
genöthigt sah, es nach einem Verlauf von 27 Jahren (seit
der letzten Ausgabe) noch einmahl mit Aufmerksamkeit zu
durchlesen.   Auch hätte ihn keine andere Rücksicht bewegen
können, es in die gegenwärtige Sammlung aufzunehmen, als
die Betrachtung, dafs es gewisser Mafsen zur Geschichte unsrer
Litteratur gehört, zu sehen, von welchem Punkt er ausging, und
welch einen Zwischenraum er zurückzulegen hatte, um funf-
zehn Jahre später nur zu Musarion zu gelangen.   Überdiefs
würde ein nicht unbeträchtlicher Theil der Geschichte seines
Geistes und seiner Schriften die er zu geben versprochen hat,

unverständlich und ohne allen Nutzen seyn, wenn er, von
einer falschen Scham verleitet, die Erstlinge seines Geistes
und seines ihm selbst damahls noch wenig bewußten Dich-
tertalents hätte unterdrücken wollen.

Indessen war es ihm doch nicht möglich, dieses Gedicht
wieder aus der Hand zu legen, ohne alles, was die Natur der
Sache verstatten wollte, zu versuchen, um den Liebhabern
unserer Sprache und Dichtkunst eine kursorische Durchsicht
desselben weniger unangenehm zu machen. Ungeachtet er
sich in dieser Hinsicht schon bey der zweyten und dritten
Ausgabe viele Mühe gegeben hatte, so fanden sich doch unter
der großen Menge noch Stellen, die einer Verbesserung
bedürftig, viele die derselben auch fähig waren. Manche
mußten (mit Horaz zu reden) wieder auf den Amboß
gebracht werden; den meisten war durch die Feile, verschiedenen, besonders im sechsten Buche, blofs durch den Schwamm
zu helfen. Bey allen mehr oder weniger umgeschmolznen
Stellen oder Versen mußte indessen, so viel möglich, der
Ton der Urschrift beybehalten werden; und es kostete vielleicht weniger Mühe, manches besser, als es nicht (verhält-
nißweise) gar zu gut zu machen. Da aber gleichwohl durch
alle diese Arbeit den wesentlichen Mängeln und Gebrechen des

ganzen Werkchens nicht abzuhelfen war, so verlangt der Verfasser auch keinen Dank, und ist völlig zufrieden, wenigstens seinen guten Willen, Horazens Vorschrift (*Epist. ad Pisones v.* 445. *seq.*) genug zu thun, an den Tag gelegt zu haben. Da es aber unziemlich gewesen wäre, durch diese Veränderungen jüngere oder künftige Leser, denen dieses Gedicht in seiner ersten Gestalt nie zu Gesicht gekommen, zu täuschen und zu einer bessern Meinung von demselben zu verleiten, als es verdient: so hat man für gut befunden, alle bey gegenwärtiger Ausgabe beträchtlich veränderte oder gänzlich umgearbeitete Stellen mit einfachen , , vor den übrigen auszuzeichnen.

INHALT DES ERSTEN BUCHS.

Vorhaben des Dichters. Anrufung der Wahrheit und der Muse. Das Daseyn Gottes, erkannt aus dem Anschauen der Natur. Das Zeugnifs der Vernunft, und ein den Geistern angeschaffnes Gefühl der Gottheit, ist der Grund von der Übereinstimmung aller Völker in dem Glauben eines Schöpfers der Welt. Widerlegung der Epikurischen Kosmogonie. Vortrag und Widerlegung des Wahns der Pantheisten und Naturalisten, welche Gott mit der Welt vermengen; oder einen nothwendigen Mechanismus, den sie Gott nennen, zur Gründursache aller Dinge machen. Worin die Verknüpfung der Welt mit Gott bestehe. Ewigkeit der Schöpfung. Gründe für dieselbe, und Beantwortung einiger Einwürfe. Das System des Zoroaster von zweyen Grundwesen, und vom Ursprung des Übels, wird in seiner ganzen Stärke vorgetragen, und angezeigt, wie dieses Gedicht als eine Widerlegung desselben anzusehen sey.

DIE NATUR DER DINGE

ODER

DIE VOLLKOMMENSTE WELT.

ERSTES BUCH.

V. 1 — 11.

Von deinem Triebe voll, o Weisheit, will ich singen.
O! möchte mir durch dich ein würdig Lied gelingen!
Ein Werk, das du beseelst, treibt kein gemeiner Zug,
Entehrt kein niedrer Zweck. Ein ungewohnter Flug
Trägt mich dem Himmel zu; von Millionen Sternen
Umringet, lernt mein Geist vom Staube sich entfernen.
Dich, Urbild jeder Welt, der Gottheit Ebenbild,
Dich, Wahrheit, seh ich selbst; der Glanz, der dir entquillt,
Stärkt mein noch blödes Aug; wie dich dein Liebling schaute,
Wie Plato, dessen Blick sich die Natur vertraute,
So, Göttin, seh' ich dich, und die geschwellte Brust

V. 12 — 38.

Wallt liebend zu dir auf, mit nie gefühlter Lust!
O! könt ich auch, wie er, dich in erhabnen Bildern
Voll von Begeisterung und kühnem Feuer schildern!
Dann sollte diefs Gefühl, das mir dein Anblick schenkt,
Die Wollust, welche stets die reinen Geister tränkt,
Auch meiner Brüder Herz erweichen und durchfliefsen,
Und nie empfundne Lieb' in ihre Seelen giefsen.

Komm, Muse, welche stets der Wahrheit Freundin war,
Und stell ihr himmlisch Bild entzückten Augen dar;
Komm, mahl an meiner Statt (dein Pinsel kann nicht trügen,)
Ihr göttlich Angesicht mit ungeschminkten Zügen.
So rührt sie auch den Blick, den der Gewohnheit Nacht
Und träges Vorurtheil empfindungslos gemacht.
Wie, wenn Titonia mit purpurfarbnen Flügeln
Die Dämmrung zu uns führt, von halbbestrahlten Hügeln,
Ein müder Wandrer, den, auf sanft geschwelltem Moos,
Ein grünes Schlafgemach von dichtem Laub umschlofs,
Vom Licht erweckt sich rührt; er reibt die Augenlieder,
Der Morgen hebt sie auf, der Schlummer schlägt sie nieder,
Das glänzende Gefild, der Blumendüfte Schwall,
Und selbst das hohe Lied der frühen Nachtigall,
Rührt seinen Sinn nur schwach, kaum glaubt er zu empfinden,
Er rafft zuletzt sich auf, und Traum und Schlaf verschwinden;
Ihn grüfst der nahe Tag, das aufgewachte Feld
Lacht ihm ermunternd zu, ihn blickt das Aug der Welt
Mit sanften Strahlen an, von neuer Lust entzücket
Wird eine neue Welt, glaubt er, von ihm erblicket:

V. 39 — 64.

So wird der träge Sinn, der thierisch fühlt und denkt,
Vom Schlaf, worein ihn Wahn und Leidenschaft versenkt,
Durch den Gesang erweckt, den mich die Musen lehrten:
Die Vorurtheile fliehn, die seinen Geist beschwerten;
Ihn wundert, dafs er da so viel Vergnügen schmeckt,
So viele Schönheit sieht, solch eine Pracht entdeckt,
Wo sein geschlofsner Blick nichts fähig war zu schauen
Als unfruchtbaren Sand und Wüsten voller Grauen;
Und in der Welt, die sonst sein Trübsinn ihm entstellt,
Enthüllt die Weisheit nun ihm eine neue Welt.

Ja, Göttin, die du einst mit alter Weisen Zungen
Manch überirdisch Lied von Gott und Welt gesungen,
Steh deinem Dichter bey, den, von dir selbst bewegt,
Ein hoher Adlerflug durch alle Sfären trägt.
Lafs du in seinem Geist erhabnere Ideen,
Ihm selbst verwundrungswerth, von dir gewirkt entstehen.
Er singt die Gottheit selbst, den Quell der schönsten Welt,
Und wie durch ihre Kraft das Ganze sich erhält.
O möchte den Gesang, der mit der Engel Kören
Um seinen Thron sich mischt, die ganze Schöpfung hören!

Auch Ihr, die Stolz und Wahn um jenes Licht gebracht,
Worin die Gottheit sich den Geistern sichtbar macht,
Die ein verruchter Trieb selbst gegen Gott empöret,
Die ihr das Wesen schmäht das euer Wesen nähret,
Hört meinem Singen zu, und fühlt der Wahrheit Macht!
Doch nein! Ihr fühlet nicht! Des Lasters Todesnacht,

V. 65 — 89.

Der Sinnlichkeit Betrug, der Sturm der Leidenschaften,
Läfst keinen edlern Trieb in eurer Seele haften.
Durch eigne Schuld gestraft seht ihr die Sonne nicht,
Wie mächtig auch ihr Strahl die Finsternifs durchbricht;
Wie Katadupens *) Volk den Fall des Nils nicht höret,
Der sein betäubtes Ohr im Sturm vorüber führet.

Doch wer mit freyem Blick und einem Geist voll Klarheit
Sich in das Ganze wagt, den rührt die höchste Wahrheit,
Dem macht unzweifelhaft der tausendfache Mund
Der zeugenden Natur das Daseyn Gottes kund.
,Zwar kann, wen Sinnlichkeit und Vorurtheil bestricken,
Im Tanz der Sfären selbst Verwirrung nur erblicken,
Und wenn uns Sehenden der schönste Tag erwacht,
Ists, ohne seine Schuld, rings um den Blinden Nacht.'

Stellt eurer Fantasie ein menschlich Wesen vor,
Das nie den Tag gesehn. Nah bey dem Höllenthor,
In Ätnas tiefem Bauch, in Gründen voller Grauen,
Schliefs' ein Palast ihn ein, in dichten Fels gehauen.
,Hier leb' er so wie einst im Hain Brosseliand
,Merlin verzaubert lag von Vivianens Hand;
,Nichts als Gespenster seh' in schwarzen Marmorzimmern
,Sein ungewisses Aug' an glatten Wänden flimmern,
Er kenne nicht den Reitz der Mannigfaltigkeit,
Den süfsen Unbestand, der unser Aug' erfreut;
Ein blasses Schattenspiel einförmiger Ideen

V. 90 — 117.

Bleib unverändert stets vor seiner Stirne stehen,
‚Und schläfert ihn, so wieg' an mattem Lampenschein
‚Der Schlummer ihn zu noch langweil'gern Träumen ein.
‚Setzt, dieser Mensch seh' einst durch neu entdeckte Ritzen
‚Den ungewohnten Tag in seinen Kerker blitzen;
‚Erstaunt such er den Ort, der seine Nacht erhellt,
‚Und der geborstne Fels führ' ihn zur Oberwelt:
‚Wie wird ihm? Welch ein Strom von glänzenden Gedanken
‚Erweitert plötzlich ihm des Geistes enge Schranken,
‚Der kaum vor Lust sich kennt! Ein liebliches Gefild,
‚Von Florens Hand gepflegt, mahlt ein entzückend Bild
‚In sein geblendtes Aug; aus jenem blauen Bogen
‚Fühlt er ein Meer von Glanz auf ihn herunter wogen,
‚Das tausendfarbig ihn mit süfser Gluth umfacht,
‚Und Formen ohne Zahl ihm plötzlich sichtbar macht.
‚Der Bäche sanft Geräusch, des schwanken Laubes Wallen,
‚Das immer neue Lied verliebter Nachtigallen,
‚Der Weste leises Spiel, das liebliche Gemisch
‚Von tausend Lebenden im blühenden Gebüsch
‚Die alle tausendfach sich ihres Daseyns freuen,
‚Kurz, jeder Zauber, den im wonnevollen Mayen,
‚(Als ihrem höchsten Fest) die Schöpferin Natur
‚Verschwenderisch ergiefst auf Anger, Hain und Flur,
‚Strömt seinen Sinnen zu, im lieblichsten Gedränge,
‚Und Herz und Seele wird so vieler Lust zu enge.
‚Wo bin ich? ruft er aus, wie ist mir? Bin ich der
‚Noch, der ich war? O welch ein Wechsel! und woher
‚Diefs neue Daseyn? Kann ein Traum so schön betrügen?

V. 118 — 144.

Welch angenehmer Ort, gebauet zum Vergnügen?
Woher ist alles da? wo regel sich die Kraft,
Die mit verborgner Hand so viele Wunder schafft?

Er hält vielleicht, wie einst das Volk der jungen Erden,
Die Sonne für den Gott, durch den die Dinge werden;
Aufmerksam merkt er bald, dafs alles was er sieht
Von ihrem Strahl belebt, sich zeuget, wächst und blüht;
Ins Innre der Natur weifs er noch nicht zu dringen,
Er kennt die Flächen nur von körperlichen Dingen;
Drum schaut der junge Geist, zu schwach zu hellerm Blick,
Noch nicht auf dich, o Gott, der Wesen Quell, zurück.
Doch die Betrachtung schärft sein unvollkommnes Wissen,
Und leitet den Verstand gemach zu tiefern Schlüssen;
Der nie gestillte Trieb nach neuer Wissenschaft
Beflügelt seinen Muth, und stärkt die Denkungskraft.
Er lernt die Kette sehn, die alle Dinge bindet,
Wie die bewegte Luft den schnellen Blitz entzündet,
Wie sich der Körper stets zur niedern Erde senkt,
Wie aus der Wolken Brust die matte Saat sich tränkt;
Die Bilder welche stets aus allen Körpern fliefsen,
Und sich mit sanftem Druck in unser Aug ergiefsen;
Der Samen innre Kraft, die aus sich selbst gebiert,
Und die belebte Frucht im Kleinen in sich führt;
Den wunderbaren Bau harmonischer Maschinen
Die Wesen höh'rer Art zu langer Wohnung dienen;
Den ungemefsnen Raum, wo in des Äthers Flufs
Sich ein umstrahltes Heer von Welten drehen mufs.

V. 145 — 170.

Diefs alles und noch mehr zeigt ihm im hellsten Lichte
Erfahrung und Vernunft, und stärket sein Gesichte.
Ja, spricht er, ja, ein Gott bewegt die Wunderuhr
Der Welt, die er erfand, beseelet die Natur.
Ein eingeschränkter Arm kann so viel Seltenheiten,
Vollkommner als er selbst, unmöglich zubereiten;
Die Welt, die meinem Blick kaum ihre Schale weis't,
Erhält sich durch die Macht von einem höchsten Geist;
Sie ist zu schlecht, in sich die Wirklichkeit zu finden,
Zu schön, von ungefähr sich aus dem Nichts zu winden.

So richtet die Vernunft, wenn kein gefärbtes Glas
Den Vorwurf anders zeigt, als ihn das Auge mafs.
Von Vorurtheilen frey, die niedre Seelen drücken,
Schwingt sie zu Gott sich auf, mit aufgeklärten Blicken.
Im Ausflufs deiner Huld, vollkommenste Natur,
Entdeckt ihr jeder Punkt von dir die Segensspur.

Ihr Weisen jeder Zeit, ihr Lieblinge des Wahren,
Bey denen Geist und Witz sich mit Erfahrung paaren,
Wie? dafs beym hellen Glanz, worin sich Gott uns zeigt,
Euch doch ein untreu Licht auf falsche Stege neigt?
Wie dafs beym reinen Strahl entnebelter Begriffe
Ihr doch das Ziel verfehlt, die grenzenlose Tiefe,
In der sich alles gründt, aus welcher alles fliefst,
In welche alles führt und wieder sich ergiefst?
Du, kluger Epikur, du Freund der Ruh der Seelen,
Du lehrst das echte Gut aus tausend andern wählen;

V. 171 — 197.

Du kennst den ew'gen Trieb, der in den Wesen glimmt,
Und zum Vergnügen nur des Willens Hang bestimmt;
Und doch mifskennt dein Witz den Urquell aller Freuden,
Die in verschiednem Mafs erschaffne Wesen weiden;
Die Gottheit kennst du nicht, die ihre Gegenwart
Im unbegränzten Raum so herrlich offenbart.
Aus Stäubchen ohne Sinn, gefügt von inn'rer Regung,
Bau'st du die schönste Welt durch schwärmende Bewegung,
Und machst aus jenem Geist, der alle Kraft gebiert,
Ein träges Schattenbild, das kaum sich selber spürt.
O! hättst du von der Welt, die du dem Unfähren,
Der Stäubchen tollem Schwarm und dem geträumten Leeren
Zu bauen übergiebst, nur einen Theil gekannt;
Gewifs du hättest nicht das diamantne Band,
Wodurch die Wirkungen sich an die Ursach schliefsen,
Mit unbedachtsamer verwegner Hand zerrissen.

Der kennt das Sandkorn nicht, das dort am Ufer liegt,
Der es, wie du die Welt, durch blinden Zufall fügt.
Verwegen, doch beschämt von eigener Empfindung,
Verwirft dein kühner Mund die weiseste Verbindung
Der Zwecke ohne Zahl, nach welchen alles zielt,
Der ew'gen Ordnung Macht, die unverletzt befiehlt,
Die jedes Wesen ehrt; doch lafs uns Gründe hören,
Und höre auf, uns nur mit Träumen zu bethören!
Ist jeder Grundsatz nicht, auf dem dein Lehrbau steht,
Von unsrer Gütigkeit erzwungen und erfleht?
Woher dein zahllos Heer stets reger Elemente,

V. 198 — 224.

Das ewig zwecklos sich bekämpfte, mischte, trennte?
Regt sich in ihnen selbst ein Keim der Wirklichkeit,
Der, ohne fremde Kraft, im Schoofs der Ewigkeit
Durch innres Leben sprofst? — Nein, was sich selbst umgränzet,
Besitzt die Strahlen nicht, wovon die Gottheit glänzet.
Ein unbelebter Staub, dem innre Form gebricht,
Den nichts vollkommnes schmückt, erhält sich selber nicht.
Und sprich, woher der Stofs, der von der ersten Richtung
Die Stäubchen weichen heifst? Mit schlecht erfundner Dichtung
Läfs't du von ungefähr das gröfste Werk geschehn,
Und deinen Göttern bleibt nichts als nur zuzusehn.
Wenn hat der Sturm vermocht den sterbenden Gefilden
Numidiens die Pracht des Frühlings anzubilden,
Wenn er mit toller Wuth in hohlen Wüsten zischt,
In Meeren Sandes wühlt, und Erd und Himmel mischt?
Wenn hat sein Blasen einst im Staub, mit dem er spielet,
Ein Werk das deinem gleicht, erhabner Nahl, [2] erwühlet?

„Seht, wie vom Donnerton des Weltgerichts erweckt,
Durch den zerrifsnen Fels, der dieses Wunder deckt,
Die schönste Mutter sich aus ihrem Staub erhebet!
Wie den verklärten Arm Unsterblichkeit belebet!
Wie bebt von seinem Stofs der leichte Stein zurück!
Wie glänzt die Seligkeit schon ganz in ihrem Blick!
Ihr triumfierend Aug, in heiligem Entzücken,
Scheint den enthüllten Glanz des Himmels zu erblicken,
Der Serafinen Lied rührt schon ihr lauschend Ohr.
Ein junger Engel schwebt an ihrer Brust empor,

V. 225 — 251.

Und dankt ihr jetzt zuerst sein theu'r erkauftes Leben:
Der Wandrer siehts erstaunt, und fromme Thränen beben
Aus dem entzückten Aug; er siehts und wird ein Christ,
Und fühlt mit heil'gem Schau'r, dafs er unsterblich ist. "

So weifs des Künstlers Geist dem Stoffe zu befehlen,
Belebt den todten Stein, und haucht in Marmor Seelen.
Allein wenn hat es je dem Ungefähr geglückt,
Dafs es, wie Fidias, die Weisen selbst entzückt?
Wenn hat in Baumanns Gruft durch ungefähres Stofsen,
Sich ein Laokoon aus weichem Stein gegossen?
Und was ist jenes Werk, das aller Griechen Blick
Mit Rührung auf sich zog, des Meifsels Meisterstück,
Nur gegen einen Staub, aus dem die Pflanzen sprossen,
Wo unbegreiflich klein, von mancher Haut umschlossen,
Die künft'ge Blume liegt, geformt doch unbelebt,
Aus tausend Fäserchen mit weiser Kunst gewebt;
Unendlich ist für uns der zarten Fibern Länge,
Unzählbar unserm Blick der kleinen Adern Menge,
Die nach dem Grundgesetz, das in den Wesen liegt,
Die wirksame Natur unendlich schön gefügt.
Und was ist dieser Staub? Mifs ihn mit unsrer Erden,
Mifs mit dem Himmel sie, sie wird zum Staube werden.
Und diefs erschaffet dir der Stäubchen wilder Lauf,
Und häufet Welt auf Welt, auf Wunder Wunder auf?

Mit gleicher Raserey, und gröfserm Muth zum Siegen,
Thürmt Strato 3) Schlufs auf Schlufs, die Gottheit zu bekriegen:
Wie der Titanen Heer, von toller Wuth durchstürmt,

V. 252 — 277.

Dem wolkigen Olymp den Ossa überthürmt;
Man hört ihr Feldgeschrey den Himmel schon durchschallen;
Zeus sieht sie lächelnd an, und heifst die Berge fallen.

Im Innern der Natur liegt die gemeine Kraft,
(So lehrt er) die durch sich der Dinge Bildung schafft.
Kein Geist beherrscht die Welt und bringt durch weises Wählen
Vollkommenheit hervor, und heifst das Böse fehlen:
Nein, ein Maschinentrieb, den kein Verstand erhält,
Bestimmt durch manches Rad die Änd'rungen der Welt.
Im Schoofs des ew'gen All, wohin kein Blick kann dringen,
Sprofst, warm von eignem Feu'r, der Keim von allen Dingen;
Die Zeit hilft der Natur, und säugt was sie gebar; .
So wächst und blüht und reift was erst ein Unding war;
Doch bald wird's wiederum von jenem Schlund verschlungen,
Aus dessen düstrer Nacht es kaum hervor gedrungen.
Wie dort Saturn, von dem Hesiodus uns singt,
Mit wilder Frässigkeit die Säuglinge verschlingt,
Die Rhea ihm gebiert, der Keim von späten Söhnen,
Und sein selbsteignes Fleisch knirscht unter seinen Zähnen:
So schlinget die Natur mit nie gestillter Wuth
Ihr eignes Fleisch in sich, und säuft ihr eigen Blut;
Ihr ewig schwangrer Schoofs hört nie auf zu gebären,
Nie ihr Harpyenschlund sich selber zu verzehren.

Nichts, sprecht ihr, wird aus Nichts, die Welt mufs ewig seyn;
Wie Gott aus Nichts sie schuf, das sehen wir nicht ein;
Drum ist Gott selbst die Welt; des ewgen Stoffs Gestalten

V. 278 — 305.

Sind keine Wesen, die sich durch sich selbst erhalten:
Nichts, was die Sinne trifft, besteht durch eigne Kraft,
Die Kraft des Ganzen ists, die alles regt und schafft.
Betrogne! Euer Schlufs fällt auf euch selbst zurücke,
Und euer eigner Fufs verwickelt sich im Stricke,
Der uns geleget war; der richtige Verstand
Des Spruchs, auf den ihr trotzt, ist euch ganz unbekannt.
Das grenzenlose Reich, in welchem alles schwebet,
Zeigt uns Ein Wesen nur, das durch sich selber lebet;
Es hängt von niemand ab, von keinem Ding umschränkt,
Wird sein vollkommner Will' nur von ihm selbst gelenkt.
Kein Fleck vermag den Glanz der Strahlen zu verdunkeln,
Die ewig ungeschwächt in seinem Antlitz funkeln.
Der andern Wesen Schar (sie nennet man die Welt)
Wird durch verschiednen Grad von Häfslichkeit entstellt;
Dem Besten fehlt noch was; die schönste aller Dirnen
Findt ungern einen Grund der stillen Fluth zu zürnen,
Die ihr geliebtes Bild mit kleinen Flecken weis't;
Nichts ist hier ohne Grad, der allerhellste Geist
Sieht Stufen über sich, die er noch nicht erstiegen,
Und selbst der Sohn des Glücks fühlt Unlust im Vergnügen.
Wer so in seiner Brust das sichre Merkmahl trägt,
Dafs eine fremde Kraft sein träges Wesen regt,
Wie kann der ewig seyn und keine Ursach kennen?
Wer ist so sehr ein Thor, das einen Gott zu nennen,
Das nie bleibt was es war, dem immer was gebricht,
Das stets noch werden soll, stets mit dem Tode ficht?
Hier zeigt der Irrthum sich, dem ihr wünscht zu entgehen;

V. 306 — 332.

Wie kann ein endlich Ding aus eigner Kraft entstehen?
Muſs zwischen dem was wirkt, und dem was aus ihm flieſst,
Nicht ein Verhältniſs seyn, das sie zusammen schlieſst?
Kann auch aus eiguer Kraft ein träger Baum sich zimmern?
Kann ohne Sonnenglanz Aurorens Purpur schimmern?
Wenn schmückt sich von sich selbst, beraubt vom heissen Strahl,
Der alle Samen wärmt, das blumenvolle Thal?
Heiſst dieses nicht dem Nichts die Gottesmacht gewähren,
Aus seiner öden Schooſs die Welten zu gebären?
Viel leichter konnten einst Amfions Harmonien
Der stolzen Thebe Wall aus Schutt und Steinen zieh'n:
Viel eher bildeten Dionens schöne Glieder
Aus leichtem Staube sich, mit zeugendem Gefieder
Vom lauen West belebt, als daſs aus eigner Kraft
Durch blinder Räder Trieb sich Stratons Welt erschafft.
Willst du die Gottheit nicht von deinem Ganzen trennen,
So muſst du überzeugt zu eigner Schmach bekennen,
Daſs in dem Wahngebäu, das du auf Sand geführt,
(Des nahen Falls gewiſs) aus Nichts ein Etwas wird.

Dieſs ist der falsche Fels, den beide nicht vermeiden,
Leucipp 4) und Strato muſs hier gleichen Schiffbruch leiden.
Was ist Nothwendigkeit, die kein Verstand bestimmt?
Was der Atomen Schar, die in dem Leeren schwimmt,
Bald von der Richtschnur weicht, sich ohne Ordnung dränget,
Und wie der Zufall will, sich an einander hänget?
Ein Wort, das keinen Sinn in seinem Ton verschlieſst,
Und, wie des Freygeists Hirn, leer am Verstande ist?

V. 333 — 359.

Hoch über jener Schwarm, die sich von ihr entfernen,
Sitzt mit entwölkter Stirn die Weisheit bey den Sternen,
Und dringt, mit freyem Blick und unverwandtem Sinn,
Durch aller Welten Raum zum Throne Gottes hin.
Ein nie versiegter Strom von unvermischtem Lichte
Umfliefst sein Heiligthum; kein sterbliches Gesichte
Trüg' unverzehrt den Glanz, in dessen stiller Fluth
Ein ungezähltes Heer verklärter Geister ruht.
Hier fühlet man dein Seyn, o Herr der Cherubinen,
Hier strahlest du sie an, hier schenkest du dich ihnen;
Von reiner Wonne satt, befreyet von Begier,
Vergessen sie die Welt, und seh'n sie nur in dir.
Was unsre Augen seh'n in matten Spiegeln glänzen,
Seh'n sie im Urbild selbst, und seh'n es ohne Grenzen.
So weit dringt nicht mein Geist, doch zeigt ihm Raum und Zeit
Den mächtigen Beweis von deiner Göttlichkeit.

Ja selbst in seiner Brust find't er von deinen Zügen
Ein unauslöschlich Bild in zartem Abdruck liegen.
Kaum blickt er in die Welt, kaum rühret seinen Sinn
Die Pracht der Kreatur, so find't er Dich darin.
Ein unbekannter Zug, zu stark zum Widerstehen,
Verknüpft unendlich schnell die gröfsesten Ideen
In seiner Bildungskraft, es wird ein Bild von Dir
Und reitzt, ergreift, entzückt die sehnende Begier.
Diefs Zeichen deiner Macht, die alle Wesen reget,
Hast du von Ewigkeit den Geistern eingepräget;
Der dumme Samojed, der wilde Hottentot

V. 360 — 387.

Fühlt diesen Zug in sich und ehret einen Gott;
Ein innerlich Gefühl wird ihn dein Daseyn lehren,
Nur mangelt ihm die Kraft, sich selbst es aufzuklären;
Weil er im dunkeln Bild Gott selbst nicht sehen kann,
So betet der ein Holz, und der den Monden an.
Diefs ist der innre Trieb, der tief in uns gesenket,
Mit dringender Gewalt die Herzen zu dir lenket,
Den selbst ein Kremonin 5) mit ängstlichem Verdrufs,
Zu oft für seine Ruh, im Busen fühlen mufs.
Vergebens sucht er ihn mit trügerischen Gründen,
Und manchem kühnen Schlufs aus seiner Brust zu winden.
Kein Bildnifs von Porfyr trotzt mehr dem Zahn der Zeit,
Kein Eichbaum steht so fest und lacht des Nordwinds Neid,
Als, von ihm selbst geprägt, des Schöpfers Eigenschaften
Und sein ursprünglich Bild in unsrer Seele haften.
Vergebens sprichst du hier, du dessen Zorn uns schilt,
Die Dichtungskraft allein entwerfe dieses Bild,
Und wisse aus dem Stoff von allen Trefflichkeiten
Die sie in Eines häuft, gar leicht das zu bereiten,
Was, nach der Weisen Lehr', aus höhrer Wirkung fliefst,
Und von des Schöpfers Hand ein ewig Denkmahl ist.
Erforsche nur die Art der flüchtigen Ideen,
Die durch die Bildnerey der Fantasie entstehen;
Ein einzig Beyspiel macht den Unterschied uns klar:
Erträum ein Hirngespenst, wie etwann jenes war
Das uns Horaz gemahlt; das Haupt gleich' einem Weibe,
Es reitze Aug und Mund; am schuppenvollen Leibe
Schlag' ein Delfinen-Schwanz; mit Federn ausgeschmückt

V. 388 — 412.

Sey noch ein Pferdehals den Schultern angeflickt:
Diefs Werk der Fantasie, wen hat es je gerühret,
Und durch geheimen Zwang zum Glauben überführet?
Diefs thut mit stiller Kraft das angeborne Bild,
Von Ihm, dem Urbild selbst, in unser Herz gehüllt;
Uns treibt ein süfser Zug, so bald wir nur empfinden
Dafs es in uns sich regt, sogleich es wahr zu finden;
‚So macht ein innrer Sinn den Widerspruch zu Spott,
‚Und tief in unsrer Brust erschallts: es ist ein Gott!‘

Es ist ein Gott, durch den ich aus dem Nichts gedrungen;
So ruft Natur uns zu mit Millionen Zungen,
So stimmt in unsrer Brust dem jauchzenden Geschrey
Von allen Schöpfungen ein stiller Zeuge bey.
Du bist, Unendlicher, den keine Gröfse misset,
Meer von Vollkommenheit, das ewig überfliefset,
Aus dem ein steter Strom geschaffne Wesen tränkt,
Und sich doch unverzehrt in dich zurücke senkt.
Kein fremdes Wesen kann die reine Wonne mehren,
Die du aus dir nur schöpfst, du kannst der Welt entbehren;
O lehre selber mich, mein Ohr ist dir geweiht,
Den schöpferischen Grund von unsrer Wirklichkeit.

Wie dorten jene See von goldnen Feuer-Wellen,
Sich nicht enthalten kann die Sfären zu erhellen,
Die ein allmächt'ger Schwung um sie zu fliegen drängt,
Der schattichte Planet, der ihren Schein empfängt,

V. 413 — 439.

Begierig in sich zieht und die geborgten Strahlen,
Auf seine Monde schiefst, vermag ihr's nicht zu zahlen;
Ganz unbesorgt, wer ihm die holde Wärme leiht,
Empfängt er blofs von ihr der Samen Fruchtbarkeit;
Sie freut sich, ihre Gluth der Welt umsonst zu geben,
Und flöfst in die Natur ein allgemeines Leben:
So ist die Gottheit auch, (doch mit Vollkommenheit)
Zum Heil der Kreatur in steter Wirksamkeit.
Kann sie unendlich seyn und nichts von Schranken wissen,
So lang im kalten Nichts die Wesen schlummern müssen?
Nein, der Vollkommenste kann ohne uns nicht seyn,
Sein ewig Daseyn schliefst auch unser Daseyn ein.
‚Untrennbar ist das Band, das Kraft und Wirkung einet,
‚Gott denkt die Welt in Sich, und, was er denkt, erscheinet.‘

Diefs ist der sichre Grund, auf den zu aller Zeit
Die Weisesten der Schar, die sich der Weisheit weiht,
Der Schöpfung Ewigkeit und stete Dau'r gegründet,
Die ein unsterblich Band an ihren Schöpfer bindet.
Der Führer jenes Volks, das Gott sich auserwählt,
Singt uns der Welt Geburt, von Gottes Geist beseelt,
Nicht nach der Weisen Art, durch tief geschöpftes Wissen
Das Innre der Natur den Menschen aufzuschliefsen;
Diefs will sein Endzweck nicht; genug, dafs uns sein Licht,
Zur Absicht sattsam hell, die düstern Nebel bricht,
Wodurch die Weisen selbst, oft sinnreich um zu irren,
In Labyrinthen sich, die sie gebaut, verwirren.
Mit ungekünstelter und göttlich-hoher Pracht

V. 440 — 466.

Erzählt sein heil'ger Mund, wie aus des Abgrunds Nacht,
Dem Stoff, der nur von Gott die Wirklichkeit gesogen,
Des Schöpfers kräftigs Wort die Welt hervor gezogen;
Nicht, weil der Ew'ge Geist, der Leben in uns bliefs,
Erst in gemefsner Zeit den Raum gebären liefs;
Nein, blofs den alten Wahn der Weisen zu verdringen,
Der den vermischten Stoff von ungeformten Dingen
Durch sich läfst ewig seyn, und Gott entziehen will,
(Diefs lehrte schon ein Teut 6) am vierzehnmünd'gen Nil,
Diefs hat den Magiern ein Zerdust vorgesungen)
Und dieser Irrthum ist's, den Amrams Sohn bezwungen;
Der, da er uns erzählt, wie unsre Welt entstand,
Die Kette nicht zerreifst, die sie an andre band.

So fällt der Widerspruch, den aus den heil'gen Büchern
Man einer Wahrheit macht, die tausend Gründe sichern.
Ein Wesen, das stets wirkt und stets mit gleicher Kraft,
Das keinen Wechsel kennt, das nicht bald ruht, bald schafft;
Und dessen Tugenden, die wir verwegen trennen,
In stetem Ausflufs sind, und keinen Zuwachs kennen;
Wie könnt' es ewig ruhn? Fehlts ihm vielleicht an Macht,
Dafs es ganz unwirksam Äonen zugebracht?
Wie? oder an der Huld? Mifsgönnt er uns das Leben,
Das seine Allmacht uns von Ewigkeit kann geben?
Ohnmächtig seufzt die Welt ins öden Undings Grab,
Sie seufzt nach Wirklichkeit, und wer schlägt sie ihr ab?
Er, der nur winken darf, damit sich Sonnen drehen?
O! Liebe, soll dich so ein niedrer Erdwurm schmähen?

V. 467 — 494.

Die höchste Macht ist nicht, wie die Vermögenheit
Des Weisen von Stagir, zum Wirken nur bereit;
Die schlummernd warten kann, bis durch die Zeit erreget,
Was vorher nur geglimmt, jetzt volle Flammen schläget:
So wie ein schneller Strom, von Dämmen eingeschränkt,
An den verhaßten Wall beschäumte Wellen drängt,
Er bäumt die wilde Fluth, stürmt in die Felsenstücke,
Bespritzt die Wolken selbst und rauscht gepeitscht zurücke:
Doch endlich weicht der Schutt dem stets erneuten Stoſs,
Die Steine trennen sich, der Pfähle Band wird los,
Erfreuet fühlt der Fluſs die festen Eichen wanken,
Und bricht mit neuer Kraft durch die verhaſsten Schranken;
Nichts hemmt nun seinen Lauf, er reiſst vom nahen Hain
Bejahrte Tannen aus, und stürzet Felsen ein.
So fesselst du die Macht, durch die die Welt entstanden,
Die unumschränkte Macht, mit frevelhaften Banden;
Dir kämpft das Nichts mit Gott, und erst nach langem Streit
Weicht es, von ihm besiegt, der neugebornen Zeit.
Vergeblich suchst du dich, mit unhaltbaren Gründen
Vom Vorurtheil geschminkt, dem Vorwurf zu entwinden;
Du sprichst, nicht ohne Schein: Die Schuld, daſs die Natur
Nicht ewig dauern kann, trägt bloſs die Kreatur.
,Der Dinge Schranken sinds, die seine Allmacht hemmen,
,Sich seinem schaffenden Gebot entgegen stemmen.
,Ein eingeschränktes Ding ist nur in Raum und Zeit,
,Sein Wesen selbst verträgt sich nicht mit Ewigkeit.
,Bewiese dieser Grund, so würd' er mehr noch gelten
,Als du beweisen willst; er spräche gar den Welten

V. 495 — 521.

‚Und allem, was Gott Selbst nicht ist, das Daseyn ab;

‚Wir alle lägen noch ins alten Undings Grab.

‚Das Wesen strebt ins Seyn, und was ihm fehlt zum Leben

‚Kann es zwar selbst sich nicht, doch kann es Gott ihm geben:

‚Diefs gilt in jedem Punkt der ewig theilbarn Zeit;

‚Stets sind zum werden Wir, zum schaffen Er bereit;

‚In Ewigkeit läfst Seyn sich nie mit Nichtseyn paaren,

‚Und dafs wir jetzo sind, zeigt dafs wir immer waren.

‚Zudem lehrt Ihr ja selbst die Unvergänglichkeit

‚Der Wesen, die jetzt sind. Ist eine ew'ge Zeit,

‚Die unaufhörlich in die Zukunft sich ergiefset,

‚Euch denkbar? Nun, so räumt, wofern Ihr folgrecht schliefset,

‚Auch uns, der Endlichkeit zu Trotz, die Wahrheit ein,

‚Was ohne Ende ist, kann ohne Anfang seyn.

Die Welt fing niemahls an, und wird sich niemahls enden,

Sie liegt von Ewigkeit in ihres Meisters Händen;

Durch seine Kraft bewegt, die ewig wirken mufs,

Und stets in gleichem Mafs, und ohne Zeit und Flufs.

Wähnt nicht, den Ewigen verkleinre diese Lehre!

Nein! sie gereicht vielmehr zu seiner gröfsern Ehre.

Die Welt ist ewig zwar, doch ihre Dauer ist

Nur eine stete Zeit, die endlos immer fliefst;

Die Kraft, die ewig schlägt in den umschränkten Dingen,

Weicht stets aus ihrem Gleis, sich höher aufzuschwingen;

Nie ist sie was sie wird, nie bleibt sie was sie war,

Und was sie ist, wird nur durch Scheinen offenbar.

Dich aber, Herr der Welt, fliehn Wechsel, Grad und Zeiten;

V. 522 — 547.

Du unbegreiflichs Meer vollkommner Stetigkeiten,
Bleibst ohne Änderung, wie du dich stets gezeigt,
Indefs dafs unsre Kraft durch ew'ge Grade steigt.
Auch Welten trifft der Tod, der Sonnen Glanz erlischet,
Wie eine Blume welkt, die lang kein Thau erfrischet;
Nur du, du bleibst allein in gleichem Alter stehn;
Kein neuer Himmel wird dich jemahls gröfser sehn.

Die Welt ist Gottes Werk, und dauert ew'ge Zeiten;
Diefs, Muse, war bisher der Inhalt deiner Saiten.
Doch wie ist sie gebaut? Entdeckt auch ihre Pracht
Die Weisheit, die sie schuf, und ihres Meisters Macht?
Hier, Göttin, stärke mich, da ich den Wahn bestreite,
Den Zerdusht früh gelehrt, und Manes spät erneute,
Von Bayle, der so gern den priesterlichen Blitz
Durch seinen Muthwill reitzt, geschmückt mit neuem Witz.

Die Mängel unsrer Welt, die gleich den Sonnenflecken
Nur den geringsten Theil von ihrem Glanz verdecken,
Verführten jederzeit der blödern Geister Schwarm.
Von Wahnsinn aufgebläht, an reifem Wissen arm,
Zu klein die edle Pracht der Ordnung zu bemerken,
Die nur die Augen rührt, die sich mit Weisheit stärken,
Nennt der Verwegne schlimm, was er nicht richtig sieht,
Weil sich ein falscher Dunst um seine Sinne zieht.

,Wie eine Mücke, die an jenem Bilde klebet,
,In dessen Nachruhm noch sein grofser Meister lebet,
,Wie ihr vieleckig Aug', in einen Kreis gezwängt,

V. 548 — 574.

,Der eine Spanne kaum vom ganzen Bild umfängt,
,Nicht seine Schönheit sieht, noch ahnt das heil'ge Grauen,
,Das jeden Seher faßt, wenn seiner Augenbrauen
,Allmächt'ger Wink Olymp und Erde zittern macht:
,Der Formen hoher Reitz, der Faltenwürfe Pracht,
,Das Auge, das den Gott dem ersten Blick entdecket,
,Mild auf den Guten sieht, den Frevler niederschrecket,
,Die Majestät, die auf der hehren Stirne thront,
,Die Huld mit Ernst gepaart, die auf den Lippen wohnt;
,Der ganze Jupiter verliert sich in der Schwäche
,Des Mückenaugs; dafür entdeckt sie auf der Fläche,
Die ihre Füße trägt, des Marmors Rauhigkeit
Der ihr ein Felsen dünkt mit Zacken überstreut:
So schränkt die Dummheit auch die neblichten Ideen
In einen engen Kreis, (das Ganze übersehen
Ist größrer Geister Werk,) das allgemeine Band,
Das alle Theile fügt, bleibt stets ihr unbekannt.
Drum findt sie überall die Schöpfung voller Mängel
Und machte gar zu gern aus allen Würmern Engel;
Klagt, daß ein öder Fels nicht bunte Tulpen bringt,
Und Filomele nicht nach Bach's Gesetzen singt.
Allein der Weise lacht des eingebildten Klugen;
Er kennt des Ganzen Bau und aller Theile Fugen,
Er hat den wahren Stab, der ihr Verhältniß mißt,
Und sieht so vieles schön, daß er den Fehl vergißt.

Aus jenem trüben Quell, von Lehm und Sand geschwollen,
Ist bis auf unsre Zeit ein tödtlich Gift gequollen.

V. 575 — 601.

Statt mit Behutsamkeit der Wahrheit nachzuspähn,
Bleibt der verdrofsne Witz gern auf der Grenze stehn;
Mit Träumen speist man sich, die das Gehirn verwirren,
Und wünschet sich noch Glück, so angenehm zu irren.

In einem tiefen Wald in Baktrens öder Flur
Verlieret sich Zerdusht im Forschen der Natur,
Die dick belaubte Nacht umschatteter Gefilder
Führt den einsamen Sinn auf schreckenvolle Bilder.
Er forscht dem Übel nach, das alle Menschen plagt,
Und mit geschärftem Zahn an ihren Herzen nagt.
Auch den der Purpur deckt, dem alles scheint gewähret,
Verläfst der Kummer nie, der seine Lust verzehret;
Der Glanz, der ihn umgiebt, blendet nur des Pöbels Wahn,
Und streicht mit falscher Pracht ein schimmernd Elend an.
Wir nähren tief in uns den Keim zu steten Plagen,
Er hat in unsre Brust die Wurzel eingeschlagen,
Die das durchschlungne Herz mit tausend Adern füllt,
Und die du selbst umsonst, o Weisheit, tilgen willt.
Der Geist sieht trauernd sich in träge Fessel schliefsen,
Sein schwacher Nachen wird vom Strome hingerissen:
Der Wollust Süfsigkeit vergället Überdrufs,
Und Tantals Hunger nagt uns mitten im Genufs.
Uns trüget ein Gespenst, ein reitzend Schaugerichte
Quält unsern trocknen Gaum und schmeichelt dem Gesichte.
Wie dort Kreusens Bild sich dem Äneas zeigt,
Und sein bekümmert Herz mit falscher Hoffnung säugt;
Dreymahl streckt er den Arm nach dem geliebten Schatten,

V. 602 — 628.

Dreymahl entzieht sie sich dem Kuſs des bangen Gatten:
So flieht die Seelenruh, das niemahls feste Ziel
Betrogner Geister, den, der sie umfangen will;
Hingegen schwärmet stets ein Heer von blassen Sorgen
Bey jedem Tritt um uns, und ängstigt uns auf Morgen.
Vergebens wird der Gram durch jetz'ge Lust verscheucht,
Er ist dem Parther gleich, der sieget, wenn er fleucht.
Kaum scheint er zu entfliehn, so kommt er stärker wieder,
Und schwingt um unser Haupt sein trauriges Gefieder.

Aus diesem Augenpunkt betrachtet nun Zerdust
Die allgemeine Noth, die Folter unsrer Brust.
Er spürt der Ursach nach, erstaunt in deinen Werken,
Gebrechen ohne Zahl, o Mithra, zu bemerken.
Nein, ruft er endlich aus, erbarmensvoller Gott,
Du lebest nicht von Blut, und suchst nicht unsern Tod.
Ein boshaft Wesen ist, das uns das Seyn miſsgönnet,
Sein Herz ist stetes Feu'r, wo Zorn und Rache brennet,
Es labt mit Thränen sich und nährt mit unserm Blut,
Als wie mit fettem Öhl, die unglücksel'ge Gluth.
Der Seufzer Angstgetön liebt es weit mehr zu hören,
Als jene Harmonie der musikal'schen Sfären,
Die, Mithra, dich vergnügt. Von ihm stammt alle Noth,
Die uns bis zum Beschluſs des bangen Lebens droht,
Und nur dem Tode weicht, der unsern Jammer kürzet,
Ach! aber gar vielleicht in ew'gen Schlummer stürzet.

So schließt der Persen Theut, und findet in Geschichten
Des grauen Alterthums, umnebelt von Gedichten,

V. 629 — 655.

Was seine Meinung stärkt; der Celten Überfall
Und Hermanns strenge Faust, der Horomasden 7) Qual,
Liefs noch im Orient die blut'gen Spuren sehen,
Und schien dem neuen Wahn mit Nachdruck beyzustehen.
So heckt des weisen Witz und die Unwissenheit
Des Volks den Irrthum aus; genähret von der Zeit
Wächst er, und schützet sich mit seiner Priester Zungen,
Bis nun das Alterthum den Beyfall ihm erzwungen,
Den ihm, als er entstand, des Pöbels Leichtsinn gab:
Nun blüht der Wahn empor, und auf der Wahrheit Grab.

Zwey Wesen ehrt und scheut, mit ganz verschiednen Trieben,
Das alte Persien. Das eine macht sich lieben,
Es pflanzt in unsre Brust der Tugend Samen ein,
Und pflegt die zarte Frucht mit warmem Sonnenschein.
Das andre gleicht der Nacht; mit kalten Finsternissen
Hemmt es der Strahlen Kraft die von Hormasdes fliefsen.
Ein ew'ger Zweykampf trennt der Himmelsgeister Schar,
Und nichts als unser Glück ist dabey in Gefahr.
Das gute Wesen führt die unerfahrne Jugend,
Der oft die Unschuld schadt, den steilen Weg der Tugend,
Sein zärtlich - ernster Blick folgt ihnen wo sie ziehn,
Und wandelt Dornen oft in lieblichen Jesmin.
Hingegen Ariman, verschlagen uns zu kränken,
Hört niemahls auf, an Stoff zu unsrer Pein zu denken.
Jetzt lockt er uns mit List in reitzender Gestalt.
Ein liebenswerther Feind hat zehnmahl mehr Gewalt,
Als der die Waffen zeigt, die unserm Leben dräuen;

V. 656 — 682.

Ein Feind, der sich erklärt, befiehlt uns, ihn zu scheuen;
Da dem, der lächeln kann, der uns umarmt und küßt,
Schon oft der kühnste Held zum Opfer worden ist.
Auf solche Weise ists dem Wüthrich oft geglücket,
Daß seine Zauberey ein schwaches Herz berücket.
Kein Proteus wendt so oft die trügende Figur;
So vielfach sah dich nicht der spröden Nymfe Flur,
Vertumnus, 8) bis zuletzt mit schmeichlerischen Falten
Du als ein graues Weib die süße Gunst erhalten.
Voll Wunders fühlte gleich Pomona bey dem Gruß,
So gut er sich verstellt, den allzu frischen Kuß;
So küßt die Freundschaft nicht! Sie stutzt, ihr glühn die Wangen,
Doch plötzlich fühlt sie schon sich feuriger umfangen,
Sie sträubet sich umsonst, zu schwach zu ernstem Krieg,
Krönt nur ihr Widerstand des holden Feindes Sieg.
So zeigt sich Ariman, den Endzweck zu erhalten,
(Sein Spiel ist unser Tod,) in mancherley Gestalten;
Von jedem Vorwurf nimmt er Farb und Bildung an
Und trägt zu gleicher Zeit verschiedner Seher Wahn.
In unsers Herzens Form weiß er sich schnell zu drücken,
Und andre Neigungen auch anders zu berücken.
Dianens Gürtel braucht er zu Kalisto's Weh,
Und füllt mit goldner Fluth den Schooß der Danae.
Gelingt die List ihm nicht, so schrecket er mit Blitzen,
Und Oromasdes selbst kann oft vor ihm nicht schützen.

Dieß ist des Übels Quell, so träumete Zerdust,
Und suchte außer uns, was tief in unsrer Brust

V. 633 — 709.

Aus innrer Quelle rinnt; den Knoten aufzulösen,
Macht er das Übel gar zu einem ew'gen Wesen.
Allein vor Fabeln bebt des Zweiflers Kühnheit nicht,
Du Wahrheit, bists allein, die seine Waffen bricht;
Durch dich will ich die Macht geschärfter Zweifel dämpfen,
Das Vorurtheil zerstreu'n, und für die Gottheit kämpfen.

Im ewigen Verstand der göttlichen Natur,
Schwebt ein unendlich Bild der ganzen Kreatur,
Von allen Schatten frey. Hier stehn in langen Reihen,
Die Wesen, welche sich der Möglichkeit erfreuen:
Unendlich ist die Schar, die ihren Platz hier hat,
Und sich vom öden Nichts dem Unerschaffnen naht.
Hier fehlet keine Kraft, kein wirksames Vermögen,
Kein Wesen, das sich selbst kann fühlen und bewegen.
Diefs ist der Stoff der Welt. Ihm gab die weise Macht,
Die ihn unsterblich schuf, der schönsten Bildung Pracht.
Sie hat der Wesen Schar nach Ähnlichkeit verbunden,
Und jenes Grundgesetz der Ordnung ausgefunden,
Das jede Wirkung stets an eigne Ursach knüpft,
Und wehrt, dafs die Natur nicht epikurisch hüpft.
Die schöne Symmetrie, die Eintracht in den Theilen,
Die durch verschiednen Weg den besten Zweck ereilen;
Die wohl gesparte Kraft, die abgewogne Zeit,
Der ausgemefsne Raum, die Mannigfaltigkeit
Mit Einfalt stets vermählt, das künstliche Verfügen,
Dafs im Vergangnen stets der Zukunft Samen liegen;
Diefs alles ist das Werk vom ewigen Verstand,

V. 710 — 718.

Der für den reichsten Stoff die schönste Form erfand.
Der Mängel kleine Zahl schwindt in des Guten Größe,
Und gleicht kaum einem Punkt, den ich mit Sonnen messe.
Die Welt ist ja nicht Gott; genug, daß ihre Pracht
Sie, nach dem Schöpfer selbst, zum höchsten Wesen macht.
Sie ist so groß und gut als Gott sie kann bereiten;
Ein völliger Begriff von allen Möglichkeiten,
Und führt der Wesen Schar, von Mängeln endlich rein,
Durch den bequemsten Weg in ihren Ursprung ein.

Anmerkungen.

1) Seite 13. *Ubi Nilus ad illa, quae Catadupa nominantur, praecipitat ex altissimis montibus, ea gens, quae illum locum accolit, propter magnitudinem sonus, sensu audiendi caret. Cicero Somn. Scip. c. V.*

2) S. 18. Das Kunstwerk, das hier sein verdientes Lob erhält, ist seitdem durch die vielen Schweitzerreisen, mit deren Beschreibung wir beschenkt worden sind, so bekannt worden, daß diese Stelle keiner Anmerkung bedarf. Unglücklicher Weise für den Ruhm des Künstlers ist es nur aus Sandstein gearbeitet, und man sieht mit Bedauern die Zeit kommen, wo es in dieser Beschreibung nicht mehr zu erkennen seyn wird. Übrigens müssen wir noch anmerken, daß diese Stelle (vom 215. bis 229. Vers) in der Ausgabe von 1751 noch nicht befindlich, sondern erst einige Jahre später eingeschoben worden ist.

3) S. 19. So hieß der zweyte Nachfolger des Aristoteles im Lyceo, der von den Alten vorzugsweise Fysikus, oder der Naturalist, genannt wurde; weil er sich einbildete, den Ursprung und die Verknüpfung der Dinge aus einem geometrisch-nothwendigen Mechanismus, den er Natur nannte, ohne Zuthun einer Gottheit erklären zu können, Cicero de Nat. Deorum, L. I.

4) S. 22. Leucippus war der Erfinder der Atomen oder untheilbaren Stäubchen, aus deren ungefähr Bewegung, seinen Gedanken nach auf eine sehr begreifliche Art, eine unendliche Menge von Welten entsteht. Demokritus und

Epikurus baueten nachber ihre Fysik auf diese Hypothese; welches an dem ersten desto unbegreiflicher ist, da er, nach dem Zeugnisse der Alten, ein grofser Naturforscher war, und den gröfsten Theil eines Lebens von mehr als hundert Jahren mit fysischen Beobachtungen und Versuchen, Zergliederung der Thiere, und Untersuchung der Kräfte der Pflanzen zugebracht.

5) S. 25. Cäsar von Kremona, ein Aristoteliker des sechzehnten Jahrhunderts, der sich in seinen mit Recht vergessenen Schriften der atheistischen Meinungen seines Meisters verdächtig gemacht, und überhaupt unter die zahlreichen Italiänischen Gelehrten seiner Zeit gehört, die sich einbildeten, dafs ein Filosof keine Religion haben müsse.

6) S. 27. Mit diesem und andern ähnlichen Nahmen wird der unter dem Nahmen Hermes Trismegistus bekanntere Erfinder der Ägyptischen Filosofie bezeichnet.

7) S. 34. Leibnitz vermuthet, die Nahmen, welche im Systeme des Zoroaster dem guten und bösen Grundwesen gegeben werden, gründen sich auf eine alte erloschene Geschichte von einem Einfalle der Celto-Skythen in die Morgenländer, welcher noch früher sey, als diejenigen, wovon uns die Geschichtschreiber Nachricht geben. Der Umstand, dafs einige Morgenländische Prinzen Hormisdas, und ein alter Celtischer Held, Ariman oder Armin geheifsen, bestärket diese Vermuthung. *Theodice P. II. §. 138-144.*

8) S. 35. *Ovid. Metamorphos. L. XIV.*

INHALT DES ZWEYTEN BUCHS.

Nachdem im ersten Buche die ewige Schöpfung der Welt behauptet worden, geht der Dichter zur Erklärung des Ursprungs derselben fort. Widerlegung der Meinung, daß alle Dinge Ausflüsse aus der Gottheit seyen. Alle Substanzen haben ihre Kraft oder Wirksamkeit von Gott, die Art aber wie sie dieselbe äußern, von sich selbst. Die Schöpfung und Erhaltung ist demnach eine einzige, ewige und sich selbst gleiche Wirkung Gottes, wodurch alle Kräfte in ihrem Seyn erhalten werden. Letzte Absicht der Schöpfung. Zwey grosse Folgen aus derselben: Die erste, daß alle mögliche Wesen wirklich sind; die andre, daß alle empfindende Wesen für eine endlose Glückseligkeit bestimmt sind. Die Seelen und Geister sind der einzige Gegenstand der Absichten des Schöpfers, und der Stoff ist bloß um ihrentwillen. Vortrag und Widerlegung des Wahns der Materialisten, welche das Daseyn unkörperlicher Wesen läugnen. Grund der Verschiedenheit der empfindenden Wesen, in Absicht der Grade ihrer Vollkommenheit und Glückseligkeit. Gemählde einiger Klassen solcher Geschöpfe. Zergliederung der innern Einrichtung der geistigen Wesen. Wie ihre Natur ein Schattenbild der Göttlichen ist, durch die Vorstellungskraft, den Trieb zur Vollkommenheit oder die Liebe, und durch die Ruhmbegierde. Allgemeiner Blick über die ganze Geisterwelt.

DIE NATUR DER DINGE

ODER

DIE VOLLKOMMENSTE WELT.

ZWEYTES BUCH.

V. 1 — 10.

Die Welt, dieſs weite Reich beseelter Wirklichkeiten,
War, den Substanzen nach, kein Werk gemeſsner Zeiten,
Obgleich ein steter Fluſs die Form der Dinge treibt,
Und ihr verstärkter Lauf stets gröſsern Kreis beschreibt:
Nein, wie im ersten Buch die Musen uns gelehret,
Hat stets ihr wandelnd Seyn dem Schöpfer gleich gewähret;
Sie hängt an seiner Macht, und zöge die sich ab,
So sänke gleich das All ins Undings finstre Grab.
Doch wie wirkt diese Kraft? Wie weit wird's uns gelingen,
Ins Unermeſsliche mit schwachem Blick zu dringen?

V. 11 — 37.

Der ältsten Weisen Schar, vom Trismegist gelehrt,
Hat jenen Wahn gezeugt, den noch der Indus ehrt,
Den einst Plotin [1] erneut, Jochaides [2] verdunkelt,
Und der mit blassem Schein in Böhms Aurora [3] funkelt.

Die allzu fruchtbare, zu warme Fantasey
Ist die Gebärerin von dieser Schwärmerey;
Sie mischt und wechselt stets die Bilder mit den Sachen,
Die durch die Bilder uns der Witz soll sichtbar machen.

Der Irrthum dieser Schar ergießt durch manchen Arm
Sein schlammig Wasser aus. Des ernsten Zenons Schwarm
Läßt ein astralisch Licht das ganze All umfließen,
Und Leben und Verstand in alle Wege gießen.
Plotin macht Gott zum Meer, aus dem die Geisterwelt
In tausendfachem Grad verschiedner Klarheit quellt;
Der Schaum, der diese Fluth gleich einer Rinde decket,
Ist der entseelte Stoff, der alles Übel hecket.
Jochaids Mißgeburt tiefsinn'ger Schwärmerey
Borgt von Plotin den Grund zum seichten Lehrgebäu,
Das er rabbinisch schmückt mit morgenländ'schen Bildern.
In unermeßlichen ätherischen Gefildern
(So träumt er) wallt ein Licht, das, rein und unbegrenzt
Von allem Dunkel frey die Ewigkeit durchglänzt; [4]
Es hält, was durch die Zeit aus ihm hervor geflossen,
Die Samen aller Ding' in seinem Schooß verschlossen.
Der Erstling seiner Kraft geußt den empfangnen Schein
Mit ungleich reinem Licht in zehn Kanäle ein,
Die immer weniger vom Ursprungsglanze schmücket,

V. 38 — 64.

Je weiter sich ihr Lauf dem Mittelpunkt entrücket.
Diefs ist die höchste Welt, die helle Aziluth,
Der unvermischte Strom aus Ensofs reiner Gluth.
Mit etwas blasserm Schein giefst Briah ihre Strahlen
Der Welt der Geister zu, die, in gestirnte Schalen,
(Ein dunkler Kleid) gehüllt, die finstre Unterwelt,
Den unbelebten Stoff, mit mattem Licht erhellt.
Doch Muse, schweig, und scheu die heil'gen Dunkelheiten;
Ihr unsichtbares Licht glänzt nicht den Ungeweihten!

So zeugt der Irrthum sich in der fruchtbaren Schoofs
Der heifsen Fantasie, und wird vom Beyfall grofs;
Kaum tilgt ein Herkules den hundertköpf'gen Drachen,
Der immer sich ergänzt, und dräut mit neuen Rachen.
Du, Weisheit, dämpfest ihn, dein Blitz zerstreut den Wahn:
Komm, Göttin, zeige mir der Wahrheit sichre Bahn.

Die ganze Welt regt sich von thätigen Vermögen,
Die sich durch innre Kraft verändern und bewegen.
Die innerliche Form, der Wesen Unterscheid
Hängt blofs an dieser Kraft und ihrer Thätigkeit.
Doch ist die Kraft nicht selbst das, was aus ihr entspringet,
So wie die Nachtigall nicht das ist, was sie singet.
Die Wirkung dieser Kraft, die ihr Geschlecht und Art
Durch das was sie gebiert, den andern offenbart,
Ist bey der Kreatur in Grade eingeschlossen,
Und nie der Quelle gleich, aus der sie ausgeflossen.
Nur Gott ist was er ist, und bleibt sein eigner Grund,
Da uns hingegen stets in seinem öden Schlund

V. 65 — 91.

Das wesenlose Nichts gleich todten Schatten quälte,
Wenn nicht der Kräfte Quell die unsre stets beseelte.
Jetzt zeigt sich unserm Geist das ewig feste Band,
Das die Geschöpfe knüpft an die allmächt'ge Hand.
Durch Sie nur lebt der Trieb, der in den Wesen schläget;
Die einen körperlich, die andern geistig reget:
Obgleich die Änderung der Kraft, die er beflammt,
Nicht von der Gottheit selbst, nein, von den Wesen stammt,
So bleibt der Schöpfer stets in gleicher Wirkung stehen,
Und schafft nie weniger, nie mehr als sonst geschehen.

,Auch hier verleitet leicht zu einem falschen Schluſs
,Die Täuscherin, die ich so oft bekämpfen muſs.
,Ein Werk, worauf Lysipp die Schöpferkunst verwendet,
,Wird mit dem letzten Druck der Künstlerhand vollendet,
,Sein Schaffen hat ein Ziel; steht deine Pafia,
,Praxiteles, einmahl ganz glatt und fertig da,
,Bedarf sie dein nicht mehr, und kann, um fortzuwähren,
,Des Künstlers, den sie nun weit überlebt, entbehren.'
Drum schlieſst die Fantasie: was einst geschaffen sey,
Besteh nun durch sich selbst, von fremdem Beystand frey.
Doch läſst diefs Gleichniſs auch sich auf den Schöpfer wenden?
Der Künstler giebt dem Stein, der unter seinen Händen
Mit fremder Schönheit reitzt, die ihm Kassandra leiht,
Nur eine neue Art der vor'gen Wirklichkeit;
Er schuf ihn nicht aus Nichts: Allein die Kraft der Wesen
Kann nie sich von der Hand des ew'gen Schöpfers lösen;
Der Grund, warum sie nicht aus eigner Macht besteht,

V. 92 — 118.

Hört niemahls auf zu seyn; so sehr sie sich erhöht,
Wird sie doch nie zu Gott; und was sie einst empfangen,
Muſs jeden Augenblick sie stets von ihm erlangen.

Sing, Muse, nun, wie Gott den besten Zweck erfüllt,
Und was das Muster war, wornach er uns gebildt.
Der Wesen Inbegriff soll seinen Meister preisen,
Und seine Herrlichkeit im schönsten Abdruck weisen;
Drum schafft Gott eine Welt, die seiner Huld genieſst,
Und jenes Licht empfängt, das schaffend aus ihm flieſst.
Dieſs ist der Zweck, den uns die Wahrheit heiſst bemerken,
Der Gottheit Ehre liegt im Glück von ihren Werken.
Je mehr sie sichtbar wird, je mehr wird sie geehrt;
Was uns beseligt, ist, was ihren Ruhm vermehrt.
Dieſs ist der Felsengrund, der zwey Kolossen träget,
Auf deren sichres Haupt sich unser Lehrbau leget.
Der eine stützt den Satz: daſs, was empfindlich ist,
Der Wesen ganze Schar, die Schöpfung in sich schlieſst.
Im andern gründet sich das Glück der Geistigkeiten,
Der Triebe Gegenstand, die Hoffnung beſsrer Zeiten.

Ist der Geschöpfe Glück des Schöpfers einzigs Ziel,
So flöſst sein Allmachtshauch Empfindung und Gefühl
In so viel Wesen ein, als in der Möglichkeiten
Uneingeschränktem Reich sich ihrer Hoffnung freuten.
Was hilfts dem todten Stoff, daſs er den Geistern nützt?
Was hilfts der Sonnengluth, daſs sie die Welt erhitzt?
Kennt Vandyks Mahlerey den Reitz von ihren Zügen?
Kann sie ein schmeichelnd Glas wie Sylvien vergnügen?

V. 119 — 145.

Empfindet sie die Lust, die Frynens Busen blüht,
Wenn der Bewundrer Heer bezaubert um sie steht?
Nein, unbekannt sich selbst, ergetzt sie fremde Blicke,
Und schlägt mit taubem Ohr das eitle Lob zurücke.

Zwar hat das Alterthum ein Wesen stets mißkennt,
Das bloß Ideen wirkt, vom Stoffe ganz getrennt;
Die Geister, denen es Empfindung beygeleget,
Sind von gestirntem Feu'r, das, wenn es sich beweget,
Gedanken fühlend zeugt, und unverweslich ist,
Weil, frey von trübem Stoff, sein reiner Lichtstrom fließt.
Auch unsre Zeiten hat der Irrthum noch beflecket,
Und aus dem alten Schutt sein stolzes Haupt gestrecket.
In Geister, welche sich vom Stoffe nie befrey'n,
Flößt er ein schleichend Gift sanft und unmerklich ein.
Das Laster hofft durch ihn sich vor des Richters Blitzen,
Vor gegenwärt'ger Angst und künft'ger Qual zu schützen.
Sein Freund, der Witz, hilft auch mit dienstbarem Bemüh'n,
Ihm trüglich die Gestalt der Wahrheit anzuzieh'n,
O Thor, um kurze Lust, und die kaum halb zu schmecken,
Soll dich mit ew'ger Nacht des Todes Grabmahl decken?
Verachtet schmäht dein Sinn das Glück der Ewigkeit,
Und doch genießt er kaum die Hülsen von der Zeit.

Sie, welche jederzeit den Wahn erzeugt und nähret,
Die Fantasie hat auch des Irrthums Wuchs vermehret,
Den ich bekämpfen will; aus ihrem Bilderschatz
Schmückt sie ihn reizend aus, und nimmt der Gründe Platz.
Fragt nur den Freygeist an, und dringt in ihn mit Gründen,

V. 146 — 172.

Kaum wird er zweiflerisch sich aus dem Netze winden.
Was, spricht er höhnisch, was denkst du beym Worte, Geist?
Ists nicht ein leerer Schall, der dich mit Unsinn speist?
Kann was entkörpert seyn, und ganz vom Stoff sich trennen?
Wär' es nicht eben das, was wir das Leere nennen?
So schlofs schon ein Lukrez, und ohne roth zu seyn,
Stimmt noch zu unsrer Zeit manch falscher Weiser ein.
Man zweifelt, ob ein Geist (nach unsers Leibnitz Lehren)
Solch eine grofse Zahl von Bildern kann gebären;
Von Bildern, welche doch sein innres Wesen scheut,
Das keinen Sinn berührt, und Stoff und Dehnung meidt.
Und endlich (dieses ist der Kern von ihren Schlüssen)
Wer sagt uns, dafs vom Stoff wir alle Kräfte wissen?
Betrogne Sterbliche! Vom unbegrenzten All
Seht ihr den äufsern Rand, die Schale nicht einmahl,
Und rühmt euch doch getrost der Dinge Herz zu kennen,
Und wifst die Himmel selbst, wie Kircher, 5) zu durchrennen.

O kaum gewordnes Nichts, das jetzt ein kurzer Wind
Gleich einer Blase dehnt, die, eh' sie ist, verschwindt;
O Thörichter, du willst in klippenvollen Tiefen,
Und ohne Steur und Mast und Stern und Nadel schiffen?
Viel leichter prüfte dort der ersten Schiffer Heer,
In heil'ger Fichten Bauch, das arg verschreyte Meer,
Die Nymfen sah'n erstaunt in den beschäumten Grenzen
Ein fliegend Holz sich dreh'n, und Schild und Harnisch glänzen;
Allein sie schützt' ein Gott, Minerva führte sie,
Des goldnen Vliesses Preis reitzt' ihre Heldenmüh:

V. 173 — 187.

Du aber, schwacher Geist, wie kannst du dich erfrechen,
Und ohne Hülf und Licht die finstre See durchstechen?
Verwegen schliefsest du, der Stoff empfinde nicht,
Weil dir es einzuseh'n Verstand und Sinn gebricht.
Ist das der helle Geist, den ihr so sehr erhebet,
Der Strahl von Gott, der einst sich selber überlebet?
Er zeugt sich mit dem Leib, fängt an mit ihm zu blüh'n,
Nimmt ab wie er, und ach! wie er wird er verflieh'n!

Diefs ist des Dichters Schlufs, der seinen Witz verschwendet, [6]
Doch nur ein blödes Aug mit seinen Flittern blendet.
Hier ist ein weites Feld, wo sich die Dichtkunst weis't;
Das muntre Frankreich trägt kaum einen seichten Geist,
Der hier den Witz nicht übt, stolz die Vernunft verhöhnet,
Mit Scherzen Gründe schlägt, und grofse Wörter tönet.
Doch dichte immerhin, und wandle wenn du willt,
In ein beseeltes Weib Pygmalions Marmorbild;
Du magst nach deiner Art mit Mährchen uns betriegen;
Du thürmest Reime auf, hier sollen Gründe siegen.

Du sprichst, der Stoff empfindt, er ist's der in uns denkt,
Die Bilder nimmt, verwahrt, trennt und zusammen hängt,
Sich in die Formen giefst, die ihm der Körper giebet,
Und in uns wünscht, und scheut, und hofft, und hafst und liebet.
Doch sage, da der Stoff unendlich theilbar ist,
Ob diese geist'ge Kraft aus allen Theilen fliefst,
Von dem was in uns denkt? Diefs mufst du uns bejahen,
Und deinen Satz zugleich dadurch dem Umsturz nahen;
Plotin hat längst für dich den starken Pfeil gespitzt,

V. 200 — 227.

Vor dem dein Luftgebäu kein Witz, kein Einfall schützt.
Denn sprich nur, ist das Bild, das jetzt dein Stoff empfindet
In jedem Theile so, dafs er's ganz in sich findet?
Ist diefs, so würde ja ein jeder Gegenstand,
Trotz dem, was man erfährt, unendlich oft erkannt.
Du würdest, wie Orest, nicht nur zwey Sonnen sehen,
Unzählbar würden sie vor deinen Augen stehen;
Dir würd' unendlich oft was deinen Blick bestrahlt,
Was andre Sinne rührt, in dein Gehirn gemahlt;
Es würde jeder Trieb, dein Hassen und Begehren,
In der betäubten Brust unendlich sich vermehren.
Von drey Anticyren wird, wer diefs glaubt, nicht heil!
Doch beuge klüglich dich, und weiche diesem Pfeil,
Sprich, jeder Theil des Stoffs, der in mir fühlt und denket,
Fühlt nur ein Stück des Bilds, das in den Sinn sich senket:
Nun sag' auch, wenn du dich beym Denken selbst erkennst,
Und dich unendlich schnell vom Vorgestellten trennst,
Ist diefs Gefühl getheilt, und wie wird es zerrissen?
Nur Eine Kraft kann es in Eine Wirkung schliefsen.
Was der Verstand ergründt, des Scharfsinns hoher Flug,
Die Kraft, die Schlüsse häuft, des Willens sanfter Zug,
Diefs alles läfst sich nicht in Stoff und Bilder schränken,
Noch ohne Ziel getheilt, wie du erdichtest, denken.
Ein Beyspiel mach' es klar: Du gehst in einen Wald,
Und suchst, der Sonne müd, der Schatten Aufenthalt;
Im gleichen Augenblick steigt vom beblümten Rasen,
Ein süfser Dampf empor, und eilt zu deiner Nasen;
Auch hört dein Ohr zugleich das Lied der Nachtigall,

V. 228 — 254.

Und sucht im fernen Fels den rauhen Wiederhall.
Nun mufs, nach deinem Wahn, von allen diesen Bildern
Sich jedes für sich selbst in deiner Seele schildern;
Der Blumen süfser Hauch drückt sich ganz anders ein,
Als auf der Silberfluth der Sonne Wiederschein.
Ein jedes fühlet sich (diefs folgt aus deinen Schlüssen)
Und sich allein, und kann nichts von den andern wissen.
Der Theil des Stoffs, in dem der grüne Wald
Sich spiegelt, fühlet nur die eigene Gestalt;
Ein andrer wird allein vom Blumenduft entzücket,
Wenn in den dritten sich der Waldgesang nur drücket.

Nun widerspricht dir nicht was die Erfahrung lehrt,
Wenn der verhüllte Geist auf sich die Blicke kehrt?
Ists nicht Ein Mittelpunkt, zu dem von allen Dingen
Die Bilder, wie ein Strom, durch alle Sinnen dringen?
Vermöcht' ein Malebransch, der Schlufs aus Schlüssen zieht,
Und mit geschärftem Blick der Sätze Band durchsieht,
Durch die geschlofsne Reih' entwickelter Ideen,
In ihrem Labyrinth die Wahrheit auszuspähen,
Wenn nicht ein Wesen wär, das alles in ihm denkt,
Das die Begriffe fügt, und nach Gefallen lenkt?
Und würden nicht vielmehr im allgemeinen Trennen
Die Bilder feindlich sich einander nieder rennen?

Der Stoff ists also nicht, was denkt: ein Unterscheid,
Der tief im Wesen liegt, entfernt die Geistigkeit
Vom ausgedehnten Stoff; Er kann sich nur bewegen
Und fühlt sich nicht; Sie fühlt und weifs sich nicht zu regen.

V. 255 — 281.

So weit als möglich hat der ewige Verstand
Die Unempfindlichkeit aus seiner Welt verbannt.
Doch kann die Geisterwelt den Stoff nicht ganz verdringen.
Warum? Sein Beystand nützt den ungedehnten Dingen.
Er fördert ihren Zweck, weil er der Geistigkeit
Was ihr zum Wirken fehlt durch die Bewegung leiht.

Das aber was sich Gott zum Wohlthun auserlesen,
Ist die beseelte Schar der edlern geist'gen Wesen,
Die, nach ihm selbst geformt, zum Fühlen aufgelegt,
In ihrem Innersten den Trieb zur Freude hegt.
Es wallt sein Vaterherz zu den geliebten Kindern,
Und haßt der Schranken Neid, die seinen Einfluß hindern.
Sein Will ist unser Glück; doch gleiche Seligkeit
Verbeut auf ewig uns der Wesen Unterscheid.

Warum denn schuf er uns, fragt Manes, nicht zu Engeln,
Fest in des Guten Wahl, und frey von strafbarn Mängeln?
O Thor! mit gleichem Recht klagst du die Erde an,
Daß sie der Nelken Pracht auch Distel, Löwenzahn,
Und andern Pöbel mischt, nicht stets von Liljen strahlet,
Und, statt gemeinem Gras, mit bunten Tulpen prahlet.
Vielleicht begehrst du auch, daß stete Weste wehn,
Und willst die schwarze See von Nektar glühen seh'n;
Du heißest öden Sand mit Blumen sich erheitern,
Und Schiffe sollen dir an Diamanten scheitern.
O flieh aus einer Welt, der die Natur befiehlt,
Und zaubre dir ein Reich, worin die Wärme kühlt;
Den Bach der bey uns rauscht, laß Operlieder singen,

V. 282 — 309.

Und aus des Frühlings Schoofs Rubin und Perlen dringen.
Wie eng ist eine Welt, die nur Halbgötter trägt,
Die ein einförmig Licht mit gleicher Wonne pflegt!
Wie klein wird da die Zahl der Mannigfaltigkeiten,
Die fern Ein Endzweck ruft, und die harmonisch streiten!

Und kann die Gottheit seh'n, dafs ein unzählbar Heer,
Das eines kleinern Glücks nach Graden fähig wär,
Umsonst zu seyn sich sehnt? Kann diefs die ew'ge Liebe?
O nein! Sie wallt zu uns mit allgemeinem Triebe,
Und flöfset Wirklichkeit und zugezählte Lust,
Nach jedes Fähigkeit, in aller Wesen Brust.
Das Elend, welches jetzt die niedern Klassen leiden,
Verliert sich nach und nach in eine See von Freuden.
Des Übels ganze Summ, wie grofs sie Baylen dünkt,
Ist kaum ein Regentropf, der in das Weltmeer sinkt,
Verglichen mit dem Glück, das noch entfernte Zeiten,
Von Titan nicht erlebt, den Geistern zubereiten.

Der innre Unterschied der wesentlichen Kraft
Ist, was die Einzelnheit in den Substanzen schafft.
Verschiedne Fähigkeit zu fühlbaren Gedanken
Vertheilt der Wesen Heer in abgemefsne Schranken;
Und ein geheimes Band, das alle Geister reiht,
Knüpft Arten und Geschlecht nach ihrer Ähnlichkeit.
Diefs ist der Liebe Hauch, den Orfeus schon besungen,
Durch den Empedokles der Samen Streit verdrungen.
So ward die Geisterwelt, die durch Ideen lebt,
Und mit verschiednem Schwung zur Gottheit sich erhebt,

V. 309 — 334.

Die Weisheit schränkte sie in ungezählte Klassen,
Die nach bestimmter Zeit sie höher steigen lassen.
Mit ungleich sattem Trieb naht der Natur Gebot,
Die einen ihrem Quell, die andern noch dem Tod.

Bekränzt mit stillem Licht, strahlt eine gröfsre Sonne
Dort einen Cherub an, mit unvermischter Wonne.
Sein scharfes Auge sieht durch unsre Nebel hin,
Kein trübes Vorurtheil schwärzt seinen hellen Sinn.
Ihm zeigt sich die Natur in unverhüllter Schöne,
Sein geistig Ohr entzückt der Sfären Lobgetöne;
Manch neuer Sinn führt ihn ins innre Heiligthum
Der grofsen Schöpfung ein, wo des Erschaffers Ruhm
In ew'gen Flammen brennt auf ewigen Altären.
Er theilt die Seligkeit mit tausend Engel - Kören;
Der Wahrheit Urbild selbst wird stets von ihm erblickt,
Und reine Liebe ists, was seine Brust entzückt.
So nähert er sich stets der Geister erstem Quelle,
Und wird im Nähern stets von reinern Strahlen helle.

Viel niedrer drängt sich dort auf zweifelhafter Bahn
Ein noch nicht reifer Geist zur Seelenruh hinan.
Was hilft ihm die Vernunft, die ihn beglücken könnte;
Wenn seine Wahl sich nie von ihrem Ausspruch trennte?
Sein Herz verlangt nach Lust, die falsche Fantasie
Verdoppelt ihren Reitz, und raubt zugleich ihm sie.
Sie reitzet die Begier, und weifs sie nicht zu stillen,
Und lockt mit eitelm Glanz den oft betrognen Willen.

V. 535 — 561.

Indem er hin und her ein Gut sucht, das ihn flicht,
Ruft ihn mit süfsem Ton der Wollust Zauberlied.

Im blumenreichen Thal, wo unter Myrtenschatten
Der Venus Tauben sich im stillen Laube gatten,
Wo alles scherzt und liebt, und stets im lauen Wind
Ein unsichtbarer Dunst von süfsen Seufzern schwindt,
Dort liegt die Zauberin auf buhlerischen Rosen.
Cytherens kleiner Sohn, nie müd ihr liebzukosen,
Schlingt sich, dem Efeu gleich, um ihre heifse Brust;
Ihr funkelnd Auge reitzt zu untersagter Lust.
Ihr schwarzes Haar, das leicht um ihren Nacken schwebet,
Dämpft süfsen Balsam aus; den West, der sie umwebet,
Schöpft sie voll Lüsternheit und kühlt den matten Gaum;
Der Liebesgötter Schar verengt um sie den Raum,
Und spielet sorgenlos, doch schwirrt bey ihrem Scherzen
Manch unsichtbarer Pfeil in unverwahrte Herzen;
Der trunkne Bacchus liegt zu ihrem Fufs gestreckt;
Von weicher Flöten Schall zur Üppigkeit erweckt
Erhebt er sich, den Kor der Faunen und Mänaden,
Der in die Schatten floh, zum wilden Tanz zu laden.
Diefs ist der Wollust Hof, aus diesem Zaubergrund
Ruft sie den Wandrer zu; ihr allzu süfser Mund
Bethört sein willig Herz, er küsset sein Verderben,
Und saugt aus ihrem Blick ein angenehmes Sterben,
Doch wenn die Zauberin ihn kurze Zeit berückt,
Raubt ihm ein Augenblick, was ihn vorher entzückt;
(Wie ein treuloser Traum, indem er uns vergnüget,

V. 562 — 588.

Nur durch ein hold Gespenst des Herzens Sehnsucht trüget,
Und von der Schattenlust kaum einen schwachen Rest,
Des Schattens Schatten, nur zu gröfserm Schmerz uns läfst;)
Wo lauter, Anmuth war, sieht er erstarrte Klippen
Und todten Sand gehäuft; Armidens süfse Lippen,
Ihr Auge, reich an Lust, ist mit dem leichten Schwarm
Der Liebesgötter weg; er sieht vom dürren Arm
Des Ekels und der Reu mit Abscheu sich umfangen.
Bald bleicht die kalte Furcht die schnell verblühten Wangen,
Wenn des Gewissens Spruch ihm seine Strafe droht;
Bald streicht die späte Reu ihm ihr verhafstes Roth
Aufs blasse Angesicht, von der genofsnen Freude,
Bleibt nichts als die Begier, und nagt sein Eingeweide.
Doch da er liegt und seufzt, und seine Noth bethränt,
Und ohne Hoffnung sich nach einem Retter sehnt,
Blickst du, o Tugend, ihn, umglänzt von sanftem Lichte,
Voll innern Mitleids an, mit tröstendem Gesichte.
Die Kraft, die in sein Herz mit deinen Blicken fleufst,
Belebt mit neuem Muth den auferweckten Geist;
Du hebst ihn lieblich auf, und führst an deiner Seiten
Ihn deinen hohen Weg zu bessern Ewigkeiten.

In noch geringerm Grad hüllt dort ein Raupenkleid
Ein schwächer Wesen ein, und reitzt oft unsern Neid.
Mit weniger Vernunft mifskennt es unsre Plagen,
Und braucht in steter Lust sein kurzes Mafs von Tagen.
Befreyt vom bleichen Neid, der unsre Ruh verzehrt,
Vom ekeln Unbestand, der unsre Wollust stört,

V. 369 — 415.

Schmeckt es die jetz'ge Lust, säumt sich nicht lang' im Wählen,
Und kennt die Mittel nicht, sich sinnreich selbst zu quälen.
Der Rose kühle Schoofs, der Nelke Purpurgrund,
Reitzt es, wie dich, Myrtill, Aminens kleiner Mund;
Sein Leben ist Gefühl, es schwimmt in trunknen Freuden,
Und seine Wonne stört kein vorgesehnes Leiden.
Zwar schliefst ein enger Kreis die dunkeln Sinnen ein,
Allein es wird nicht stets in dieser Kindheit seyn:
Die Zeit, und jener Weg, durch den die Wesen steigen,
Wird ihm ein neues Feld einst zum Empfinden zeigen;
Voll Wunders sieht es dann, den Geistern zugesellt,
Sein neues Daseyn an, und eine neue Welt.

So ist, was fühlt und denkt, an Graden mancherley:
Doch keines ohne Lust, von Mängeln keines frey.
Der reinste Cherub fühlt den Damm der Endlichkeiten,
Den unsichtbarsten Wurm erwarten befsre Zeiten.
Von Gottes Hand geformt, stellt der Substanzen Schar
Der ersten Züge Rifs von seinem Wesen dar.
Je näher sie sich hin zu ihrem Urbild kehren,
Je herrlicher kann sie sein reiner Glanz verklären.

Sie fühlen alle sich, wenn von der äufsern Welt
Ein geistig Bildnifs sich vor ihre Augen stellt,
Und dieses Bild erweckt in den gerührten Herzen,
Das eine Lieb' und Lust, ein anders Hafs und Schmerzen.
Des Willens Richtungskraft kann nie gleichgültig seyn,
Ein Vorwurf flöfset stets Hafs oder Neigung ein.
So hat der höchste Geist, was ihn vollkommen schmücket,

V. 416 — 442.

Mit oft gebrochnem Licht den Wesen eingedrücket.
Vom Quell der Möglichkeit, vom göttlichen Verstand
Ist die Vorstellungskraft mit weiser Kunst entwandt;
Und der Begierden Strom, die stets zum Urbrunn quillen,
Zeigt uns ein Schattenbild vom allerbesten Willen.
Kein Geist verschmäht sein Glück, und liebet was ihn kränkt,
Weil seine Neigung sich von selbst zum Bösen lenkt;
Nein, Witz und Leidenschaft betrügt die blöden Herzen,
Und lockt mit falschem Reitz zu angenehmen Schmerzen.
Die Lieb' umfasset nur was sie durch Schönheit·rührt,
Was gut und nützlich scheint, und süfse Lust gebiert;
Sie ist der schönste Strahl vom schöpferischen Blicke,
Die Wurzel unsrer Lust, der Keim von höherm Glücke.

Zu dem was Gott selbst liebt, zu der Vollkommenheit,
Füllt dieser edle Trieb die Brust mit Zärtlichkeit;
Wo schöne Ordnung reitzt durch weisliches Verbinden,
Eröffnet er das Herz, sie lebhaft zu empfinden.
Er treibet den Verstand, und setzt ihm Stacheln an
Wenn Trägheit ihn besiegt; der Vorurtheile Wahn,
Der Irrthum flieht vor ihm; er giebt sich nicht zufrieden,
Und hört nicht auf, den Geist durch Flehen zu ermüden,
Bis er zur rechten Spur der holden Weisheit kehrt,
Die mit Zufriedenheit, der Geister Kost, sich nährt.

O Liebe, süfser Zug zu Wesen, die uns gleichen,
Du herrschest unbegrenzt in allen Schöpfungs - Reichen.
Dich fühlt der schwächste Wurm, dich fühlen Serafim,
Dich fühlt der Schöpfer selbst! Du führest uns zu ihm.

V. 443 — 469.

Du bist die Geberin der schönsten besten Freuden,
Und keine andre Lust bezahlt selbst deine Leiden.
O! töne mein Gesang hoch, wie ein himmlisch Lied,
Rein, wie im Cherubin dein ew'ges Feuer glüht,
So süfs wie deine Lust, so stark wie deine Triebe,
Dann wagt' ich kühn dein Lob, dann solltest du, o Liebe,
Des heiligsten Gesangs erhabner Inhalt seyn!
Weg, trunkne Sänger, weg, die ihr von Lieb und Wein,
Dort wo beym Faunen - Tanz die wilde Flöte schallet,
Auf feiler Frynen Schoofs mit starrer Zunge lallet;
Entweiht den Nahmen nicht, der Engeln heilig ist,
Womit der Himmel selbst den Unerschaffnen grüfst;
Den Nahmen, dessen Macht die bessern Welten ehren,
Und dessen Wunder uns einst Ewigkeiten lehren!

Die schönsten Bündnisse, die unsre Seele kennt,
Die keusche Flamme, die durch Hymens Fackel brennt,
Der holden Sipschaft Quell, die mächt'gen Sympathien,
Wodurch sich wechselweis verwandte Seelen ziehen;
Du, Freundschaft, süfser Trost des Lebens, das von dir
Erst seinen Reitz empfängt, und Sicherheit und Zier!
Die höh're Liebe selbst, womit wir im Verlangen
Das menschliche Geschlecht und die Natur umfangen,
Sind nur ein Strahl von dir, den deines Anhauchs Macht
In unsrer kalten Brust, o Liebe, angefacht.

Geschwisterlich verwandt mit diesem schönen Triebe,
Ist die Begier nach Ruhm, des edlen Lorbers Liebe.
Auch sie ist unserm Geist vom Himmel angestammt,

V. 470 — 496.

Sie spornt zur Tugend an. Von ihrer Gluth beflammt,
Hat ein Prometheus sich der Sonne zugeschwungen,
Und den verbotnen Strahl und seine Straf' errungen.
Sie hat das erste Volk von Eicheln abgewöhnt,
Und seiner Enkel Pracht von einem Wurm entlehnt.
Durch sie erfand ein Teut der Wissenschaften Samen,
Durch sie blüh'n noch im Tod erblafster Helden Nahmen.
Sie legt der Weisen Geist beseelte Flügel an,
Und hebt sie zum Gestirn auf untersagter Bahn.
Sie lehrte, Valla, 7) dich der Schule Hohn zu sprechen,
Und am Aquin und Duns 8) der Wahrheit Schmach zu rächen.
Durch sie hat Pisa's Stolz 9) der Sterne Zahl vermehrt,
Und dich, Urania, durch Gläser seh'n gelehrt.
Durch sie zwang Gerike, 10) die Luft vor ihm zu fliehen,
Und hiefs ein magisch Feu'r aus kalten Körpern sprühen.
Dem Newton zeigte sie im weifsen Sonnenstrahl
Durch ein dreyeckig Glas der Farben heil'ge Zahl:
Von ihr gelehrt, hiefs er in abgemefsnen Kreisen,
Bestrahlte Welten stets um ihren Brennpunkt reisen.
Sie führte, Leibnitz, dich auf unbetretner Spur,
Durch manchen Labyrinth ins Innre der Natur;
Dir war der Ruhm bestimmt, den Stoff selbst zu beleben,
Und lauter Harmonie der schönsten Welt zu geben.

Doch eben dieser Trieb, wenn die Vernunft ihn nicht
In strengen Zügeln hält, und seine Hitze bricht,
Ist ohne Ruh bemüht, sich und die Welt zu quälen,
Und opfert seiner Wuth erschlagner Brüder Seelen.

V. 497 — 524.

Er reitzt die Herr'n des Nils den Himmel nah zu seh'n,
Und von gebranntem Lehm Gebirge zu erhöh'n,
Wo unter theurer Last, mit Menschenblut gefüget,
Ihr moderndes Gebein in öden Winkeln lieget.
Er führt' einst Filipps Sohn durch manch entvölkert Land,
Im blutigen Triumf, bis an den Indus - Strand.
Er feurte Cäsarn an, Roms Freyheit zu zertrümmern,
Und im erbleichten Glanz des Vaterlands zu schimmern.
Er stößt des Lieblings Dolch, der Wohlthat unbewußt,
Die ihn verwegen macht, in seines Fürsten Brust;
Ja, er bewaffnet selbst, dir, Herr der Welt, entgegen,
Die Thoren, die Ein Wink zu deinem Fuß kann legen.
So weicht die Ruhmbegier, die uns der Himmel gab,
So bald ihr Führer fehlt, vom ebnen Gleise ab.
Sie soll den ew'gen Geist von diesem Ball entfernen,
Zu würdigerm Geschick in strahlenreichern Sternen;
Allein oft läßt sie sich von falschem Winde bläh'n,
Sie hebt sich, steigt, und wird sich bald im Staube dreh'n:
So stürzt den Faeton die Wuth der Sonnenpferde,
Die ihren Herrn vermißt, zur mütterlichen Erde.
Doch lehrt der öftre Fall den hintergangnen Geist,
Bis ihm ein sichres Licht die wahre Laufbahn weis't,
Auf dem die Helden sich durch manchen Feind geschlagen,
Und den errungnen Preis den Himmeln zugetragen.
Der Gipfel alles Ruhms, den die Begier erreicht,
Ist eines Engels Glanz, der seinem Schöpfer gleicht.
Je fähiger die Zeit zu diesem Glück sie machet,
Je stärker wird der Brand im Nähern angefachet,

V. 525 — 536.

Bis endlich unser Seyn in seine Quelle sinkt,
Und unvermischte Lust in vollen Strömen trinkt.

Diefs ist der schönste Theil von dem vollkommnen Ganzen;
Das unbegrenzte Reich empfindender Substanzen,
Die eine Leiter hält, an der das Ende fehlt,
Wo vom geringsten Wurm, den kaum ein Trieb beseelt,
Bis zu dem Cherubin, der sich in Gott verlieret,
Geschöpfe ohne Zahl des Schöpfers Bildnifs zieret,
In ungleich hellem Glanz; wo jedes Schönheit liebt,
Und sich nach Wonne sehnt, und seine Kräfte übt:
Wo jedes durch die Zeit mit reinerm Licht geschmücket,
In befsre Zukunft stets mit hellerm Auge blicket.

Anmerkungen.

1) Seite 42. Ein dunkler, zu seiner Zeit sehr berühmter Filosof, aus der vom Ammonius, im dritten Jahrhundert nach Christi Geburt, zu Alexandria gestifteten Schule der so genannten jüngern und unechten Platoniker.

2) S. 42. Rabbi Schimeon Ben Joschi, einer der vornehmsten Kabbalisten, lebte im zweyten Jahrhundert, und wird von den Juden mit dem Titel eines Funken des Profeten Moses beehrt.

3) S. 42. Ein berühmtes Buch des Theosofen, Jakob Böhm; welches nach dem Urtheil derer, die es zu verstehen glauben, einen Schlüssel zu dem innersten Heiligthum der Natur und Geisterwelt enthält, und dessen Dunkelheit (wie diese Adepten versichern) eine Folge seiner übermäßigen Klarheit, und des blöden Gesichts derjenigen ist, die mit ungeweihten Augen darein schauen.

4) S. 43. Die Kabbalisten setzen eben so, wie die unechten Platoniker aus der Alexandrischen Schule, zum Grund ihres Systems, daß alle Dinge aus der göttlichen Natur, als ihrer Quelle, ausfließen, und nach vielerley Revoluzionen wieder in die selbige zurück kehren. Die Kabbalisten nennen den ersten und reinsten Ausfluß aus der Gottheit, oder dem *Or Haënsoph* (dem unendlichen Licht) *Adam Kadmon*, welcher sich wieder in zehen *Sefiroth* ergießt, die nach der Erklärung des R. Irira die reinsten Ausströmungen desselben sind,

wodurch die Welten mit allem ihrem Zugehör belebt und beseelt werden. Die Nahmen dieser Welten sind, *Aziluth*, *Briah*, *Jezirah* und *Asiah*, mit deren Beschreibung wir die Geduld des Lesers verschonen wollen. Wer neugierig genug ist, kann von diesen erhabenen Träumen der Jüdischen Theosofen in der *Cabala denudata* des Freyherrn Knorr von Rosenroth, und im dritten Theil von Bruckers Historie der Filosofie weitläufige Nachrichten finden.

5) S. 47. Der Pater Kircher war ein gelehrter Jesuit des vorigen Jahrhunderts. Er schrieb von allem, was man wissen und nicht wissen kann. Er erklärte die hieroglyfische Tafel der Isis; er entzifferte das geheimnißvolle Buch Vekim, welches die Chineser dem *Fo-hi* zuschreiben, und das blofs aus allen möglichen Zusammensetzungen der beiden Zeichen — und — — besteht; er beschrieb die unterirdische Welt so umständlich als ein Gnom, und die überirdische als ein Sylfe des Grafen von Gabalis nur immer hätte thun können. Hier wird auf seine **ekstatische Reise durch den Himmel** gezielet.

6) S. 48. S. des Herrn von St. Hyacinthe *Pygmalion, ou la statue pensante.*

7) S. 59. Laurenzius Valla, Kanonikus in Lateran, war einer der gelehrtesten und geistreichesten Köpfe Italiens im 16ten Jahrhundert. Er hat sich am meisten durch den Eifer verdient gemacht, womit er die übermüthige Unwissenheit, und die barbarische Schreibart der Scholastiker dem allgemeinen Spott aussetzte. Diese erklärten Gegner der gesunden Vernunft standen damahls noch in grofsem Ansehen. Sie hatten die Filosofie, und hauptsächlich die Theologie, durch eine Sprache, die aus lauter Zauberwörtern zu bestehen scheint, unsicher und unzugangbar gemacht: und es brauchte, sie hinter dieser Verschanzung von Barbarismen und Solöcismen anzugreifen, zum wenigsten so viel Muth als Rinaldo beym Tasso nöthig hatte, in den bezauberten Wald einzudringen, der von Gespenstern und bösen Geistern besetzt war.

8) S. 59. Thomas von Aquino, und Johannes Duns, die Häupter der zwey vornehmsten Sekten der Scholastiker, deren Kriege über das *ens nominale* und *reale* Staat und Kirche öfters in Verwirrung setzten.

9) S. 59. Der berühmte Galilei, dem die Astronomie die wichtigsten Entdeckungen zu danken hat. Er war der größte Gelehrte und der scharfsinnigste Naturforscher und Mathematiker seiner Zeit; er mahlte sehr schön, er verstand die Musik, er verband die Filosofie mit Witz und Beredtsamkeit, er erfand den Thermometer und die Ferngläser, er opferte über seinen unverdrossenen Beobachtungen seine Augen auf; und doch konnten ihn so viele Verdienste kaum vom Scheiterhaufen erretten, den er nach dem Urtheile der Mönche verdiente, weil er durch sein Fernglas am Himmel Dinge gesehn, die weder Aristoteles, noch die heilige Inquisizion zu Rom, mit blosen Augen gesehen hatte.

10) S. 59. Otto von Gerike ist nicht nur, wie bekannt, der Erfinder der Luftpumpe, die darnach von Sir Robert Boyle und andern verbessert worden, sondern auch der erste, der elektrische Beobachtungen angestellt hat.

INHALT DES DRITTEN BUCHS.

Widerlegung derer, welche die Materie aus Atomen zusammen setzen. Die Monaden des Herrn von Leibnitz bestritten. Vortrag einer Hypothese, nach welcher die Materie ihrer Natur nach unendlich theilbar seyn, und jedes einfache Wesen mit einem unsichtbaren, unvergänglichen, und von ihm unzertrennlichen Leibe, verknüpft seyn soll. Widerlegung der drey bekannten Hypothesen, über die Art des Zusammenhangs der Seele mit dem Leibe. Vortrag einer neuen Auflösung dieses Problems, von welcher es einigen Lesern scheinen wird, daß sie ihrem Erfinder nicht viel begreiflicher sey, als ihnen. Dieses Buch endet sich mit Behauptung des Satzes, daß die kleinsten Theilchen, (Samen, *Stamina*, *Molecules*) der Körper, aus den oben gedachten unvergänglichen ätherischen Leibern einfacher Substanzen bestehen; und daß nicht mehr Materie sey, als zu dieser Verhüllung der einfachen oder geistigen Wesen nöthig ist; eine Meinung, aus welcher folget, daß der Stoff bis in seine kleinsten Theile organisiert sey.

DIE NATUR DER DINGE

ODER

DIE VOLLKOMMENSTE WELT.

DRITTES BUCH.

V. 1 — 10.

Der Weisheit ersten Zeit, dem klugen Griechenland,
War, was vom Stoff sich trennt, ganz fremd und unbekannt.
Kein Anaxagoras, [1] so scharf sein Geist sonst richtet,
Kein Plato, was er auch von Ur-Ideen dichtet,
Schied je den Geist vom Stoff; der ernste Stagirit, [2]
Und der von Cittium [3] folgt ihm und irret mit.
Und muſs nicht ihr Begriff von körperlichen Dingen
Daher mit Dunkelheit und Vorurtheilen ringen?
Aus Stäubchen ohne Geist fügt Epikurus Zunft
Die ganze Geisterwelt, und trotzet der Vernunft;

V. 11 — 37.

Leucipp macht sie gezackt, sie leichter zu verbinden,
Und dem von Agrigent 4) gefällt es, sie zu rūnden.
Ein Thales baut die Welt aus samenvoller Fluth,
Die Wahrheit stimmt ihm bey, und heifst den Grundsatz gut;
Doch auch diefs Element theilt er blofs in Atomen,
Und läfst aus ihrem Flufs der Dinge Formen kommen.
Statt auf den ersten Grund der Dinge fortzugeh'n,
Verfängt er sich im Kleid, und bleibt bey Farben steh'n.
Auch mich erhitzt der Trieb, den jene Dichter fühlten,
Als sie von dir, Natur, auf höhern Saiten spielten.
Die Wahrheit lockt auch mich, (und o! wie ist sie schön!)
In Akademus Wald ihr forschend nachzugehn. 5)
Voll Muthes wird mein Geist sich in ihr Dunkel wagen,
Und bis ins Mark des Stoffs verwegne Blicke tragen.

Die erste Eigenschaft, die uns der Stoff entdeckt,
Und die, in welcher auch sein ganzes Wesen steckt,
Ist, dafs er ausgedehnt, und solche Theile heget
Die gleiches Wesens sind. Wer diefs bey Seite leget,
Dafs auch das kleinste Stück des Stoffs gedehnt mufs seyn,
Gesteht durch seinen Satz die Ungereimheit ein,
Dafs selbst die geist'ge Schar empfindender Substanzen
Aus dichtem Stoff besteht, als Theile eines Ganzen.

Hier ruft die Muse mich von deinen Pfaden ab,
O Schmuck Germaniens, den ihr der Himmel gab
Der Wahrheit alte Spur in neuem Licht zu zeigen,
Und fremder Völker Stolz beschämt vor ihr zu beugen.
Zwar hat dein heller Geist, von unsrer Nacht befreyt,

V. 58 — 64.

Ein ungewohntes Licht in die Natur gestreut;
Doch da dein kluger Fuß der Wahrheit nachgestrichen,
Ist vom verirrten Pfad er seitwärts abgewichen.
Wie rühmlich ist uns hier ein kleiner Irrthum nicht,
Wo selbst des Engels Blick mit Dunkelheiten ficht,
Und nur den höchsten Geist, der in sich alles siehet,
Des Irrthums Möglichkeit und unser Nebel fliehet!
Der Stoff weicht scheu vor dir; die grenzenlosen Weiten
Des leergewordnen Raums füllst du mit Geistigkeiten;
Ausdehnung und Figur machst du bloß zur Idee,
Die Farb' und Bildung nimmt, weil ich verworren seh.
Zu viel war dies gewagt! An zweifellosen Gründen
Soll dein Monaden-Heer siegreiche Feinde finden.

Gesetzt, der wahre Stoff löst in des Weisen Geist
In Elemente sich, die kein Begriff zerreißt,
Die völlig einfach sind, und nur durch innre Regung
Vom Unding ferne steh'n: So muß auch die Bewegung,
Der Dinge steter Fluß, in den Monaden seyn;
Aus ihnen quillt sie aus, in sie gießt sie sich ein.
So giebt dein Lehrbegriff den Geistern Eigenschaften,
Die ihre Art verschmäht, die nur an Körpern haften.

Sprich, ist dein heller Geist von allen Bildern frey?
Fällt bey der Monas nicht ein sinnlich Bild ihm bey?
Schließt nicht die Fantasie den geistigen Gedanken
Dir, unbegreiflich schnell, in eines Pünktchens Schranken?
Einheiten will man seh'n, ein Stäubchen zeigt sich dir,
Aus beiden bildest du ein neues Wunderthier.

V. 65 — 92.

Nie hat der braune Sand, der Zara's Wüsten füllet,
Ob ihn gleich jeden Tag ein neues Wild durchbrüllet,
Solch eine Frucht geheckt; so seltsam füget nicht
Horaz mit einem Fisch ein reitzendes Gesicht;
Ja die Monaden selbst, als sie sich voll Verlangen,
Der ernsten Pallas gleich, aus deinem Haupte drangen,
Erstaunten ganz beschämt, sah'n sich verwundernd an,
Da sie in deiner Hand sich so verwandelt sah'n.
Was sich, dem Wesen nach, vom Körper unterscheidet,
Kennt auch die Wirkung nicht, die nur ein Körper leidet;
Was wirklich einfach ist, ist schon den Seelen gleich,
Zum Fühlen aufgelegt, ein Glied vom Geisterreich.
Von Gott nur hängt es ab, es schöpfrisch anzuhauchen,
Und wenn wird seine Huld die Allmacht nicht gebrauchen?
Kann, der die Liebe ist, ein fühlbar Wesen seh'n,
Gleich dem entseelten Tod vor seinen Augen steh'n?
O! nein was einfach ist, nimmt Theil an seiner Güte,
Und fühlt in seiner Schoofs ein denkendes Gemüthe.
Wie aber? Soll ein Geist zwey Kräfte, die sich flieh'n,
In seinem Wesen sehn, und doppelt sich bemüh'n?
Leid't dieses die Natur entkörperter Substanzen?
Kann Gott in einen Geist ungleiche Kräfte pflanzen?
Komm, ehre die Vernunft; gesteh, von ihr besiegt,
Dafs deine Monas sich zum Element nicht fügt;
Viel eher schnitzest du aus zähem Feigenbaume
Den göttlichen Merkur, und bau'st aus leichtem Schaume
Die schöne Cypria, die stolz der Zefyr küfst,
Da sie, durch seinen Hauch belebt, die Nymfen grüfst,

V. 93 — 119.

Als dafs ein Stoff entstünd' aus tausend Myriaden
Von unbeschaulichen geistähnlichen Monaden.

Sprich, der du sie verfichst, damit kein Zweifel bleibt,
Wie machts die Monas dir, wenn sie die andre treibt?
Geschieht es durch den Stofs? Wie kann sie sie berühren?
Wie kann sie fremden Druck, unausgedehnet, spüren?
O! flieh zur Schule hin, flieh zur verborgnen Kraft,
Und hilf dir dichterisch durch dunkle Eigenschaft!
Mit gleicher Kunst läfst Bav, den Knoten zu entschlingen,
Den unversehnen Gott aus einer Wolke springen.

Noch eine Eigenschaft, die keine Monas schmückt,
Noch ein Beweis, wie oft der Witz den Geist berückt!
Das niedrigste Geschlecht der regen Geistigkeiten
Sind die, aus denen sich die Körper Ihm bereiten.
In diese leget er ein idealisch Bild
Des unmefsbaren Alls, in Dunkelheit gehüllt;
Sie fühlen nichts davon; nach träger Austern Weise
Durchschlafen sie den Lauf der ewig regen Kreise.
So wie Cytherens Bild und Nebenbuhlerin,
Der Stolz der Knidier, doch Marmor, ohne Sinn,
Beym liebestrunknen Kufs des Jünglings 6) nichts empfindet,
Der sich verzweiflungsvoll um ihren Busen windet;
Vergebens schliefst er sie in glüh'nden Armen ein,
Die Göttin fühlt es nicht und bleibt ein schöner Stein;
So wenig fühlt in sich die schlafende Monade
Das Bild der fremden Welt und ihres Wesens Grade;
Sie würde für sich selbst nicht minder glücklich seyn,

V. 120 — 146.

Schlöfs Ariostens Mond [7] und Platons Staat sie ein.
Wozu dann hilft es ihr das Bild der Welt zu tragen?
„Sie mehrt die Pracht der Welt" — Wie wenig heifst diefs sagen!
Wenn ihr und andern nicht ihr Daseyn wirklich nützt,
Was hilft es, dafs sie todt bey regen Wesen sitzt?
Doch hier läfst man getrost der Fantasie den Zügel;
Sie sind, erzählt man uns, unkörperliche Spiegel,
In welche sich die Welt mit feinen Zügen drückt,
Wohin ein jedes Ding sein geistig Bildnifs schickt,
Ob dunkle Nebel gleich es unserm Blick verhüllen.
Wie sinnreich! doch wozu die Welt mit Spiegeln füllen?
Wozu, fragt ihr? Vielleicht giebts in der Geisterwelt
Narzisse, denen auch des Spiegels Lob gefällt;
Zu geistig, wie Narzifs, in Quellen sich zu sehen,
Find't man, von sich entzückt, sie vor Monaden stehen.
Wohin sie schauen, strahlt ihr werthes Bild zurück;
Ihr Selbst erfüllt die Welt, und sättigt ihren Blick.

　　O Wahrheit, welche hier dein Liebling selbst verfehlet,
Sey du zur Richterin in diesem Streit erwählet.
Lehr uns der Körper Grund, und trenn mit weiser Hand
Das Geist'ge und den Stoff, die er zu eng verband.

　　Das was den todten Stoff vom Geist unendlich trennet,
Ist, dafs er keine Zahl in seinen Theilen kennet;
Dafs auch sein kleinster Theil, so sehr man ihn zerschneidt,
Doch immer Körper bleibt, und stete Theilung leidt.
Diefs giebt ihm Fähigkeit sich selber zu bewegen,
Und andre Körper auch durch Druck und Stofs zu regen.

V. 147 — 174.

Diefs scheidet ihn vom Geist, der ohne Dehnung ist,
Unfähig der Figur, worein der Stoff sich schliefst,
Und blofs dadurch geschickt, Ideen zu empfinden,
Zu lieben und zu flieh'n, zu trennen, zu verbinden.
Zwar wirft der Gegner uns, die Theilung ohne Ziel
Als widersinnig vor; doch wagt er nicht zu viel?
Die Mefskunst widerspricht. Theilt nicht gebrochne Zahlen
Bernoullis scharfer Geist zu unzählbaren Mahlen?
Zwar steift man sich getrost auf den bestimmten Grund.
Doch, sprich, wo find'st du ihn im uferlosen Schlund
Der steten Ewigkeit? Wirst du ihn wohl ergründen,
Und zum Unendlichen uns einen Mafsstab finden?
Die endliche Figur, wirft man noch ferner ein,
Heifst offenbar den Stoff nicht ewig theilbar seyn.
Welch übereilter Schlufs! Weil unvollkomme Klassen
Der Geisterwelt den Stoff in Form und Schranken fassen,
So mufs er mefsbar seyn — Wie? lehret deinen Geist
So manches Beyspiel nicht, das die Natur ihm weis't,
Dafs eben das, was wir mit Recht in Grenzen ziehen,
In einem andern Sinn, kann Grenz' und Mafsstab fliehen?
Der hellste Serafin fühlt, dafs er endlich ist,
Ob seine Dauer gleich kein Lauf der Sterne mifst.
Die allgemeine Sucht ist, trotzig zu verschmähen,
Was unbegreiflich ist! Was ists, das wir verstehen?
Ist nicht das ganze All von dunkeln Wundern voll,
Die man empfinden nur, und nicht begreifen soll?
Wer mifst die Ewigkeit? Kann d'Alembert bestimmen,
Wie viele Welten dort im tiefen Äther schwimmen?

V. 175 — 201.

Sprich, was ist Zeit und Raum? Wo ist der Born des Lichts?
Welch eine Marche trennt die Schöpfung und das Nichts?
O du, der nichts begreift, und alles will erklären,
Wenn wird die Weisheit dich sokratisch zweifeln lehren?

Der Körper wirkt und leid't, sein Stoff bleibt stets gedehnt,
Wie oft ihn Halley theilt, und wird nie ganz zertrennt,
So wie der Geist sich nie in einen Körper wandelt,
Die Denkungskraft verliert, und gleich Maschinen handelt.
Der Geist, der denken zwar, nicht sich bewegen kann,
Nimmt andrer Eindruck auch unmittelbar nicht an;
Hingegen kann der Stoff aus innerem Vermögen,
Das ihm der Schöpfer gab, sich selbst und andre regen.
Doch ist sein Wesen gleich von aller Einheit frey,
So zeigt doch die Natur, daß sie nicht fähig sey,
Auch seinen kleinsten Theil unendlich fort zu theilen,
Und Sonnenstäubchen stets in kleinere zu feilen;
Nein! endlich bleibet sie bey solchen Splittern steh'n,
Die vor dem Diamant an fester Härte geh'n.
Schon Moschus, sagt man, hat die Tyrer sie gelehret;
Der Beyfall nährte sie, bis sie Leucipp entehret,
Der sie mit Epikur dem Zufall dienen macht,
Von dessen Joch sie erst Gassendi frey gemacht.

Wie dort ein irrend Schiff die schwarze See durchpflüget,
Auf deren breiter Brust ein Heer von Wolken lieget,
Der brausende Äol bläht falsche Segel auf,
Kein leitendes Gestirn bestimmt den blinden Lauf;
Bestürzt sieht Palinur nach den gestirnten Höhen,

V. 202 — 238.

Und wünscht den hellen Bär, das treue Licht zu sehen,
Bis endlich lang genug durch Sturm und Nacht geschreckt,
Sein unverwandter Blick den fernern Strahl entdeckt,
Er blitzt die Wolken durch, die sich gemach erhellen,
Und weiset ihm den Weg durch zweifelhafte Wellen:
So sucht der Weise auch der Wahrheit dunkle Spur,
Und irret, führerlos, auf unbekannter Flur;
Wie froh, wenn durch die Nacht von wolkichten Begriffen,
Ein treuer Strahl ihn lehrt dem Hafen zuzuschiffen!

O Wahrheit, leuchte du durch unsre Dunkelheit,
Und zeuge wie man hier die falschen Pfade meidt.
Welch eine Menge hat des rechten Wegs verfehlet,
Die Okkams 8) finstre Schar zu Führern sich erwählet?
Vergessend, daſs ein Geist vom Stoff nicht leiden kann,
Nimmt man vom Stagirit miſskannte Sätze an;
Läſst sich den Nervensaft bis in die Seel ergieſsen,
Und umgekehrt die Seel in ihren Körper flieſsen.
Die Bilder drücken sich in unsre Sinnen ein,
Hier formt ein flüchtig Naſs der Dinge Widerschein,
Der unbegreiflich schnell in unsre Seele strahlet,
Und ein empfindbar Bild ins Ungedehnte mahlet.

So hat der Stagirit, der Schule Gott, gedacht;
Doch, hat er nicht den Geist aus zartem Stoff gemacht?
Sein fünftes Element, woraus er Seelen bauet,
Ist ein astralisch Licht (das zwar kein Auge schauet)
Da ihm hingegen das nur Stoff und Körper heiſst,
Was durch die Sinne sich der innern Seele weist.

V. 229 — 256.

Der aber, der den Geist vom Stoffe weifs zu trennen,
Wie wird er ungestraft dem Griechen folgen können?
Sag an, der du dem Leib die Seele mischen willt,
Wie drücket sich in sie ein körperliches Bild?
Wie kann was Theile hat, das Ungedehnte rühren?
Wie kann der Nervensaft sein Wesen selbst verlieren?
Entkörpert sich des Hirns äther'sche Fluth vielleicht,
Und wird schnell zur Idee, wenn sie die Seel erreicht?
Und wenn der Nervensaft auch durch geheime Gänge,
Die kein Verstand entdeckt, bis in die Seele dränge;
Wie kann sein Eindruck doch so oft verändert seyn,
Als Bilder andrer Art sich in die Sinne streu'n?
Dich trägt ein hoher Wald von Jovial'schen Eichen,
Mit luft'gem Laub umkränzt und duftenden Gesträuchen,
Der Sonne wallend Gold wirft dort ein zitternd Licht,
Auf grüne Wipfel hin, und blendet dein Gesicht;
Ein perlenfarbner Bach durchmurmelt hier die Auen,
Erfreut, die junge Zucht der Flora zu bethauen;
Der Rosen holdes Roth, zwar reitzend, doch so schön
Als Chloens Lippen nicht, wenn Zefyrn sie umweh'n,
Lacht deine Augen an, und hauchet süße Düfte,
Den feinsten Nerven zu, durch die erwärmten Lüfte;
Diefs siehst, diefs fühlest du, der ganze Hain regt sich,
Und jedes Blatt wird Ton, und singet froh um dich;
Sprich, wie fällt dieses Bild, das du im Augenblicke
Von allen Sinnen nimmst, in deinen Geist zurücke,
Der gänzlich einfach ist? Mufs nicht zu gleicher Zeit,
(Gesetzt dein Satz sey wahr, den die Vernunft verbeut,)

V. 257 — 282.

Ein ungezähltes Heer von körperlichen Bildern
Durch tausendfachen Druck des Safts in ihm sich schildern?
Wer diefs mit der Natur der Seele reimen kann,
Der mahlt mit gleichem Witz den Wellen Eber an,
Läfst Hirsche sich mit Luft in dünnen Wolken weiden,
Und heifst den trunknen Fisch das Wasser ewig meiden.

Jedoch, was halten uns erträumte Lehren auf?
Dich, Leibnitz, hat zuerst ein adlerschneller Lauf,
Zur neidischen Natur in ihren Sitz getragen.
Die Decke war umsonst, die sie um sich geschlagen,
Du zogst die Decke weg, und hast sie selbst geseh'n.
Erröthend, so entkleidt vor deinem Blick zu steh'n,
Versuchte sie es zwar, mit zauberischen Künsten,
(Beynahe glückt' es ihr) dein Auge zu umdünsten.
Doch bleibt die Harmonie, die du ihr abgeseh'n.
Von ihren Flecken frey, soll sie mein Lied erhöh'n.

Die Seele fühlt durch sich, ihr Wesen ist im Denken,
Ihr Körper kann kein Bild entfliefsend in sie senken.
In jedem Geiste liegt ein idealisch Bild
Von allem, was das Reich der Wirklichkeiten füllt;
Sogar die niedrige stets schlummernde Monade
Trägt dieses Bild in sich, in ihrem eignen Grade:
Mit Wolken zwar bedeckt, und angeborner Nacht;
Bis ihre Kraft sich stärkt und zum Gefühl erwacht:
Indefs den Cherubin, so herrlich als er glänzet,
Nach Ewigkeiten selbst noch Dunkelheit umgrenzet.

V. 283 — 308.

Am äufsersten Gestad der weiten Geisterwelt,
Wird der Monaden Schar von Leibnitz hingestellt.
Auch sie erfüllt ein Rifs der Sammlung aller Wesen!
Wozu? Für sie umsonst, sie können ihn nicht lesen.
Kein Strahl erleuchtet sie, und mischt den Schatten Licht,
Selbst kein behender Blitz, der aus den Wolken bricht;
Von fremder Hülf' entblöfst, zu schwach sich zu erheben,
Verschlummern sie wie todt ihr ungefühltes Leben.

Die andre Klafs' empfindt; zwar ists bey ihr noch Nacht,
Doch leuchtet ihr ein Mond; der Seele schlaffe Macht
Dehnt schon sie jugendlich, erweitert ihre Schranken,
Ob sie gleich, ungeschickt zu geistigern Gedanken,
Nur durch die Sinne sich mit schlechtem Stoffe speist.

Die dritte kennt den Tag, dem sie entgegen reist,
Doch in verschiednem Grad. Uns, an den äufsern Grenzen,
Scheint nur ein dämmernd Licht von ferne anzuglänzen.
Wir hoffen erst den Tag, der höhern Wesen strahlt,
Und ihren Weltbegriff mit vollem Glanze mahlt.

So wird in jedem Geist, vermengt mit Licht und Schatten,
Die sich verschiedentlich in tausend Arten gatten,
Diefs Ganze nachgeahmt. Stets dringt ein neuer Glanz
Die Nebel durch, und mehrt die Kräfte der Substanz.
Was je die Seele fühlt; liegt schon in ihr verstecket,
Und wird nur durch die Zeit entwickelt und erwecket.

Der Leib in seiner Art ist wie der Geist gebildt;
Weil was er thut und leidt aus seinem Wesen quillt,

V. 309 — 335.

Und mit der Seele stimmt. Von seiner Fibern Regung,
Von innrer Räder Lauf, erhält er die Bewegung.
‚Der Geist befiehlt ihm nicht; doch durch des Schöpfers Wort
‚Geht beider Wirken stets in Parallelen fort.
Wie wenn in waldichten entgegen stehnden Klippen
Des Jägers frühes Lied mit unsichtbaren Lippen
Die Nymfe wieder giebt, wie jenes schallet, ruft
Der Wiederhall, und schlägt mit gleichem Ton die Luft:
So steht die Änderung des Leibs mit der Empfindung
Stets in harmonischer geselliger Verbindung;
Wie diese will und fühlt, so wirkt der Leib und leidt,
Ein jedes thut sein Amt, ob keines gleich gebeut.
So bald nur Brutus Geist den Augenblick beschlossen,
Den patriot'schen Dolch in Cäsars Brust zu stofsen,
So bald streckt sich die Hand, vom Geiste nicht regiert,
Durch innerlichen Trieb, und zückt den Dolch und führt
Den mörderischen Stofs, den Cäsars Seele fühlet;
Ob der geweihte Stahl gleich nur den Leib durchwühlet.

Diefs ist ein schwacher Rifs von jenem Wunderwerk
Der spielenden Vernunft, dem ernsten Augenmerk
Der Grübler seiner Zeit — „O Geist von seltnen Gaben,
Werth einer bessern Zeit dein Licht gegönnt zu haben,
O du, in welchem sich uns Platons Geist verjüngt,
Der Zeiten werth, die uns kein Wunsch zurücke bringt;
Da einen Aristid die edle Armuth ehrte,
Den Hof ein Dion floh und Platons Hof vermehrte,
Da Tugend Übung war, und der ein Weiser hiefs,

V. 336 — 362.

Der, wie man leben soll, in seinem Leben wies;
Dort, Leibnitz, hätte sich für deiner Tugend Kräfte
Ein Schauplatz aufgethan, voll würdiger Geschäfte;
Dort hätte dieser Geist, der jetzt, vom Joch gedrückt,
Mit Syllogismen spielt, ein freyes Volk beglückt;
Und statt zum Haupte sich von Sekten zu erheben,
Wie Phocion gewußt Plutarchen Stoff zu geben." 9)

 Der Sextus unsrer Zeit, 10) der in so mancher Schlacht,
Die Schar, die alles weiß, bestürzt zur Flucht gebracht;
Vor dem der trotzige Dogmatiker erzittert,
Hat, stolz auf seinen Witz, Leibnitzens Bau erschüttert,
Und unter manchem Pfeil, der stumpf zu Boden fällt,
Auch manchen abgedrückt, der seinen Zweck erhält.
O! Klio, sage mir, wo ist er durchgebrochen;
Und wo hat ihm den Sieg die Wahrheit abgesprochen?

 Zuerst bestürmt sein Witz des Körpers Wunderuhr;
Doch Felsen fällt er an, mit Halmen ficht er nur.
Seht seinen Einwurf an, wen täuscht sein blödes Schimmern?
„Wie sollt es möglich seyn, fragt er, ein Schiff zu zimmern?
Das, ohne Steuermann, der seinen Lauf bestimmt,
Aus innerm Trieb, den Weg zum fernen Hafen nimmt;
Es weichet Klippen aus, die es nicht vorgesehen,
Nimmt frisches Wasser ein, belauscht der Winde Wehen,
Es wittert unbelehrt der Stürme fernes Dräu'n,
Wirft jetzt den Anker aus, zieht jetzt die Segel ein;
Von keinem Geist regiert, von keines Menschen Händen,
Weiß es sich von sich selbst zu richten und zu wenden:

V. 363 — 389.

Wer zweifelt, dafs diefs Schiff ein Werk der Fantasey,
Ein unreif Hirngespenst und Feenmährchen sey?
‚Obgleich mit Cäsars Leib (nach euers Leibnitz Lehre)
‚Verglichen, solch ein Schiff ein Kinderspiel nur wäre.‘‘
‚Doch dieser Pfeil, wie scharf auch unsers Zweiflers Witz
‚Ihn zugespitzt, ist nur ein Bärenlappenblitz.
‚Beweis't er etwa, dafs, bewegt von innern Rädern,
‚Ein künstlich Automat harmonisch reger Federn,
Das mit der Seele stets in seiner Wirkung stimmt,
Ein Unding sey, das sich den Glauben selbst benimmt?
Im schweifenden Gepräng von blendenden Gedanken,
Entdeckt er weiter nichts als seines Geistes Schranken.
Er spricht: kein Mensch begreifts. — Das läugnen wir ihm nicht,
Doch, gilt sogleich der Schlufs: Drum ist es ein Gedicht?
Zudem, so zeigt ja schon der Künstler Unternehmen,
Wie leicht der Kunst es sey, den Zweifler zu beschämen.
Archytas [11]) Taube selbst, und Alberts redend Bild, [12])
Wer weifs nicht, dafs man sie für Zauberwerke hielt?
Und kann es unserm Witz, so schwach er ist, gelingen,
Den Grenzen seiner Kraft sich manchmahl zu entschwingen;
Wie thöricht zwingest du den unumschränkten Geist
In Schranken, denen sich ein Vaukanson entreifst!
O lern von einem Gott mit gröfsrer Ehrfurcht denken,
Der mit gewalt'gem Arm die Himmel weifs zu lenken!

Mit besserm Glück hat Bayl den schwächsten Ort bemerkt,
Und da mit neuem Muth des Angriffs Macht verstärkt.
Ist nicht der schwächste Theil der göttlichen Erfindung

V. 390 — 416.

Des Platons unsrer Zeit, die Quelle der Empfindung,
Die Seele, die er selbst ein geistig Uhrwerk heifst,
Und, was in ihr geschieht, aus ihrer Form erweis't?
Sie läfst, (so lehrt er uns) die sinnlichen Ideen
Durchs ewige Gesetz der Ordnung blofs entstehen;
Ein jeder Zustand sieht im vor'gen seinen Grund,
Und macht vom folgenden uns die Bewandtnifs kund:
Die schönste Harmonie mufs stets die Bilder knüpfen.
Der Geist, wie die Natur, kann nicht gesetzlos hüpfen.

Wie aber, widerspricht ihm die Erfahrung nicht?
Wie oft vertauschen wir schnell mit der Nacht das Licht?
Wie oft entsteht ein Stand und heifst den vor'gen schwinden,
Worin's unmöglich ist des Folgers Grund zu finden?
Berauscht von Lieb' und Wein, an seiner Fyllis Brust,
Vertauscht Anakreon schnell mit dem Tod die Lust;
Kaum labt den alten Gaum der Nektarsaft der Trauben,
So mufs ein Kern die Lust ihm mit dem Leben rauben.
Wie schickt sich schneller Tod zu Cyperns süfsem Wein
Und Fyllis süfserm Kufs? Wer sieht das Band hier ein?
Umkränzt sitzt Cäsar dort im Rath bezwungner Väter,
Der unterdrückte Staat begrüfst ihn seinen Retter,
Doch kaum empfindt er sich den Herrn vom Vaterland,
So fühlt er schon den Tod, und seiner Mörder Hand.
Sprich, du, der Cäsars Geist läfst als Maschine handeln,
Wie kann ein Bild so schnell ins Gegentheil sich wandeln?
Wie gründ't sich das Gefühl des Dolchs, der ihn entseelt,
In dem, dafs zum Monarch die Kron' ihm kaum gefehlt?

V. 417 — 443.

Kaum sieht er sich umarmt von seinem Brutus küssen,
So sieht er schon sein Blut durch seinen Brutus fliefsen.
Wie gründete sich diefs in Cäsars Seele blofs?
, Unmöglich ist der Sprung, der Abstand allzu grofs!

, Das ungereimt'ste mufs, wer diefs glaubt, glaublich finden!
Kann (fragt ihr) Leibnitz sich aus dieser Schlinge winden?
Ein Witz, wie seiner, kann's. Er dichtet, dafs ein Bild
Des ganzen Weltalls sich in jeder Seel' enthüllt,
Und, dafs zu jeder Zeit, was wir in uns empfinden,
Sich nicht nur in uns selbst, auch in der Welt mufs gründen.
O, spricht er, drängest du bis in der Geister Schoofs,
Und schautest ihre Form vom äufsern Kleide blofs,
Gewifs, dann würde dich die schönste Ordnung rühren,
Wo deine Augen jetzt in Nebel sich verlieren.
Wie ein harmonisch Band den Geist dem Leib vertraut,
So ist ein jeder Geist dem Ganzen nachgebaut,
Und läfst die ganze Welt in Reihen von Ideen,
Die mit dem Urbild stets zusammen stimmen, sehen.

, Ein schöner Hirngespenst ward nie im Traum geküfst;
, Wie Schade dafs es nicht so wahr als reitzend ist!
, Allein es wird gar bald, wenn wir's nur leicht betüpfen,
, Nach Hirngespenster Art, uns durch die Finger schlüpfen.

Diefs Bild, das Leibnitz sich in jedem Geiste denkt,
Ist gröfsten Theils, nach ihm, in tiefe Nacht gesenkt;
Ja die Monaden hält ein ew'ger Schlaf umfangen,
, Und niemahls werden sie zum Selbstgefühl gelangen.
Wo bleibet hier die Spur vom göttlichen Verstand,

V. 444 — 471.

Der alles, was er schuf, an eine Absicht band,
Und jedes Körnchen Sand, das dort am Ufer lieget,
Den gröfsten Sternen gleich, nach weisen Zwecken wieget?
,Noch mehr! Diefs Weltbild wird Idee von ihm genennt,
,Wiewohl der Geist davon den kleinsten Theil nur kennt.
,Wie? Babel, Ninive und Balbecks Prachtruinen
,Stellt meine Monas vor, mir sind sie nie erschienen?
,Die Welten alle, die um andre Sonnen gehn,
,Und jene Himmel selbst, die unsre Sonnen drehn,
,Sie spiegeln sich in mir, und nicht die kleinsten Spuren
,Erkenn' ich in mir selbst von diesen Mignaturen?
,Und diese Gallerie, vor der ich ewig steh'
,Und nichts erblicken kann, die nennest du Idee?
,Ist's möglich? Konnte dir von Bildern und Ideen,
,Die hier dein Witz vermengt, der Unterschied entgehen?
Die Venus, die Apell durch Farben fast belebt,
Und die, die seinem Geist im Mahlen vorgeschwebt,
Die beide Bilder sind, und Einen Vorwurf zeigen;
Was unterscheidet sie, und was ist jedem eigen?
Das eine wirft die Kunst auf flache Leinwand hin,
Es ist ein Körper selbst, und wirkt auf unsern Sinn:
Das andre hängt im Geist, den Theil und Dehnung fliehet,
Und wo kein äufsrer Sinn es ohne Zeichen siehet.
Das eine ist von dem, der es entwirft, getrennt;
Und wird auch aufser ihm, und ohne ihn, erkennt;
Das andre läfst sich nicht von seinem Meister scheiden,
Es lebt in ihm und schwind't, so bald es ihn soll meiden;
,So wie das Bild wobey Narcifs sich selbst vergifst,

V. 472 — 498.

‚So bald er sich entfernt, mit ihm verschwunden ist.

‚Das ein' ist blofser Schein; es kann, zu innerm Leben,

‚Seyn oder Nichtseyn ihm nichts nehmen und nichts geben;

‚Säh' es kein Kenner an, formt' es kein Künstler ab,

‚Es stünd' im Bildersahl wie eine Leich' im Grab:

‚Das andre fühlt sich selbst, bedarf nicht fremder Zeugen,

‚Und kann, sich zu beschaun, sich auf sich selber beugen.

Doch, noch ein stärkrer Grund! Das ganze Weltall ist
Ein uferloses Meer, das kein Erschaffner mifst;
Nie fing es an zu seyn, nie hört es auf zu dauern,
Und seinen ew'gen Raum umschliefsen keine Mauern;
Was folgert sich hieraus? Dafs sich das All der Welt
Nur dem, der es erschuf, ganz vor die Augen stellt —
Kein endlicher Verstand umfafst sie in Gedanken,
Der gröfste Cherub fühlt hier seines Wesens Schranken.
So wenig Grönlands Fisch den Ocean verschlingt,
Ob er der See gleich dräut, und ganze Flüsse trinkt;
Die Ströme, die er jetzt aus seiner Nase dränget,
Sind gegen sie ein Tropf, der noch am Eimer hänget:
So wenig fafst ein Geist, wie hell er immer denkt,
Das Meer des ew'gen Alls, das kein Gestad umschränkt.
Gott zählt die Summ' allein der ewigen Ideen,
Und ihm nur kommt es zu, sein Werk zu übersehen!

So fällt die Antwort hin, die Baylens Zunge band,
Und allzu früh den Sieg ihm aus den Händen wand.
Es wankt die Harmonie, und ihre Pfeiler beben;
O Muse, hilf mir nun sie wieder zu erheben.

V. 499 — 525.

Des Schöpfers weise Hand hat jede Geistigkeit
In einen Leib gehüllt. Ein unsichtbares Kleid,
Von seinem Stoff gewebt, der blofs dazu erlesen,
Umhüllt unabgelegt die ideal'schen Wesen.
Der äufsern Körper Druck, der unsre Sinne rührt,
Wird unbegreiflich schnell in diesen Leib geführt.
Hier bildet sich sodann der Vorwurf der Ideen,
Und läfst dem innern Geist die Gegenstände sehen,
Die seinen Leib gerührt. Der Geist ist ohne Licht,
In steter Nacht, wenn ihm des Leibes Dienst gebricht:
Und doch flöfst nicht der Leib die Bilder in die Seele,
Den Vorwurf zeigt er nur, und führet die Befehle,
Die sie ihm zuwinkt, aus. So bald der Gegenstand
In diesem Leib sich mahlt, den Gott dem Geist verband,
So bald empfindt der Geist, und hätte nicht empfunden,
Hätt' er in seinem Leib den Abdruck nicht gefunden.
Du sprichst, wer fafst denn diefs? O Freund, besinne dich,
Verstehe mich zuerst, und dann so richte mich!
Mein Satz erklärt zwar nicht die Zeugung der Ideen,
Und wie sie aus dem Schoofs der Geistigkeiten gehen; ·
Allein er meidet doch die Fehler, welche man
Mit Recht am Stagirit und Leibnitz tadeln kann.

Wem ist wohl unbewufst, was längst die Weisen lehren,
Dafs aufser unsrer Welt, in andern Himmels-Sfären,   ·
Zehn tausend Arten noch von Sinnen möglich sind,
Durch deren Mittel man vielleicht daselbst empfindt?
Wer fafst, wie es geschieht? Wer kann mit unsern Bildern,

V. 526 — 552.

Die Art der Möglichkeit von fremden Sinnen schildern?
Kein Widerspruch gebeut, daſs es unmöglich sey,
Daſs Seelen, ob gleich ganz vom Druck des Leibes frey,
Doch ohne ihren Leib nicht denken, nicht empfinden;
Weiſs gleich die Fantasie das Wie? nicht zu ergründen.

   So stehet dann der Satz, der unsern Lehrbau trägt,
Zu welchem Leibnitz selbst den ersten Grund gelegt.
Doch dieser zarte Leib, der jede Seele kleidet,
Und den der Moder scheut, wie ist er zubereitet?
Er ist das gröſste Werk der Weisheit und der Macht,
Die mit vereinter Hand die Welt hervor gebracht;
Kein Werk erhöht sie mehr, auch selbst nicht jene Sonnen,
Die aus dem ersten Licht zur Festigkeit geronnen,
Als diese Wunderuhr, die durch sich selber schlägt,
Und nach des Geistes Stand harmonisch sich bewegt.
Sie stellt die Bilder dar, die sie von auſsen rühren,
Und weiſs sogleich den Schluſs des Geistes auszuführen.
Pamfil liebt Sylvien; sie kommt, er sieht sie geh'n,
Er will ihr nach, sogleich muſs auch der Leib sich dreh'n;
Er thuts aus innerm Trieb, der Geist kann nicht befehlen,
Der Federn Wunderbau lehrt ihn der Seele Wühlen,
Und lehrt ihn es vollzieh'n. Die Schöne und Pamfil
Empfinden beid' in sich das reitzende Gefühl
Der Liebe, die sie ruft; der Leib nährt ihre Regung,
Und folgt dem Grundgesetz harmonischer Bewegung;
Es naht sich Mund zu Mund da sich die Seelen nah'n,
Und facht die holde Gluth durch tausend Küsse an,

V. 553 — 579.

Die, wie ätherisch Öhl, die zarten Flammen mehren,
Bis man, berauscht, vergifst im Küssen aufzuhören.

So stimmt der feine Leib mit der Empfindung ein,
Die seine Seele rührt; mufs, was sie hasset, scheu'n,
Und suchen, was sie liebt, und wird in ew'gen Tagen
(Diefs ist des Schöpfers Schlufs!) nach gleichen Regeln schlagen.
Denn Gott, vor dem entdeckt die dunkle Zukunft liegt,
Hat für die Ewigkeit den Geist ihm zugefügt.
Nie nützt das Werk sich ab, nie stockt der Trieb der Federn,
Nie fehlt die Richtigkeit den stets gewälzten Rädern.
Der Stoff, aus welchem sie der Schöpfer werden hiefs,
Ist in den Theilen gleich, und leidet keinen Rifs.
Woher entsteht der Tod, als wenn sich Theile scheiden,
Die die Natur nicht mehr kann bey einander leiden?
Doch hier ist alles gleich, und unzerstörbar fest.
Kein Fels, so sehr er auch den Steinmetz schwitzen läfst,
Kein ew'ger Diamant, den Indostan uns schicket,
Kein Schild, den Peru sendt, wird weniger zerstücket.
Schon Platon und Plotin gab längst vor unsrer Zeit,
Dem Geist aus dem Gehirn ein unsichtbares Kleid,
Das immer, wo er ist, ätherisch um ihn fliefset,
Und das er nie, beym Tod des gröbern Körpers, misset.

Nun zeigt sich der Gebrauch des Stoffs, der selbst nicht denkt,
Und doch Gefühl und Lust den geist'gen Wesen schenkt.
So kann der helle Brunn, in dessen glatten Gründen,
Sich Fyllis oft beschaut, zwar selber nicht empfinden;
(Sonst, Fyllis, liebt' er dich) und doch säh' ohne ihn,

V. 580 — 606.

Den schmeichlerischen Brunn, sich nicht die Schäferin.
Der Stoff dient blofs dem Geist, er bildet den Ideen
Den ersten Abrifs vor, und läfst die Seele sehen
Was aufser ihr geschieht; er leiht ihr seine Kraft,
Und bringt bewegend sie in andre Nachbarschaft.
Er weifs Ideen selbst und körperlosen Dingen
Figur und Farben und Beleuchtung beyzubringen.
Durch ihn entdeckt sich oft der Seelen Heimlichkeit;
Selindens spröde Furcht, die sich der Wirkung freut,
Färbt er Auroren gleich, und mahlt sie auf die Wangen;
O Schäfer, wie wirst du der Schönen Gunst erlangen,
So lang du schüchtern schweigst, und siehst sie schmachtend an?
Lockt dich ihr Auge nicht, das sie kaum zwingen kann?
Und kann sie es, so zeigt ein zitternd Roth dein Glücke,
Und lockt und widerspricht dem streng gezwungnen Blicke.

Doch, da nicht um sein selbst der Stoff die Welt vermehrt,
Da er nur wirklich ist, weil ihn kein Geist entbehrt,
So mufs die Weisheit nur so viel aus ihm bereiten,
Als unentbehrlich ist, die stillen Geistigkeiten
In Wirksamkeit zu seh'n. Was dieses All umfängt,
Ist blofs die ew'ge Schar, die sich empfind't und denkt,
Von der sich jedes Glied in einem Leibe zeiget,
Durch den es nach und nach auf höh're Stufen steiget.
Die Sonnen, die sich dort in leichtem Wirbel dreh'n,
Planeten, Luft und Meer, und alles, was wir seh'n,
Ist nicht ein blofser Stoff, der unbeseelt veraltet;
Beseelte Wesen sinds, die uns ihr Leib gestaltet.

V. 607 — 614.

Gott, der, was er erschuf, in weise Ordnung zwang,
Vertheilt der Wesen Heer in tausendfachen Rang,
In Klassen ohne Zahl, die sich zusammen drängen,
Und den gemeinen Raum zu gleicher Zeit verengen.
So wird die Form der Welt, die sich in jedem Geist,
In jeglichem Geschlecht, in anderm Lichte weis't,
Und, wie die Geisterwelt sich immer höher schwinget,
Zugleich verschönert wird, und ewig sich verjünget.

———————

.
———

Anmerkungen.

———
~

1) Seite 66. Ein Filosof aus der Schule des Thales, dem man zu seiner Zeit den Beynahmen, Geist, als ein *Sobriquet* gab; weil er, zu grofser Ärgernifs der Stutzer und Kleinmeister von Athen, behauptete, dafs der Urheber der Welt ein Geist sey.

2) S. 66. Aristoteles.

3) S. 66. Zeno, der Vater der Stoiker.

4) S. 67. Empedokles.

5) S. 67. *Inter sylvas Academi quaerere Verum.* Horat.

6) S. 70. Lucian erzählt von einem Jüngling zu Knidos, der für die berühmte marmorne Bildsäule der Venus, welche den Tempel dieser Göttin daselbst allen Reisenden merkwürdig machte, eine eben so heftige Leidenschaft gefasset, als nur immer eine lebende Venus entzünden kann.

7) S. 71. Der Mond ist, nach der Dichtung dieses eben so anmuthigen als abenteuerlichen Italiänischen Poeten, der Ort, wohin alle Sachen fliegen, die auf unsrer Erde verloren werden. Der Ritter Astolfo machte defswegen auf dem Hippogryfen eine kleine Reise dahin, um den verlornen Verstand seines Freundes Orlando wieder zu hohlen; den der Anblick der Liebkosungen, die seine geliebte

Angelika in einer gewissen Grotte an einen unbärtigen und unritterlichen Neben-
buhler verschwendete, rasend gemacht hatte.

8) S. 74. Die Scholastiker, unter denen Wilhelm Okkam, ein englischer
Minorit, im 14ten Jahrhundert einen grofsen Mann vorstellte, und den Titel des
unüberwindlichen Doktors erhielt.

9) S. 79. Auch diese Apostrofe an Leibnitz befindet sich nicht in der
ersten Ausgabe, und kam erst in der vom Jahr 1770 hinzu.

10) S. 79. Bayle.

11) S. 80. Archytas von Tarent soll, unter andern mechanischen Kunstwerken,
eine hölzerne Taube, die eine Zeit lang habe fliegen können, verfertigt haben.
A. Gellius Noct. Attic. X. c. 12.

12) S. 80. Von diesem wunderbaren Bilde, welches dem Albertus M.
zugeschrieben wird, und wie es von dem heil. Thomas von Aquino zerbrochen
worden, und von andern kurzweiligen Wundergeschichten, s. *Gabriel Naudé
Apologie des grands Hommes, accusés de Magie, chap. 18.*

INHALT DES VIERTEN BUCHS.

Die Form des Weltsystems. Klassifikazion der empfindenden Substanzen, aus denen die Welt zusammen gesetzt ist, und welche nach
der Hypothese, welche der Poet im vorigen Buche zum Grunde
gelegt hat, alle mit einem unzerstörbaren subtilen Leibe angethan
sind. Die unterste Klasse besteht aus denjenigen, bey denen die
Empfindung am schwächsten ist; aus ihnen sind die Körper des
Mineralreiches zusammen gesetzt. Die zweyte Klasse sind die Seelen
der Pflanzen. Analogie der Pflanzen mit den Thieren. Das Thierreich in seinen verschiedenen Klassen. Widerlegung derjenigen,
welche die Thiere für bloße Maschinen halten. Von der Vernunft
der Thiere. Bestrafung des Plinius, welcher behauptet, daß die
Natur sich gegen die Thiere gütiger bewiesen, als gegen die Menschen. Allgemeine Beschreibung der Erde, — der Zonen — ihrer Ein-
flüsse auf Menschen und Thiere, — der Himmel. Die Bewohner andrer
Welten. Die Gestirne, nach der Meinung der Alten, beseelt. Dieses
Buch endet sich mit der Hypothese, daß der Unterschied der Geschlechter
auch bey den Seelen und Geistern Statt habe, und auf eine innerliche
Verschiedenheit der Natur sich gründe.

DIE NATUR DER DINGE

ODER

DIE VOLLKOMMENSTE WELT.

VIERTES BUCH,

V. 1 — 10.

Ich sang, wie Gottes Huld sich unzählbare Wesen,
In Reihen ohne Maſs, zum Gegenstand erlesen;
Und wie die Weisheit sie in einen Leib gehüllt,
Nach dessen Vorwurf sich die Kraft zu denken bildt.
Die ganze Welt ist blofs ein All von Geistigkeiten,
In die vom Quell des Seyns sich stete Ströme leiten;
Der formenreiche Stoff, unfähig zum Gefühl,
Hat ihren Dienst allein zu seines Daseyns Ziel.
Wie trügend ist der Schlufs, dem Weise kaum entgehen:
Weil wir von dem, was ist, nur blofs die Schalen sehen,

V. 11 — 36.

So ist die Körperwelt nur eine todte Last,
In Schranken mancher Art willkührlich eingefaßt?
Nein! was der Sinn uns zeigt, was in die Augen wallet,
Was das Gefühl erregt, was in die Ohren schallet,
Sind Bildungen des Stoffs, der Geister in sich schließt,
Und von dem Kern nur bloß die äußre Hülse ist.

Nun führe, Göttin, mich durch aller Wesen Reihen,
Von denen, die das Licht aus innrer Schwäche scheuen,
Bis zu dem reinsten Geist, der in dem Lichtmeer lebt,
Das ewig uferlos der Gottheit Thron umwebt;
Und zeige, wie der Raum, der alle Klassen füget,
Die Form, die Schönheit schafft, die unsre Sinnen trüget.

Der ganze Kreis, der sich, voll von äther'scher Fluth,
Um unsre Sonne dreht, (die in dem Brennpunkt ruht,
Und ihr heilsames Licht zu sechzehn Erden sendet,
Die ein geheimer Zug in eignen Bahnen wendet)
Scheint vom Unendlichen der schlechtste Theil zu seyn,
Und schließt die niedrigsten der Geistigkeiten ein.

Hier ist der dunkle Ball, an dem die Menschen hängen
Und um ein schimmernd Nichts, das keinem bleibt, sich drängen.
Nimmt in der Welten Zahl er gleich den untern Platz,
So ist sein Kreis doch voll von unerkanntem Schatz.
Er soll zu höherm Glück die Seele vorbereiten,
Drum ward er ausgeschmückt mit so viel Trefflichkeiten,
Die, ist ihr Reitz gleich groß, doch die Gewohnheit bald
Mit ekler Galle färbt. Der kurze Aufenthalt

·V. 37 — 62.

(Kaum einer Herberg gleich) auf der zu kleinen Erden,
Soll uns durch sie versüfst, nicht paradiesisch werden.
Die Wollust, die uns hier ein irdisch Gut gewährt,
Soll nur ein Vorschmack seyn, der die Begierden mehrt,
Mit angefachtem Fleifs nach jenem wahren Leben,
Aus dieser Dämmerung, erwachend, hinzustreben.

Doch thränenwerthes Volk, dein Endzweck und dein Stand,
Selbst deine Hoffnungen, die sind dir unbekannt!
Vergessend, welch ein Glück die Arme nach dir strecket,
Hängst du dich an ein Gut, das dir nur Durst erwecket.
Zwar du gewahrst es selbst; mit unvergnügtem Sinn
Verläfst du es, und schwärmst zu tausend andern hin,
Die dein nie satter Geist bald wird zu flüchtig finden,
Die ewige Begier vom Wünschen los zu winden.
Ein schönes Hindernifs reitzt dich betrüglich an,
Vor Lust vergissest du dein Ziel, und deine Bahn.
So riefen dem Ulyfs die lockenden Sirenen,
Vom zauberischen Strand mit tödtlich süfsen Tönen;
So nahm das kleine Heer, das diesen noch entging,
Der süfse Lotus ein, der Aug' und Zunge fing;
Das rauhe Ithaka ward jetzt mit Lust vergessen;
Jedoch der Held zieht fort, und läfst sie Lotus essen.

O Mensch, wenn lernst du einst, wozu du ewig bist,
Und dafs dein Herz zu grofs für diesen Erdball ist!

Benachbart mit dem Nichts, füllt dort ein traurig Heer
Den unbestrahlten Raum. Von innerm Lichte leer,

V. 63 — 89.

Empfindt es kaum sich selbst; den Schlaf, der es bestricket,
Stört kaum ein schwaches Bild, das in den Leib sich drücket.
Auch sie bedeckt ein Kleid, von dichtem Stoff gewebt,
Durch den der Gegenstand vor ihrem Sinne schwebt;
Doch weil kein größers Haus ihn mit der Welt verbindet,
Was Wunder, daß er kaum sein dunkles Seyn empfindet?
Er fühlt zwar, doch nur schwach; auch scheinet seine Brust
Zum Schmerze noch zu träg, und noch nicht reif zur Lust;
Unthätig bleibt er stets im Gleichgewichte liegen,
Von bittrer Unlust frey, unfähig zum Vergnügen.

Aus diesen Wesen sind die Körper aufgehäuft,
Die man sonst insgemein im Minern-Reich begreift.
Du, Leeuwenhök, zeigst uns mit scharf bewehrten Augen,
Was Menschenblicke sonst nicht zu bestrahlen taugen;
Zeigst dem erstaunten Blick den ganzen Stoff belebt,
Und wie das Sandkorn selbst von regen Thierchen webt;
Vor deines Scharfsinns Strahl ist unsre Nacht verschwunden,
Der Erde kleinsten Punkt hast du bewohnt gefunden.

So gründet unsern Satz, den die Vernunft gebaut,
Auch der Erfahrung Spruch, und hilft der Sinnlichkeit.
Doch kein vergrößernd Glas führt die geschärften Blicke
Aufs unterste Geschlecht der Kreatur zurücke;
Denn diese deckt ein Leib vom feinsten Stoff erbaut,
Den selbst kein Leeuwenhök, kein Needham jemahls schaut.
Er läßt sich nicht aufs neu in kleinre Wesen scheiden,
Die sich in andern Stoff, nach gleicher Regel kleiden.
Hingegen das Gewürm, wovon im Tropfen Naß

V. 90 — 116.

Ein Hook, ein Swammerdam, viel Millionen maſs,
Läſst ein sichtbarer Leib in schärfre Augen dringen,
Ein Leib, der fähig ist, sich zeugend zu verjüngen.
Dieſs zeigt, daſs unter ihm noch tiefre Klassen geh'n,
Doch endlich bleibt der Geist bey einer Gattung steh'n,
Die allen andern weicht, ob ihr der Trost gleich bleibet,
Daſs einst die späte Zeit sie weckt und höher treibet.

Ein jedes Glied der Zahl, der unmeſsbaren Zahl,
Vom niedrigsten Geschlecht, trägt ein natürlich Mahl,
Das von den andern es im Wesen unterscheidet.
Die Kraft, die es bewegt, der Leib, der es bekleidet,
Hat was ihm eigen ist; auch was es jetzt empfindt,
Ob seine Bilder gleich nur matt und einzeln sind,
Ist nicht vollkommen gleich mit dem, was andre regt,
Die sonst die Ähnlichkeit am nächsten zu ihm legt.
O Mannigfaltigkeit, die hier mein Auge füllt!
O Weisheit, Geist der Welt, wie groſs wird mir dein Bild?
Der Seraf steht erstaunt, und wünscht dich zu ermessen,
Doch er ermiſst dich nicht, häuft er gleich Gröſs' auf Gröſsen.
Noch mehr, ein ewig Band hält jede Geistigkeit
Des niedrigsten Geschlechts ans Ganze angereiht;
Weil alle Wesen sich zu gleichen Zwecken schwingen,
Und zu des Ganzen Zier verschiednen Beytrag bringen.

Der Schöpfer, (ehret ihn, so oft sein Nahm' erschallt,
Ihr Sonnen, lichter Staub, der seinen Fuſs umwallt!)
Hat durch der Liebe Zug den innern Streit geschlichtet,
Und das Mann'gfaltige harmonisch eingerichtet.

V. 117 — 142.

Auch da, wo unser Sinn nur blasse Gleichheit sieht,
Strahlt Ordnung, Schönheit, Lust, in ein verklärt Gemüth.
Kein finstres Chaos mischt die kämpfenden Substanzen,
Hier herrscht der Weisheit Arm, und schaffet Ruh im Ganzen.

Um einen Grad erhöht, beseelt das Pflanzenreich
Ein besseres Geschlecht, doch Thieren noch nicht gleich.
Auch dir, du holde Zucht der immer fruchtbar'n Floren,
Wird in dem schönen Leib ein Wesen angeboren,
Das sich und ihn geniefst. Kein Gras, kein unwerth Kraut,
Wird aus Aurorens Brust erquickend angethaut,
Das nicht im weisen Bau von wohlgefügten Röhren,
Dem gleichgestimmten Geist Empfindung kann gewähren.

Du lachst, bestäubtes Heer megarischer Eukliden, [1]
Dafs wir den Pflanzen selbst Empfindlichkeit beschieden?
Die Muse thut es nicht; der Weisheit milder Hauch
Hat längst sie schon beseelt, und die Erfahrung auch.
Zeigt ihrer Glieder Bau, (ein Werk, das selbst die Weisen,
Zu schwach es durchzuseh'n, nur voll Erstaunen preisen,)
In seinem Wesen selbst, in Bildung und Gestalt,
Nicht eine Ähnlichkeit, die in die Augen strahlt,
Mit andrer Thiere Leib? Ein wundersam Gespinste
Von Nerven, nimmt die Fluth der eingesognen Dünste,
Und kocht das süfse Blut, das von der Sonn' erhitzt
Sich durch der Adern Höhl' in alle Glieder spritzt;
Die eingeschöpfte Luft durchwebt in tausend Röhren
Den angefachten Leib, und hilft das Leben nähren.

V. 143 — 169.

Ist nicht der Thiere Leib mit gleicher Kunst gewebt?
Der Same selbst, durch den sich jedes überlebt,
Nimmt eigne Glieder ein, die im Geschlecht sich trennen,
Und ohne Liebe nicht sich selbst erneuern können.
Durch dich, o Pafia, durch dich lebt die Natur;
Auch Blumen fühlen dich, dein Trieb gebiert sie nur.
So bald dein warmer Hauch, den uns, auf lauen Schwingen,
Des Frühlings Erstlinge, die muntern Weste bringen,
Den rauhen Nord verjagt, und Schnee und Wolken flieh'n,
Dringt aus der Erde Schoofs ein jugendliches Grün.
Die Samen dehnen sich, und fühlen deine Triebe,
Die ganze Erde haucht die eingeflöfste Liebe.
Die Bäume schmückt ihr Kleid, der Vögel lüft'ges Heer
Ruft dir frohlockend zu, dir heitert sich das Meer;
Es glänzt, ich weifs nicht was, im Auge junger Schönen,
Und ihren Busen schwellt ein unbekanntes Sehnen.
Diefs, Liebe, wirkest du, und so erhält durch dich
Und deinen süfsen Zwang der ganze Erdkreis sich.

Wenn mit Linneus nun in Florens buntem Kinde
Ich so viel Ähnlichkeit mit andern Thieren finde,
Und ihr belebter Leib, durchaus organisiert,
Ein aromatisch Blut durch tausend Adern führt,
Was hindert uns, es auch, gleich Thieren, zu beseelen?
Kann wohl dem Geisterreich ein möglich Wesen fehlen?
Sprich nicht, wir sehen nicht, dafs sie ein Gliedmafs ziert
Das zum Empfinden taugt, und fremden Eindruck spürt.
Seit wann hat die Natur uns ihren Schoofs entdecket?

Bleibt uns der gröfste Theil der Zwecke nicht verstecket?
Auch die Veränderung im eingenommnen Platz,
Die den Gewächsen fehlt, bekämpft nicht meinen Satz.
Der Austern träges Volk, das an den Felsen klebet,
Vertauscht nur durch Gewalt den Ort, an dem es lebet.
Verändert gleich das Kraut die erste Stelle nie,
Ists doch nicht regungslos; es öffnet selber früh
Den halbgeschlofsnen Kelch den angenahten Strahlen,
Und schliefst bey ihrer Flucht die sternengleichen Schalen,
Es wend't sein blühend Haupt verliebt der Sonne zu,
Grüfst sie, da sie erwacht, und sucht mit ihr die Ruh. *)

Die Seelen, welche wir den Pflanzen zugegeben,
Naht schon ihr innrer Stand dem animal'schen Leben;
Wirksamer als die Art, die unter ihnen schläft,
Kennt ihre Kraft schon mehr das geistige Geschäft.
Sie fühlen, weil ihr Leib die Bilder vor sie stellet;
Doch ist ihr Bild der Welt gleich dämmernd aufgehellet,
So fühlen sie doch schwach und ohne Deutlichkeit,
Und was? Vielleicht dafs sie der Weste Kufs erfreut;
Vielleicht empfinden sie den Balsam ihrer Düfte,
Und athmen voller Lust die süfsen Frühlingslüfte;
Der Sonne wärmend Licht, des Äthers reiner Flufs,
Wer zweifelt, dafs er sie nicht viel vergnügen mufs?
Auch wird der Thau, womit sie laue Nächte tränken,
Nicht ohne Wollust sich in ihre Adern senken.
Hier ist ein weites Feld den Dichtern aufgethan,
Wo sich ihr muntrer Witz erfindend üben kann;

V. 197 — 221.

Doch krönt nur ein Vielleicht, was sie begeistert singen,
Und Klio schweigt voll Ernst von zweifelhaften Dingen.

Noch keine Zahl umschränkt den weiten Zwischenraum,
Von Libans altem Stolz, dem lüft'gen Cedernbaum
Bis zu den Thieren auf, die sich vernünftig nennen,
Und, trotz der Ähnlichkeit, ihr Urgeschlecht verkennen.

Der Muscheln stachlicht Heer naht sich noch sehr dem Kraut;
Ihr kaum belebtes Fleisch schliefst eine rauhe Haut,
Bewundernswerth gedreht, mefskünstlerisch gekerbet,
Und mit verborgner Hand, zur Scham der Kunst, gefärbet,
In deren Labyrinth, von Titan undurchscheint,
Manch weichbeschaltes Ey zur Perle sich versteint.

Der Fische stummes Volk, die Nachbarn der Najaden,
Trägt ihr beschwingter Leib in ungegründten Pfaden,
Den regen Thieren gleich; doch kehrt ihr stumpfer Sinn
Sie mehr zu Florens Reich, als zu den Thieren hin.

Den Raum vom Schuppenvolk zu den vollkommnern Thieren,
Die auf dem trocknen Land in Wäldern sich verlieren,
Erfüllet das Gewürm, das Erd' und Luft belebt,
An harten Rinden nagt, und selbst im Marmor gräbt.

Der Wälder schwarzen Forst durchbrüllen wilde Rachen,
Die im bewehrten Leib sich schwächern furchtbar machen.
Doch hat die Weisheit sie in unwirthbaren Sand,
Wo Gluth und Dürre tobt, von uns hinweg gebannt.
Uns nützet blofs ihr Tod, von andern auch das Leben,

V. 222 — 248.

Die ohne Zwang uns Milch und warme Wolle geben:
Da andre, deren Fleisch uns die Natur heifst scheu'n,
Zu Last und Arbeit stark, uns ihren Rücken leih'n.
Ja selbst das wilde Vieh, (was wird ein Mensch nicht wagen?)
Zwang die Gewalt der List nicht gern das Joch zu tragen.

Die Jovial'sche Luft belebt der Vögel Schar,
Und bringt ihr frühes Lied der nähern Sonne dar.
Das reine Element, worin sie muthig schweben,
Scheint über niedres Vieh des Adlers Reich zu heben.
Der Schwalbe kluger Fleifs, der ihre Wohnung fügt,
Der Nachtigall Gesang, der Bäume selbst vergnügt,
Die süfse Vielfachheit, die ihre Stimme drehet,
Jetzt gurgelt, jetzt vertieft, jetzt wunderschnell erhöhet,
Naht sie der Menschlichkeit. Wie klingt von ihrer Lust
Die liederreiche Luft, wenn in der kleinen Brust
Sich Venus mächtig dehnt, sobald der West uns grüfset,
Und alles, was empfindt, in neuer Brunst zerfliefset?

Welch eine hohe Kunst zeigt sich in der Struktur
Der schönsten Leiber uns, worein sie die Natur,
Nach jedes Art, gehüllt! Wie zeigt nur eine Mücke,
(Ein ungeachtet Thier) im schönsten Meisterstücke
Des gliedervollen Leibs, dafs sie ein Gott gebaut?
O hättest du, Lukrez, mit Bonnet's Blick geschaut,
Du hättest dich bemüht, mit deinen süfsen Weisen
Ein deiner würdig Ziel, den Schöpfer selbst, zu preisen.

Doch wie?, da solch ein Leib dem Thier Gefühl verspricht,
Geniefst ihn nicht ein Geist? Deskartes glaubt es nicht. 5)

V. 249 — 276.

Er liebt den alten Wahn Pereirens zu erneuern,
Den, lange schon vor ihm, die Lust zu Abenteuern
Zu einer Lehre trieb, die (was er selbst kaum glaubt)
Der Sinnlichkeit sogar das arme Vieh beraubt.
Er macht sie, ohne Kunst, zu künstlichen Maschinen,
Die doch sich selber nichts, den Menschen wenig dienen.
Sein neblichter Begriff schliefst seines Schöpfers Macht
In enge Grenzen ein, die er selbst ausgedacht.
Kann die vollkommne Welt ein möglich Wesen missen,
In welcher uferlos unzählge Arten fliefsen?
Die Weisheit, leidet sie, dafs einem Punkt der Welt
Ein möglicher Gebrauch, ein Zug der Schönheit fehlt?
Was für ein Meer von Lust verflöfse ungeschmecket?
Wie viele Anmuth blieb' unbrauchbar und verstecket?
Wo nur der träge Mensch, von schlecht'rer Lust entzündt,
Sie zwar empfinden kann, und sie doch nicht empfindt.
Viel weniger entfernt Rorar sich von der Wahrheit.
Ja, ja, gesteh' es nur, du Geist von hoher Klarheit,
Du Herr der ganzen Welt, den keine Fliege ehrt,
Der Sonn und Himmel mifst, und Sterne laufen lehrt,
Und nur den Weg nicht kennt sein irdisch Glück zu bauen,
Gesteh', erhabner Mensch, zum mindsten im Vertrauen,
Du bist von gleichem Stamm mit dem verworfnen Vieh,
Ja oft nimmts dir den Preis, und du bedenkst es nie.
Sey nicht so kühn, o Mensch, auf eingebildte Rechte,
Du bist nur eine Art von einerley Geschlechte.
Wie viel ist, das dir fehlt und eine Raupe hat?
Zwar ein geringer Raum scheidt sich um einen Grad

V. 277 — 304.

Von niedern Thieren ab; dich bläht dein tiefers Wissen,
Du kennst die eitle Kunst zu zweifeln und zu schliefsen;
In einer weitern Sfär verbreitet sich dein Sinn,
Und deine Neugier fliegt zu fernen Welten hin.
Du fühlest zärtlicher, und bist, mit weicherm Herzen,
Geöffneter der Lust, empfindlicher zu Schmerzen.
Doch, o der kleinen Zahl die dieser Vorzug schmückt,
Die höhern Wesen gleicht, und in die Zukunft blickt!
Ihr andern, seyd ihr's gleich die sich am meisten blähen,
Vergeblich strebet ihr nach untersagten Höhen,
Im Staub, den Würmern nah'! Was euern Hochmuth nährt,
Ein Schatten der Vernunft, ist keines Neides werth.
Mehr Mittel, die Begier erhitzt nicht satt zu machen,
Der Thränen bittren Trost, das Recht um nichts zu lachen,
Mehr Kenntnifs falscher Lust, mehr Stoff zum Überdrufs,
Gönnt euch der Vogel gern. Er theilet den Genufs
Fast jeder Lust mit euch, und läfst euch nur die Plagen;
Die Sorgen, die in euch der Freuden Knospe nagen,
Den unruhvollen Blick in das, was künftig ist,
Den Vorzug läfst er euch! Ihr wünschet, er geniefst.
O höret auf, euch noch mit eurer Schmach zu brüsten!
Sey dir zur Plage klug, sey schlau zu neuen Lüsten,
Sey ein Sardanapal, kein Vieh beneidet dich.
Betrinke dich in Blut, umkränzter Wütherich,
Zertritt den freyen Staat, und kauf um Millionen
Von Seelen deiner Art unsichre Königsthronen:
Doch sieh von deiner Höh' einst jenen Würmern zu;
Wie eifrig baut ihr Fleifs an der gemeinen Ruh!

V. 305 — 331.

Kein Stolz theilt ihre Müh, ihr Ruhm ist, andern nützen;
Der Gipfel der Begier, vor Mangel sich zu schützen;
Kein innerlicher Streit schwächt die gemeine Kraft;
Der ehrt sich, der dem Staat den gröfsten Nutzen schafft.
So folget ein Insekt den angenehmen Trieben
Der lockenden Natur; und freut sich sie zu üben;
Und du, dem die Vernunft der Tugend Reitz erhöht,
Bist trotzig, dafs dein Herz der Menschheit Ruf verschmäht.

Doch, ists vielleicht die Kunst, die übers Vieh dich hebet?
Der Kreis der Wissenschaft, die dein Verstand erstrebet?
Die Weisheit, welche dir in vollem Licht sich weis't? —
O still! der Dinge Kern enthüllt kein ird'scher Geist.
Nur wenige von euch, verschwistert mit den Engeln,
Befreyt ihr günstig Glück von den gemeinen Mängeln,
Und heitert ihren Blick von euern Nebeln auf;
Der andern Füfse trägt ein zweifelhafter Lauf
Der fernen Wahrheit zu, und oft seh'n sie im Dunkeln
Ein fabelhaft Gespenst an ihrer Stelle funkeln.
Und wie? Verdient die Kunst, die euern Stolz beschönt,
Die allzu schwache Kunst, dafs ihr die Thiere höhnt?
Ihr stützt den Himmel zwar mit marmornen Kolossen,
Und häuft Gebirge auf, die durch die Wolken stofsen;
Doch, nimmt euch nicht ein Wurm, der mit geerbtem Fleifs
Aus sich sein Wohnhaus spinnt, den schlecht verdienten Preis?
Das weifse Paros mufs den rohen Stoff euch geben,
Die Spinne kann ihr Zelt aus ihrem Leibe weben;
Sie führt es in die Luft, vom Sturme nicht erschreckt,

V. 332 — 358.

Der Memfis Säulen selbst mit Schutt und Sand bedeckt.
Die Bienen, welche dort, wo Hyblens Thäler. blühen,
Der Erd' Ambrosia aus jungen Blumen ziehen,
Was gleichet ihrer Kunst? — Erschöpft ein Reaumür,
Sie nur zu kennen stolz, nicht Jahre über ihr?
Ein Werk, das Archimed nicht klüger zirkeln könnte,
Vollführt sie ungelehrt und sonder Instrumente.

Sprich nicht, ein blinder Trieb, ein wissenloser Drang
Bestimmt der Biene Fleifs, der Nachtigall Gesang,
Des Seidenwurms Gespinnst; diefs heifst in leeren Tönen
Die Wahrheit, der du weichst, mit deinem Stolz versöhnen.
, Zeig' uns das Thier, das nichts als blofses Uhrwerk sey:
, Auch Thieren wohnt ein selbst sich regend Wesen bey.
Auch in des Löwen Brust schlägt was von jenen Trieben
Der Grofsmuth und des Zugs, den, der uns dient, zu lieben.
Cytherens süfse Brunst, die mit dem Herzen spielt,
Wird von den Thieren auch, oft menschlicher, gefühlt;
Man lehrt uns ein Insekt im Fleifs zum Muster nehmen;
Und sollte manchen nicht Ulyssens Hund beschämen?

Doch nicht zu weit, mein Sinn! Ein unverlierbar Recht
Erhöhet über sie das menschliche Geschlecht.
Jetzt sind sie nicht was wir, und wird nach fernen Tagen
Sie einst ihr künftig Glück auf unsre Staffel tragen;
So wird ein gleicher Weg, den alle Geister geh'n,
In befsre Nachbarschaft uns über sie erhöh'n.
Uns würdigt die Natur mit mütterlichen Händen,
Was sie vortrefflichs hat, verschwendrisch zuzuwenden;

V. 359 — 385.

Uns kleidt ein schön'rer Leib, und was die Erde trägt,
Wird willig von ihr selbst zu unserm Fufs gelegt.
Uns zollt der Berge Schacht; in tiefen Meeresschlünden
Mufs sich zu unserm Schmuck die weiche Perle ründen;
Und vom versengten Süd bis zum gefrornen Pol,
Ist Luft und Sand und Meer von unserm Reichthum voll.
Und was vermag die Kunst? Sie schafft dem öden Sande
Des Frühlings Anmuth an, und läfst im trocknen Lande
Beschäumte Schiffe gehn, mit Korn und Frucht beschwert,
Die ihr sinnreicher Fleifs im Meere blühen lehrt;
, Indem wir ewig sie von Grad zu Grade treiben
, Wird nichts uns unversucht und nichts unmöglich bleiben.

Klag nicht, o Plinius 4) der Menschen Mutter an,
Dafs sie uns nicht, wie Vieh, mit Fellen angethan,
Nicht wie den Fisch beschuppt, mit Federn nicht beschenket,
Noch, stummen Austern gleich, in Schalen eingesenket.
„Uns, rufst du rednerisch, uns wirft sie nackend aus;
Das Vieh bewehrte sie; die Muscheln deckt ihr Haus;
Den Vogel weicher Flaum: wer mufs sich nicht beklagen?
Ists billig, für das Vieh mehr Sorg und Huld zu tragen?"
Wie blendet dich dein Witz! Für ein geringes Glück
Gäb'st du die Schönheit ihr und tausend Lust zurück.
Von unsern Schönen wirst du wenig Dank erlangen.
Sie tauschten schwerlich gern die Rosen ihrer Wangen
Um warmen Schwanenflaum, und eine Lilienbrust,
Auch noch so schön beschuppt, erweckte wenig Lust.
Und warum willst du uns denn unsern Schmuck entziehen?

V. 386 — 412.

Wie klein ist der Verlust von dem, was dein Bemühen
Undankbarn geben will? Die heifse Zärtlichkeit,
Die in der Mutter Brust für ihre Kinder schreyt,
Ersetzt durch Müh und Kunst, was aus bedachten Gründen
Uns die Natur versagt. Wofür sind weiche Binden?
Wofür trägt dort ein Baum ein sanftes Flammenhaar?
Bringt nicht Natur und Kunst uns ihre Hülfe dar?
Wie wenig Billigkeit stützt deine Dichterklagen!
War's Wohlthat nicht, was du begehrst, uns zu versagen?
Der Mensch bleibt wie zuvor der Liebling der Natur,
Ihm schenkt sie ihren Schatz, ihm ziert sie Wald und Flur.
Die andern Thiere sieht, in unzählbaren Klassen,
Er, unter sich gereiht, ein kleinres Glück umfassen.

Diefs ist der Arten Zahl, aus der der Ball besteht,
Der langsam sich verzehrt, indem er uns erhöht.
Ihn heifst ein innrer Zwang in schneckengleichen Kreisen,
Um Titans feur'gen Sitz, mit gleichem Wälzen, reisen.
Durch sein bestimmtes Dreh'n wird uns der Tag geschenkt,
Wenn er der Sonn' uns zeigt, die Nacht, wenn er sich schwenkt.
Dann blitzt Aurorens Aug, da unser Strich erbleichet,
Die Gegenfüfsler an, und ihre Nacht entweichet.
Der Unterschied des Stands, der uns zur Sonne hält,
Die Arten, wie ihr Strahl auf unsre Fläche fällt,
Verändern ganz und gar die Form der äufsern Erden,
Und lassen dreymahl sie sich selber ungleich werden.

Dort am erfrornen Nord, wo sich sein ewig Eis
Nach seinem Sterne sehnt, von andrer Gluth nicht heifs,

V. 413 — 438.

Herrscht Frost und öder Tod mit allgemeinem Grauen,
In stiller Dämmerung, durch unwirthbare Auen.
Hier lacht der Frühling nie, kein blühend Kraut lockt hier
Den frischen Zefyr an und ein verirrend Thier.
Der Liebe süfser Brand, den jeder Welttheil fühlet,
Erstirbt hier um den Pol, und wird in Eis gekühlet.
Kaum, dafs ein Zembla noch ein seltner Schein erhellt,
Und hier und da den Fels ein weifser Fuchs durchbellt:
Froh, wenn er unterm Schnee ein faulend Moos erblicket.
Das menschengleiche Volk, das dieser Himmel drücket,
Fühlt auch des Erdstrichs Neid, der seinen Körper krümmt,
Und selbst dem matten Geist sein dumpfes Feuer nimmt.

Dort, wo, der Sonne nah, die Mittagsgegend raucht,
Und der beglänzte Sand nur Gluth und Flammen haucht,
Verzehrt der stete Strahl das siedende Geblüte,
Und wie die Ader kocht, so brauset das Gemüthe.
Die Liebe wird hier Wuth, die Rachsucht zügelfrey,
Der Witz geblähter Schwulst, die Andacht Schwärmerey.
Den aufgebirgten Sand, den nie ein Grün beschattet,
Durchzischt ein Schlangenheer, das sich mit Hydern gattet.
Der Löwen dürrer Schlund ächzt hier nach heifsem Blut,
Und aus des Tiegers Blick blitzt seines Himmels Gluth:
Der Mensch gleicht seinem Vieh; die sanfte Menschenliebe
Rührt kraftlos seine Brust: nur blutbegier'ge Triebe,
Nur zügellose Brunst und wilde Eifersucht
Verzehren sein Gehirn, und sind der Gegend Frucht.

V. 439 — 465.

Die ihr der Länder Recht in heil'ge Tafeln ätzet,
Und was die Pflicht gebeut, was sie versaget, setzet;
Lykurge jedes Volks, zwingt nicht nach Einer Schnur,
Nach einerley Gesetz, die streitende Natur.
Vergebt dem Himmel was, und mildert euer Fodern!
Die Gluth erstirbt nie ganz, in der die A f e r n lodern?
Hemmt weislich ihre Wuth, und zeigt die Mittel an,
Wie man der Triebe Brand am klügsten kühlen kann;
Erlaubt dem Norden nicht, was ihr dem Süden schenket,
Und wisset, dafs das Recht oft nach der Luft sich lenket.

Ein selig Mittel schränkt die andern Zonen ein;
Die Billigkeit der Luft, der Sonne warmer Schein,
Besamt das lockre Land, gemahlt mit tausend Farben,
An Bacchus Gaben reich, und gelb von schwangern Garben.
Zwar ändert die Natur, in vorgeschriebner Zeit,
Die liebliche Gestalt, und wechselt stets ihr Kleid,
Giebt uns im Sommer oft der Mohren Gluth zu fühlen,
Und läfst im Herbst den Nord mit starren Flocken spielen.
Doch jede Jahrszeit ist an eignen Freuden reich,
Wir würden bald zu satt, wär' unsre Lust stets gleich.
Allein des Winters Frost, der uns in warmen Zimmern
Den Herbst geniefsen läfst, und hüllt der Wiesen Schimmern
In sein einfärbig Weifs, schärft den gestumpften Sinn;
,Und selbst Entbehrung wird durch Wechsel zum Gewinn.
Wie fröhlich grüfsen wir die mildern Frühlingswinde,
Wie lieblich schäumt und rauscht uns durch die nackten Gründe
Der aufgelöste Schnee, wie froh lauscht unser Ohr

V. 466 — 492.

Der ersten Nachtigall, der Lerchen frühem Chor!
,Wie wonnig fühlen wir im allgemeinen Weben
,Und Streben der Natur auch unser neues Leben!

Glückselig wen sein Stern in Zonen leben heifst
Wo eine milde Luft wohlthätig ihn umfleufst!
Des Himmels Mäfsigkeit verschönert auch die Geister,
Vernunft wird leichter hier der Leidenschaften Meister.
Das Herz fühlt zärtlicher, der Witz ist schön und rein,
Geordnet der Verstand, und die Empfindung sein.
Dort wo aus heitrer Luft entwölkte Sonnen scheinen,
Herrscht Witz und Dichtungskraft in lorberreichen Hainen.
Durchs ganze Thierreich fliefst die Kraft vom nähern Strahl,
Die Blumen glänzen mehr, nie weicht der West dem Thal;
Die Wälder duften dort von ewig-grünem Laube,
Und Dafnens Haar wird nie dem rauhen Nord zum Raube;
Sidon'scher Äpfel Gold strahlt ungepflanzt im Wald,
Der stets vom Wettgesang der Nachtigallen schallt;
Der Hügel breite Schoofs grünt von Falerner Reben,
Die ganze Gegend wallt von innerlichem Leben.

Dort aber wo das Land zum weifsen Pol sich senkt,
Spürt Mensch und Vieh und Baum, dafs ihn der Himmel kränkt.
Zu Flegma wird der Witz, die Leidenschaft wird träge,
Das Blut schleicht matt dahin durch die gehemmten Wege;
Den Forst schreckt rauhes Wild, und, leer an edlerm Erzt,
Wird nur von Stahl und Bley der Berge Schacht geschwärzt.

Diefs ist der Ordnung Frucht; in allen ihren Reichen,
Mufs innre Harmonie das Mannigfache gleichen.

V. 493 — 519.

Verlafs, o Muse, nun den niedern Gegenstand,
Und suche deinem Blick, ein neu, ein himmlisch Land.
Schwing dich mit flücht'gem Fufs und unverwandten Augen
Den bessern Welten zu, die rein're Strahlen saugen;
Wo Geister höh'rer Art, aus unsrer Nacht gereis't,
Ein himmlisch Element mit lautrer Wonne speist.

Was für ein Weltenheer, das unter mir sich drehet?
Was für ein Tempel, der sich über mir erhöhet?
Welch eine Harmonie bezaubert Ohr und Blick?
Die ihr hier ewig wohnt, wie reitzt mich euer Glück!
O! dafs mich Erd und Zeit so weit von euch entfernen!
Dort, wo ein weifses Licht, gemischt aus tausend Sternen,
Sich um den Himmel krümmt, wo nie der Tag erbleicht,
Dort wohnt die frohe Schar, die unsrer Erd' entweicht.
O dreymahl Selige! die ihr hieher entronnen!
Euch nährt der Engel Kost, euch glänzen hell're Sonnen,
Die Nebel flieh'n dahin; verklärt von reinem Licht,
Seht ihr, mit welcher Nacht der Tag der Menschen ficht.

Doch, eure Seligkeit läfst selbst sich noch vermehren.
Weit über euerm Haupt, schöpft, in den höchsten Sfären,
Der Seraf Götterlust aus dem vollkommnen Quell,
Und wird, der Welt zu hoch, nur von der Gottheit hell.
Wie? staunst du, schwacher Geist? Von himmlischen Gedanken
Aufwallend, hafst dein Herz die ihn zu engen Schranken.
Vergifs dein Vaterland, blick nach der Sterne Bahn,
Sieh' jener Welten Glanz, sieh' ihre Bürger an.
O Mannigfaltigkeit! o Schönheit! o Entzücken!

V. 520 — 547.

Welch ein Zusammenflufs von weisen Meisterstücken!
Wie stimmt mit ihrem Leib, wie stimmt mit ihrer Brust,
Die schöne Wohnung ein? Wie einfach ist die Lust,
Die in den zärtlichen und wohlgebildten Seelen
Die Tugend süfser macht, und billiget ihr Wählen?
Ein allgemeiner Trieb, ein unauflöslich Band,
Verknüpft die Seelen hier; kein Unterschied im Stand
Stört die gemeine Lust, Ein Herz, Ein Zug im Willen
Eilt in der Tugend sich, in gleichem Mafs, zu stillen.
Bricht schon aus manchem Geist des Wesens Trefflichkeit
Mit höherm Schimmer aus; ihn trübt kein bleicher Neid.
Er fühlt den Vorzug kaum; bemüht, ihn nicht zu wissen,
Läfst er ihn, unbemerkt, auf seine Freunde fliefsen,
Und jeder ist sein Freund. Er ist, der Gottheit gleich,
(Wie glänzend ist diefs Lob!) nur für die andern reich.
Das Band, wodurch schon hier auf dieser düstern Erden,
Ein tugendhaftes Paar kann paradiesisch werden,
Die Liebe, o wie wird sie hier so schön gefühlt!
Hier ist sie keine Brunst, die im Genufs sich kühlt,
Des Geistes Kräfte schwächt, die Tugend unterdrücket,
Das Herz mit Wuth durchströmt, und die Vernunft ersticket.
O nein! voll Zärtlichkeit knüpft sie ein gleiches Paar
Fest an die Tugend an. Was jedem eigen war,
Ist jetzt des andern Gut, eins wird aus zweyen Herzen,
Von gleichen Trieben reg, verschlossen allen Schmerzen.
Mich rührt kein andrer Wunsch, als dich beglückt zu seh'n,
Du schmeckest keine Lust, als durch mein Wohlergeh'n.
Beglückte! die ihr seyd, die Gottheit liebt euch beide,

V. 548 — 574.

Und ruft euch unzertrennt zu gleichgefühlter Freude.
Doch was verspricht vom Geist ein solches Herz uns nicht?
Die Wahrheit liegt vor ihm in ihrem eignen Licht.
Er wiegt der Wesen Kraft, er faſst den Stoff in Zahlen,
Dringt in der Dinge Mark, und klebet nicht an Schalen.
Nie hemmt des Körpers Last des Geistes freyen Lauf;
Von neuen Sinnen faſst er neue Bilder auf;
Manch fühlend Gliedmaſs zeigt ihm neue Eigenschaften,
Die, unsichtbar für uns, an andern Körpern haften.
Vielleicht, daſs manche nur Ein Sinn der Welt verbindt,
Und der nur durch's Gesicht, der nur durch's Ohr empfindt.
Wo tausend Düfte sich ambrosialisch mengen,
Und die gewölbte Brust mit sanftem Zufluſs drängen,
Und wo der ganze Leib in Balsammeeren wallt,
Wer miſste Ohr und Aug' in diesem Aufenthalt?
Dort aber, wo die Luft von holden Tönen zittert,
Und das gebrochne Thal stets mit Musik erschüttert,
Wo tausend Kehlen stets zum Wirbeln offen sind,
Wo Wald und Fels und Fluth der Töne Macht empfindt,
Der Bach harmonisch rauscht, die Luft harmonisch wallet,
Und, wenn der Nymfe Lied in Felsen wiederhallet,
Der Hain melodisch rauscht, wer hielt' es wohl für Pein
In einer solchen Welt sonst nichts als Ohr zu seyn?

Wie schwindelt meinem Geist, wie hört er auf zu denken,
Wenn seine Blicke sich in jene Tiefe senken,
Die kein Geschöpf ermiſst, wo in gewohnten Höh'n
Sich Sterne ohne Zahl mit ihren Bürgern dreh'n.

V. 575 — 601.

O wie vergißt er sich bey ihrer Arten Menge,
Und unterliegt der Zahl, und wird sich selbst zu enge!

Noch mehr! die Sterne selbst sind Thiere, sind beseelt.
Damit in keinem Reich ein Thier zum Bürger fehlt,
Rauscht die astral'sche Luft von selbst belebten Ballen,
Die, andrer Thiere voll, ihr Element durchwallen.
, Du, dem der größte Stern ein strahlend Pünktchen scheint,
, Sag an, mit welchem Recht wird dieser Satz verneint?
, Du sprichst: „er überwiegt zu Millionen Mahlen
, Die Sonn', und seine Bahn ermüdet unsre Zahlen;
, Auch wälzt er ohne Rast und unveränderlich
, Um eine größre Sonn' im gleichen Kreise sich:
, Was ist hierin, um ihn mit Leben zu beschenken?
, Wer könnte sich ein Thier von solcher Größe denken?
, Was sehen wir an ihm, das einen innern Geist,
, Der seinen Körper regt, auch nur vermuthen heißt?"
, Gemach! ein rascher Schluß kann leicht uns hintergehen;
, Wie wenig ists, was wir an einem Sterne sehen?
, Das Käferchen, das dort um goldne Blumen schleicht,
, Täuscht auf dieselbe Art ihr schimmernd Licht vielleicht;
, Wer weiß es, ob sie nicht in seinem winzig kleinen
, Prismat'schen Augenglas ihm Sternenbilder scheinen?
, Und jenes Ählchen, das im Blut des Ahles schwimmt,
, Und dem geschärftsten Blick kaum als ein Pünktchen glimmt,
, Vermuthet es, die Welt, die es als Herr durchstreichet,
, Sey auch ein lebend Thier, das ihm an Bildung gleichet?
Ein Keppler, ein Kassin merkt an der Sterne Bahn

V. 602 — 628.

Das regelmäfsigste von ihrem Umlauf an;
Unzähl'ge Ändrungen sind ihm vielleicht verstecket,
Die aus der Nachbarschaft ein hellers Aug entdecket.
Sie wachsen wie ein Thier, (die Erde lehrt uns diefs)
Das Alter zehrt sie aus, auch ist ihr Tod gewifs;
Durch ihn wird ihre Seel auf neuen Grad erhoben.
So, Schöpfer, können dich die Morgensterne loben!

Nun, Muse, lehr' uns auch was für Verschiedenheit
Die Geister aller Art in zwey Geschlechter scheidt.
Nicht nur der Zweck allein, der, ihre Art zu mehren,
Das eine zeugen heifst, das andere gebären,
,Macht diesen Unterschied; nein, tief im Innern liegt
,Was durch die Trennung selbst sie mehr zusammen fügt.

Wir, die der Leib verführt uns selber zu mifskennen,
Wir, die den Geist (uns selbst) als fremde von uns trennen,
Sind durch zwey Kräfte reg, die so geartet sind,
Dafs diese dann erst blüht, wenn jene welkt und schwindt.
Die eine fühlt den Leib, und was durch alle Sinnen
Zu ihrem innern Sitz für Bilder denkbar rinnen;
Mit unsichtbarer Kunst stellt sie, nach manchem Jahr,
Ein einst geseh'nes Bild mit frischen Zügen dar;
Ein unerschöpfter Schatz von geist'gen Schildereyen,
Die ihr Natur und Kunst aus tausend Quellen leihen,
Liegt schimmernd vor ihr da, und sie zertrennt und bindt,
Vermischt und ändert sie, wie sie es gut befindt.
Sie nimmt den Eindruck an, der ihre Sinne reget,
Sie liebt, sie hofft, und wird dem Leibe gleich beweget,

V. 629 — 654.

Wiewohl nach Geister Art. Der Zug, der unsre Brust
Zu holden Schönen dringt, und die Begier zu Lust
Entsteht aus ihrer Schoofs; sie ists die sich vergnüget,
Wenn das gesehnte Glück in unsern Armen lieget.

Ganz anders wirkt in uns der forschende Verstand,
Mit dialekt'scher Kunst lös't er der Dinge Band;
Er nimmt den Bildern ab, was sie dem Sinne kleidet,
Und sieht scharf blickend nur was jedes unterscheidet;
,In unsre innre Welt bringt Ordnung er und Licht,
,Sieht ungetäuscht dem Wahn ins lügende Gesicht,
,Macht Klugheit und Gebühr zu unsrer Triebe Hütern,
,Und lenkt den Willen nur zu wesentlichen Gütern.

Zwar schlingt ein zartes Band sich beiden Kräften um,
Und wenn die eine schweigt, ist auch die andre stumm;
Ein glänzender Verstand vermag auch schön zu denken,
Und blofs aufs Blenden wird kein schöner Geist sich schränken:
Doch Eine herrschet stets und schwächt der andern Macht,
So wie bey vollem Mond in unbewölkter Nacht
Der andern Sterne Heer mit blasserm Lichte funkelt,
Und ihrer Nymfen Reitz Dianens Glanz verdunkelt.

Wer hört dein Heldenlied, unsterblicher Virgil,
Hört deiner Dido Schmerz, und schmilzt nicht in Gefühl?
Die Seelen stehen dir zu jedem Eindruck offen,
Bereit, wie du befiehlst, zu fürchten und zu hoffen;
Wenn Nisus, halb entseelt, durch seinen Kufs die Flucht
Der Seele seines Freunds noch aufzuhalten sucht,

V. 655 — 681.

Den letzten Hauch empfängt aus dem geliebten Munde
Dann, hingestreckt auf ihn, aus hundertfacher Wunde
Sein eignes Leben strömt, wer wünscht, indem er weint,
Nicht, selbst um diesen Preis, sich einen solchen Freund?
So hauchet durch die Kunst, die Zauberkunst der Musen,
Der fühlende Poet in seiner Hörer Busen
Welch eine Seel' er will, — indefs ein Archimed
Mit faltenvoller Stirn in seinen Zirkeln steht,
Und ungerührt von dem, was weiche Seelen reget,
Den Lauf der Sfären mifst, der Körper Kräfte wäget.

So macht dort zarter Sinn, hier herrschender Verstand
Die zwey Geschlechter uns im Geisterreich bekannt.
Das anmuthsvolle Volk, gemacht uns zu beglücken,
Empfing ein fühlend Herz, gleich fähig zu entzücken,
Und selbst entzückt zu seyn. Des Mädchens junge Brust
Fühlt ungelehrt den Reitz der zugedachten Lust.
Sie fühlen zärtlicher, weil alle ihre Sinnen,
Empfindlicher gebaut, von feinern Geistern rinnen.
Die muntre Fantasie nimmt, weichem Wachse gleich,
Die Bilder lebhaft an; ihr holdes Herz ist reich
An sanftern Wallungen, und frey von den Gewittern
Der wilden Leidenschaft, die unsre Brust erschüttern:
So wie bey heitrer Luft sich die zufriedne See
Vom stillen Zefyr bläht; es wallt die blaue Höh'
In immer gleichem Trieb, und locket die Najaden
Um Amfitriten sich, mit stillem Spiel, zu baden.
Des Geistes Zärtlichkeit, gebildt, uns zu erfreu'n,

V. 682 — 709.

Drückt auch dem schönen Leib sein holdes Wesen ein.
Wie reitzend ist er nicht? Wen muſs er nicht entzücken?
Wie lad't der Mund zum Kuſs, wie strahlt aus ihren Blicken
Die sanfte Liebe aus, und legt uns Ketten an,
Die ohne Schande selbst der Weise tragen kann!
O Thoren! die ihr uns die Liebe fliehen lehret,
Wiſst, daſs ihr der Natur, nicht ohne Strafe, wehret;
Sie schafft die Lieb' in uns, sie läſst die Schönen blüh'n,
Und rächt den frechen Stolz, an allen, die sie flieh'n.
Doch nicht nur Pafia gesellt sich unsern Schönen,
Der lorberreiche Pind schallt selbst von ihren Tönen:
Hier irrt noch Saffos Lied, so süfs stimmt nicht der Schwan
An Strymous grünem Rand sein frohes Sterblied an;
Sie sieht Germanien und unsrer Zeit zu Ehren,
Geistreiche Karschin, dich, der Musen Zahl vermehren;
Durch eine Schöne füllt Kolumbo's Ruhm die Welt
Und Rowens englisch Lied ertönt im Sternenfeld. 5)
Ihr Schönen, ehrt den Werth, den die Natur euch schenkte,
Erkennt den Reitz, den sie in eure Seelen senkte!
Zürnt, daſs des Vorurtheils und der Gewohnheit Macht,
Euch um den schönsten Theil von euerm Schmuck gebracht!
Im zarten Keim erstickt, noch eh sie aufgegangen,
Der Seele Fruchtbarkeit; die Sorge für die Wangen
Verdrängt den edlern Wunsch auch sittlich schön zu seyn,
Und ach! so flöſset ihr nichts als Begierden ein!
Ein Toutou, ein Amant, ein Stutzerchen, zum Scherzen
Kaum gut genug — wie klein denkt ihr von euern Herzen
Wenn solch ein Tand sie füllt! Der bleibe stets entehrt,

V. 710 — 736.

Der euch, ihr Schönen, einst des Fächers Kunst gelehrt;
Der euch dem jungen Herrn, der ohne Seele lachet,
Dem stolzen Federhut und Westen hold gemachet,
Der einem schönen Kopf, voll Puder, leer an Geist,
Mit Blicken voll Gefühl die Augen folgen heifst,
Worin der Himmel uns sich scheinet aufzuklären,
Wenn sie Zayrens Kampf mit edeln Thränen ehren.
Wie sehr bedauern wir Lucindens schönen Mund,
Durch den sie Suada schien, eh er uns selbst gestund
Wie sehr wir uns geirrt; der sie Cytheren gleichte,
Bis er, so bald er sprach, die Grazien verscheuchte:
Den Mund, der wenn ihn Geist und feiner Scherz bewegt,
Entzückte Weisen selbst zu euern Füfsen legt.

　　Diefs ist der Unterschied, nach welchem jede Klassen
Der Wesen sich in zwey Geschlechter theilen lassen.
Das, wo die ob're Kraft die Seelen stärker macht,
Das keine Arbeit scheut, und der Gefahren lacht,
Mit Schmerz und Blut und Tod ein tönend Nichts erringet,
Mit tieferm Sinne denkt, und in die Wahrheit dringet;
Diefs hat Deukalion, wenn nicht die Sage trügt,
Mit schöpferischem Wurf aus hartem Stein gefügt;
Die andern hat ein Gott aus weicherm Thon gebauet,
Und dem anmuth'gern Leib ein zärter Herz vertrauet;
Sie lieben das Gefühl, und ihre weiche Brust
Ist auch empfindlicher, zu falsch - und wahrer Lust.
Zwar nahet die Natur oft Geist und Leib der Schönen
Der Männer rauhern Art und Mavors wilden Söhnen;

V. 737 — 752.

So wie ein Lydier oft sein Geschlechte schmäht,
Und im schwatzhaften Kor die Spindel weibisch dreht.
Wie streut Kamilla dort, wohin ihr Muth sich dränget,
Furcht, Schrecken, Flucht und Tod! Ein schwerer Köcher hänget
Den braunen Schultern an, ihr gelbes Haar fliegt wild,
Und die gedrückte Brust beschützt ein goldner Schild.
Sie folgt Dianen nach, von Liebe unbesieget,
Von Wald und Jagd allein, und wildem Streit vergnüget;
Und doch verläfst sie nicht die angeborne Art;
Sie, die ihr Heldenherz vor Amors Macht verwahrt,
Entgeht nicht der Begier, (ihr Tod mufs sie bezahlen)
Der weiblichen Begier in Chloreus Raub zu strahlen!
Sein Köcher lockt sie an, sein tyrisches Gewand,
Und der beschuppte Leib reitzt Aug und Wunsch und Hand;
Und mitten in dem Sieg, den ihre Waffen geben,
Beschliefst sie, als ein Weib, ihr heldengleiches Leben. 6)

Anmerkungen.

1) Seite 98. Euklides von Megara, ein alter griechischer Pedant, der hier im Nahmen aller seiner Mitbrüder erscheint, und nicht mit dem grofsen Geometer gleiches Nahmens verwechselt werden muſs.

2) S. 100. Es ist bekannt, daſs der Ritter Linneus diese Eigenschaften, welche die Alten nur an wenigen Pflanzen bemerkt, an den meisten beobachtet hat.

3) S. 102. Deskartes hielt (wie Pereira, ein gelehrter Spanier, vor ihm schon gethan) die Thiere für blofse Maschinen ohne Seele.

4) S. 107. *Hominis caussa cuncta alia genuisse videtur Natura, magnà et saevà mercede contra tanta sua munera: ut non sit satis aestimari, parens melior homini an tristior Noverca fuerit. Ante omnia unum animantium cuncto-rum alienis velat opibus, ceteris varia tegumenta tribuit, testas, cortices, coria, spinas, villos, setas, pilos, plumam, pennas, squamam, vellera,* Plinius Hist. Natur. L. VII. in proëm.

5) S. 119. Saffo, Karschin, (einer bessern Zeit und eines bessern Schicksals würdig) die Frau Dü Bocage, und Elisabeth Rowe, die Ver-fasserin der Freundschaft nach dem Tode, werden hier genannt, weil sie damahls, als dieſs Gedicht geschrieben wurde, ungefähr die einzigen Dichterinnen waren, die der junge Verfasser aus ihren Werken kannte.

6) S. 121. Virgils Äneis B. XI. v. 768. u. f.

INHALT DES FÜNFTEN BUCHS.

Erklärung der hauptsächlichsten Erscheinungen der Körperwelt. Die
Form der Dinge ist so mannigfaltig, als die Gesichtspunkte, woraus
sie gesehen werden. Die Gröfse, der Raum, die Zeit, die Qualitäten
der Körper u. s. f. sind blofs relative Dinge. In wie ferne die Sinne
uns hintergehen. Widerlegung der Skeptiker. Die Welt ändert immer-
fort ihre Gestalt; das Künftige liegt in dem Gegenwärtigen eingehüllt;
alle Veränderungen sind nichts anders als Entwicklungen, wovon der
Grund in der stufenweisen Veränderung und Verwandlung liegt,
welche mit den Elementen vorgehet. Die geistigen Wesen erheben
sich aus einer Gattung in die andre. Erklärung des Ursprungs der
vegetablen und animalischen Körper, mittelst dieser Hypothese. Die
Geister und *Naturae plasticae*, welche von einigen zu Bildung
der Körper gebraucht worden, werden dieses Amtes entsetzt. Es ist
kein Tod in der Natur; der Tod ist die Geburt eines neuen Zustan-
des. Die grofsen Weltkörper sind eben so wie die kleinern diesem
Tode unterworfen. Gemählde eines Kometen, der als ein brennen-
der Planet betrachtet wird, — eine durch ihn verursachte Sünd-
fluth. Der Ursprung unsers Erdbodens nach Whistons Hypothese.

DIE NATUR DER DINGE

ODER

DIE VOLLKOMMENSTE WELT.

FÜNFTES BUCH.

V. 1 — 10.

Wie Fidias den Stein, der Paros Spitzen weifs't,
Den ungeformten Stein, zur Venus werden heifst,
Der Stoff liegt vor ihm da, und wartet auf das Leben,
Das, mit dädal'scher Hand, der Künstler ihm wird geben;
Er aber baut aus ihm das schönste Meisterstück,
Die ganze Göttin strahlt aus ihres Bildes Blick:
So gab der höchste Geist, der Schöpfer aller Welten,
·Dem All die beste Form; es floh' vor seinem Schelten
Das Chaos schüchtern hin, er streute seinen Schein,
Und Ordnung und Verstand dem Stoff der Dinge ein.

V. 11 — 37.

Welch eine Schönheit glänzt in allen seinen Reichen?
Wie weislich weifs er sie zu Einem Zweck zu gleichen?
Wie findt ein tiefer Blick selbst in der Dämmerung,
Die unsre Augen schwärzt, Stoff zur Bewunderung!
Wie strahlt die Kreatur vom mitgetheilten Lichte,
Wie schmückt der Schatten sie vom göttlichen Gesichte,
Wie mahlt, was, ohne ihn, dem Nichts sein Hoffen gab,
So prächtig einen Gott in hellen Spiegeln ab!

Du, die du selber mich dem Pindus zugeführet,
Wo des Askräers Lied den heil'gen Hain noch rühret,
O Muse, zeige mir die Form der ew'gen Welt,
Und was für ein Gesetz sie ewig d'rin erhält.
Was zwingt die Körper stets in fliefsende Gestalten,
Die wandelnd, wie die Zeit, nie ihren Ort behalten?
Was düngt die Erde stets mit ihrer Kinder Staub?
Wodurch wird unser Leib verhafster Würmer Raub?
Ja welch ein Wunder heifst selbst irdische Planeten,
Auf unbekannter Bahn, in dunkler Gluth erröthen?
Diefs, Göttin, lehre mich, und leite meinen Sinn,
Der deinem Antrieb folgt, zum Quell der Wahrheit hin.

Diefs grenzenlose All von Welten und von Zeiten,
Der volle Inbegriff umleibter Geistigkeiten,
Mahlt sich in jeder Art im ideal'schen Reich
Mit andern Farben ab, ist nie sich selber gleich.
So viele Wesen sich mit andern Sinnen schmücken,
Und Leiber andrer Art die volle Erde drücken;
So viele Gattungen, in ungemefaner Bahn,

V. 38 — 64.

Durch tausend Himmel sich der Gottheit ewig nah'n:
So vielfach ist die Art, wie blofs uns zu vergnügen,
(Wohlthätiger Betrug!) die Sinnen uns betriegen;
So vielfach ist in uns die ideal'sche Welt,
Die, wie er sie erblickt, der Sinn für wirklich hält,
Da doch, weit unter ihm, und über seinem Haupte,
Der das als Welt umschifft, was er ein Sandkorn glaubte,
Und diesen rothen Ball, den jener Erde nennt,
Im himmlischen Gefild' für eine Blum' erkennt.
Zwar liegt auch aufser uns und in den Gegenständen,
Die ihren Ausflufs uns durch offne Sinnen senden,
Ein Theil des Grunds davon; doch die Beschaffenheit
Des Leibes, welcher uns der Dinge Bilder leiht,
Verändert ihren Druck; so wie vom lichten Wagen,
Den durch die hohe Luft äther'sche Pferde tragen,
Die Sonne gleiches Licht durch ihren Himmel sprüht,
Und, was ihr gleich sich naht, in gleichem Feuer glüht;
(Nimmt ihre Kraft gleich ab, wenn sie sich mufs verbreiten,
So wirket sie doch gleich aus allen ihren Seiten;)
Allein der Gegenstand, nicht gleich geschickt zum Schein,
Saugt den geschenkten Glanz auf tausend Weisen ein,
Und läfst denselben Strahl jetzt blau jetzt golden funkeln,
Jetzt, ganz verschluckt, den Stoff entfärben und verdunkeln.

Dort flattert niedrer Staub um deinen Tritt im Geh'n,
Nein! Welten sind's, die sich zu deinen Füfsen dreh'n;
Der Cherub denkt wie du, wenn von Gott nahen Himmeln,
Er die Gestirne sieht im tiefen Äther wimmeln.

V. 65 — 91.

Der Wurm, den in der Fluth ein Needham spielen sieht,
Der, zwar unendlich klein, doch Ströme von sich sprüht,
Ist in dem Tropfen Nafs, der ihm ein Weltmeer dünket,
Was uns ein Wallfisch ist, der ganze Seen trinket.
Selbst in der Glieder Bau zeigt sich die Ähnlichkeit,
Die Einfalt der Natur, der gleiche Unterscheid;
Das klein're Seegeschöpf, unsichtbare Tritonen,
Und alle schreckt sein Grimm, die sein Gebiet bewohnen,
Und so, wie Needhams Blick, durch zauberisches Glas,
Ein solch kaum sichtbar Meer mit einem Sandkorn mafs:
So hält ein Dämon, der durch Zwischenwelten steiget,
Wenn er sein leuchtend Haupt zu seinen Füfsen neiget,
Und dann ein Zufall ihn die Erde finden.läfst,
Der Menschen Sammelplatz für ein Ameisennest;
Und du, zu dessen Lust oft ganze Länder weinen,
Wie grofs, (erröthe nur!) wirst du ihm wohl erscheinen?

So ist das Kleine nur nach grofsem Mafsstab klein,
Und Titan selbst wird dir was seine Stäubchen seyn,
Wenn du sein weites Reich mit höhern Kreisen missest,
In deren Tiefen du ihn, Erd, und dich vergissest.
Und wie der Raum, so ist der Folge Mafs, die Zeit,
Stets theilbar, und für uns, bis zur Unendlichkeit.
Vergleiche deine Dau'r mit der Gestirne Leben,
Bestimmt, die Himmelsluft Äonen durchzuschweben;
Sie scheint ein Augenblick, der, ungebraucht, verschwindt:
Doch wenn Orion selbst sein wartend Grab einst findt,
Wird, gegen jene Sfär, die, Gott! dich in sich siehet,

V. 92 — 118.

Er eine Rose seyn, die im Mittag verblühet.
Das Eulchen, das, voll Lust, in der erwärmten Luft,
Satt des geliebten Lichts, dem süfsen Tode ruft,
Sieht seinen Gott, die Sonn, nur einmahl sich entfärben,
Und freut sich mit dem Tag, den es verehrt, zu sterben.
Ein Augenblick, der uns, von Wollust leer, entweicht,
Ist ihm zur Lust ein Tag; sein kurzes Seyn verstreicht
In steter Wirksamkeit, und die verlängt Sekunden,
Und giebt der Jahre Werth den wohlgebrauchten Stunden.
Auf gleiche Weise ist der Schule Qualität
Nicht was, das aufser uns, in gleicher Form besteht.
Was diesem bitter dünkt, wird andern lieblich schmecken,
Und dich belustigt was, womit man mich kann schrecken.
Vielleicht dafs einen Wurm, der in der Rose kriecht,
Ihr Glanz nicht roth bestrahlt. Wie viel entdeckt er nicht,
Was wir verworren sehn? Wie wird ihr süfses Rauchen
Ihn viel empfindlicher, als unsern Sinn, umhauchen?
Die Gluth, die uns zerstört, wird, gleich dem lauen West,
Der Sonne Bürgern weh'n, und Körpern von Asbest;
Wie der, den Grönland schickt aus den polar'schen Gründen,
Die holde Sonne hafst, und lechzt bey Abendwinden.
So wandelt unser Leib, das Werkzeug zum Gefühl,
Des Gegenstands Gestalt, und Form ist Sinnenspiel.

„Doch, da die Sinnen uns mit tausend Bildern trügen,
Die nur in uns, und nicht im Gegenstande, liegen,
Ist nicht die Wissenschaft, die man auf sie gegründt,
Ein leeres Hirngespenst, das vor der Wahrheit schwindt?

V. 119 — 146.

Der uns so oft getäuscht, verdient wohl kein Vertrauen;
Vielleicht, daſs alles, was wir hören, fühlen, schauen,
Ein Traum, ein Selbstbetrug, ein Spiel der Seele ist." —
Hört! wie ein Sextus sich im Zweifeln gar vergiſst:
Welch übereilter Schluſs? Weil, wenn wir dunkel sehen,
Uns, seinem Wesen nach, der Sinn muſs hintergehen,
So ists ein bloſses Nichts, was er uns dargestellt!
Wenn du, eh noch der Tag die Felder aufgehellt,
Wenn nur ein falbes Licht entfernte Berge mahlet,
Und zitternd um das Haupt umwölkter Wipfel strahlet,
Den Baum, der sich von fern mit hundert Armen zeigt,
Für den Briareus hältst, der aus den Wolken steigt,
Wirst du so thöricht seyn, und nichts zu seh'n vermeinen,
Weil dir die Dinge nicht, so wie sie sind, erscheinen?
Weil ein geeckter Thurm dir rund von ferne scheint,
Wird denn darum mit Recht sein Daseyn gar verneint?
Der Sinn muſs trüg'risch seyn, der Stoff muſs uns verführen,
So lange wir in uns der Schöpfung Schranken spüren;
Und dieſs wird ewig seyn. Nie wird die Nacht vergeh'n,
Die unsern Mittag trübt; so deutlich wir auch seh'n,
Bleibt doch die Dämmerung, die einen Theil umflieſset,
Indem der andre Theil des Lichtes Gunst genieſset.
Und eben dieser Grad, der uns in Klassen scheidt,
(Weil Den mehr Klarheit füllt, Der mehr Verfinstrung leidt,
Weil jede Art die Welt mit andern Augen fasset,
Und Der oft liebt und sucht, was Jener schmäht und hasset)
Ists, was den Trug des Stoffs und unsrer Sinne mehrt.
Doch, ward uns nicht ein Geist, der uns die Wahrheit lehrt,

V. 147 — 172.

(Und der, dem jetzo noch sein Licht nicht aufgegangen,
Wird, wenn die Zeit ihm ruft, in gleichem Schimmer prangen)
Ein Geist, der Stoff und Bild von seinem Kleid entblößt,
Und, was zufällig ist, vom Wesentlichen löst?
Dem kommt der Ausspruch zu, der soll den Willen lenken,
Und oft, durch sein Verbot, verblendte Triebe kränken.

Indefs, weil doch der Sinn in ungetreuem Licht
Die Welt uns zeigt, und oft der Wahrheit Strahlen bricht,
So komm, und öffne uns, so weit dein Blick kann dringen,
Selbstleuchtende Vernunft, das Herz von allen Dingen.
Zeig uns die wahre Form der geistervollen Welt,
Und führ den sichern Blick auf ein entwölktes Feld;
Lafs ihn den innern Grund von den Gestalten sehen,
Womit uns, nur zum Theil, die Sinne hintergehen.

Die Welt fliefst ohne End in neue Formen ein;
Kein Zeitpunkt sieht sie gleich. Selbst Sonnen, deren Schein
Uns jetzt den Tag gewährt, und die die Nacht durchglänzen,
Fand eine ältre Zeit noch nicht in diesen Grenzen.
Ein alter Himmel wich, da, noch umwölkt und schwach,
Ihr kaum gebornes Licht aus seiner Rinde brach:
Und, o wie lang währt's wohl, dafs sie noch strahlend blühen,
So werden sie, erblafst, vor neuen Himmeln fliehen!

Die Erde, die uns zeugt und nicht behalten wird,
Hat kaum sechs tausend Jahr der Sonne Reich geziert;
Vielleicht, dafs sie vorher ein andrer Wirbel kannte,
Wo sie in eignem Licht für andre Erden brannte:

V. 173 — 199.

Jetzt aber nährt sie uns, und giebt uns unser Kleid,
Das sie bald wieder nimmt und vor die Würmer streut.
Die Blumen, denen sie noch kaum ihr schönes Leben,
Aus Zefyrs fruchtbar'm Mund zu unsrer Lust gegeben,
Frifst sie bald wieder auf, und wird von Kindern satt,
Die sie dem Frühling kaum vom Thau geboren hat.
Das Wasser, welches kaum durch den beblümten Rasen
Sich wand, dampft in die Luft und wird zu leichten Blasen;
Beweget durch den West, schwebt der verdünnte Duft,
Wie seidenes Gespinst, in der gewölbten Luft.
Bald aber fängt Äol von Süden an zu stürmen,
Man sieht sich in der Luft gespannte Wogen thürmen,
Ein schweres Grau scheint uns den Himmel selbst zu nah'n,
Der endlich gar zerfliefst, und giefst die Erde an;
Ein himmlischer Firnifs umfliefst die frohen Matten,
Die Pflanzen säugt der Thau, den sie geschwitzet hatten,
Und bald wird dicht und fest, was vor leicht theilbar flofs.
Aus faulen Thieren wächst, in Rheens fetter Schoofs,
Die Kost der Lebenden, und wenn auch die verderben,
So nährt die Folgezeit sich blofs von ihrem Sterben.

Wo ist die Ursach doch, von diesem Unbestand,
Dem schönen Unbestand, der ewig das Gewand
Der Körperwelt verkehrt; der, wo kaum Meere flossen,
Ein rauchendes Gebirg läfst aus den Wellen stofsen,
Und für Bewohner schmückt, giebt Flüssen neuen Lauf,
Häuft in gesunkner Flur beschäumte Fluthen auf,
Und lässet aus dem Rest von halb verbrannten Erden,

V. 200 — 226.

Die lang die Welt geschreckt, verschönte Monde werden:
Wie Fönix aus dem Brand, der noch von Myrrhen fliefst,
Mit neuen Schwingen steigt, und seine Gottheit grüfst?

Im Mark des Stoffs allein kann man die Ursach lesen.
Ist nicht die ganze Welt, ein All von geist'gen Wesen,
Die uns ihr Leib verhüllt und die ihr innrer Stand
In tausend Formen schränkt, weil sie der Ordnung Hand
An ähnliche gereiht? Ist in äther'schen Reichen
Ein Stern nicht selbst ein Thier, das einst der Tod wird bleichen?
Hier liegt der stille Grund, den, ganz im Stoff versteckt,
Der forschende Verstand, durch manchen Schlufs entdeckt!
Die geist'gen Wesen sinds, die ewig sich erhöhen,
Sie sinds, aus deren Lauf die Ändrungen entstehen,
Wovon die Rede ist; ihr Leib, der Seele Kleid,
Entwickelt, wandelt sich, wie sie, von Zeit zu Zeit.

Die Liebe, die uns schuf, in deren Schoofs wir leben,
Gab jedem Geist die Kraft sich steigend zu erheben.
Nicht jedem gönnt sein Glück der Engel Trefflichkeit;
Wo, was nur möglich ist, die Wirklichkeit erfreut,
Wird auch kein Wurm vermifst. Doch aus geringerm Leben
In einen höhern Stand sich stufenweis zu heben,
Hiezu trägt jeder Geist die Kraft in seiner Schoofs,
Und stets ist die Begier für seinen Stand zu grofs.
Es zeigt die Energie der Triebe, die ihn regen,
Dafs Ewigkeiten sie zu stillen nur vermögen.

Doch wie entschwinget sich der Seelen reger Fleifs,
Dem für ihr sehnend Herz noch zu umschränkten Kreis?

V. 227 — 254.

In allen Wesen, die ihr eignes Seyn empfinden,
Sind von zweyfacher Kraft die Wirkungen zu finden.
Die eine nimmt vom Leib fühlbare Bilder an,
Und stellt sie so sich vor, wie sie den Sinnen nah'n;
Die andre fühlt dabey, sie liebt, was sie vergnüget,
Und hasset das Fantom, das ihren Wunsch betrüget.
So schwach ist nie ein Geist, daſs er nicht Bilder hegt,
Und beym Empfinden sich nach ihrem Druck bewegt.
Von Lieb' und Abscheu liegt die Spur in allen Herzen,
Sie öffnen sich der Lust, und scheuen sich vor Schmerzen.
Mit dieser Kraft sieht sich, was geistig ist, geschmückt,
Der Unterschied wird bloſs in ihrer Form erblickt.
Wer mehr Ideen faſst, lebendiger empfindet,
Die Theile besser scheidt, sein Wissen tiefer gründet,
Wer schöner denkt und fühlt, von edlern Trieben glüht,
Mit stärkerm Flügelschwung aus seinen Schranken flieht,
Der überstrahlt das Heer der trägeren Substanzen,
So wie der Iris Pracht den Pöbel falscher Pflanzen.
Auch liegt in jedem Geist, die ungleich starke Macht,
Ein sich verdunkelnd Bild, das wir einmahl gedacht,
Wenn uns ein ähnlichs rührt, aufs neue zu genieſsen.
Diefs dient des Geistes Bahn erweiternd aufzuschlieſsen.
So wie sich nach und nach der Bilder Menge mehrt,
Wird auch die Hauptidee lebhafter aufgeklärt.
Die wachsende Begier beflügelt jetzt die Kräfte,
Und macht sie wirksamer zum geistigen Geschäfte;
Die Seele dehnt sich aus, sie blühet auf, und weicht
Zu einer höhern Art, die ihr an Schönheit gleicht.

V. 282 — 308.

Die alte Liebe treibt sie den gewohnten Hügeln
Und jungen Blumen an, wo sie einst selbst geblüht.
Im Steigen selber sinkt das irdische Gemüth
Zu seinem niedern Stamm, wie umgetriebne Erden
Im Flug von eigner Last zurück gezogen werden.

Wer zählt die Stufen ab, durch die ein Geist muſs geh'n,
Bis wir, in gleichem Leib, ihn uns verbrüdert seh'n?
Denn uns ersetzt der Tod, was wir durch ihn verlieren,
Aus Klassen niedrer Art und anverwandten Thieren.
O Menschen! zürnet nicht, daſs ihr von Thieren stammt!
Ihr seyd durch gleiche Huld; in euch und ihnen flammt
Dieselbe Kraft; wofür euch fälschlich gröſser machen?
,Ein Zwerg auf Stelzen reitzt uns billig nur zum Lachen.
Wie groſs ist denn von euch zum Vieh der Zwischenstand?
Wie sehr beweist ihr stets, daſs ihr ihm anverwandt?
Muſs euern ganzen Werth nicht oft ein Wurm euch lehren?
Wie groſs ist wohl der Sprung von Grönlands dummen Söhnen,
Zu dem erstarrten Bär, der ein verschimmelt Kraut
Aus Schneegebirgen kratzt; wenn der, in jenes Haut,
Sich blofs geschaffen glaubt um die genähten Nachen
Mit sau'r errungnem Thran und Fischbein schwer zu machen?
Der rohe Hottentot, der wilde Kannibal,
Wie nah' sind sie dem Vieh? Ist nicht bey uns die Zahl
Der Arten fast so grofs, als bey geringern Thieren?
Wie viele, die sogar die Menschenform verlieren,
Und zeigen Geist und Leib verwandten Thieren gleich?
Gestehts, ihr Menschen, nur, die Demuth ziemet euch!

V. 309 — 335.

Wenn wenige von euch, gefaßt in enge Zahlen,
Im Arm der Weisheit, schon den Engeln ähnlich strahlen,
So steigen noch viel mehr zu dem Geschlecht herab,
Das ihnen und euch selbst, einst euern Ursprung gab.
Mit welchem Schein raubt ihr unzähl'gen Geistigkeiten
Das gleich gegründte Recht zur Hoffnung beßrer Zeiten?
Wo ist der Widerspruch, wo die Unmöglichkeit,
Die Willen und Verstand beseeltem Vieh verbeut?
Das schon so lebhaft fühlt, schon Theile übersiehet,
Schon Ähnlichkeit bemerkt und dunkle Schlüsse ziehet;
Das schon die Knospen zeigt, die einst in voller Pracht
Ein spätres Alter sieht, und fühlet schon die Macht
Der herrschenden Natur, und folget den Gesetzen,
Die, was die Welt bewohnt, sich scheuet zu verletzen.
Die Liebe, die der Welt ein ewig Leben gab,
Nimmt sie, sonst ohne Maß, nur bey den Thieren ab?
Wird sie, ja kann sie wohl, was sie einst schuf zum Leben,
Geschickt den Tod zu flieh'n, dem Unding übergeben?
Die Hoffnung später Frucht soll schon im Keim vergeh'n?
Der Trieb zur Ewigkeit soll ungesättigt fleh'n?
Verehrer seiner Huld, der Geister künft'ge Brüder,
Heischt Ewigkeit und Lust vom öden Tode wieder?
O Thor! so fesselst du der Gottheit Gütigkeit,
Und hebst die Ordnung auf, die der Natur gebeut?

O du, in deren Brand selbst beßre Welten glühen,
Durch die, was lebt, sich zeugt, durch die die Auen blühen,
O Venus, lehre mich, wie ein erwachsend Thier

V. 336 — 362.

Aus seinem Samen steigt, und kleidet sich von dir?
Die nasse Fluth, die Luft und die äther'schen Wellen
Sind aller Samen voll, und unsers Ursprungs Quellen.
Hier flattern, wie ihr Stand und die Natur sie treibt,
Die Geistigkeiten um, die nur der Stoff beleibt,
Der nie von ihnen weicht; die niedrigsten Substanzen,
Zu Florens Zucht bestimmt, die Seelen todter Pflanzen,
Die jetzt das Thierreich nimmt, und vom erblassten Vieh
Steh'n hier erwartend da; die Ordnung stellet sie.
Die Blumen, welche jetzt in lauen Thälern blühen,
Beginnen nur der Luft die Samen zu entziehen,
Die ihnen ähnlich sind; (denn nur die Ähnlichkeit
Fügt alles, und verbannt den Zufall und den Streit)
So häuft der Same sich, den lauter Wesen dehnen,
Die sich, halb schlummernd noch, nach neuen Leibern sehnen;
Und wenn ein sanfter Wind, der, unsichtbar beschwingt,
Von Westen her sich wälzt, ihn in die Werkstatt bringt,
Wo für den neuen Geist ein Wohnhaus fertig lieget,
Wird er, o Cypria, von dir ihm zugefüget.
Denn in der Mutter Schoofs ists, wo der Leib sich baut,
Gleichstimmig jenem Geist, der sich ihm anvertraut,
Bis seines Glückes Ruf, der Tod, ihn wird entwenden.
Ihn bildet die Natur mit unsichtbaren Händen
Aus Wesen niedrer Art im mütterlichen Ey,
Und legt ihm dann den Geist aus fremdem Samen bey.
So wird des Zefyrs Zucht, das Volk der bunten Floren,
So jedes Thiergeschlecht, und selbst der Mensch geboren.
O Weisheit, welche hier sich schöpferisch bemüht,

V. 363 — 390.

Wo niemand ihren Arm in stiller Arbeit sieht!
Dafs von dem Seelenheer, das alle Samen füllet,
Gerad die tauglichste in ihre Mutter quillet,
Und jenen Leib bezieht, der mit ihr stimmen wird,
Dafs aller Zufall weicht, dafs keine sich verirrt;
Diefs alles wirkest du, und würdest du ermatten,
So fiel die schönste Welt ins Chaos trüber Schatten.
Unachtsam spüren wir die Folgen deiner Kraft,
Die, Menschen ungeseh'n, am Heil der Wesen schafft.

Allein, wie wirket sie? Ein Heer Plotinscher Weisen
Ruft gar die Engel ab von überirrd'schen Kreisen;
Ihm wirkt dort, unbemerkt, in himmlischem Gewand,
Des Sylfen weise Kunst. Sieh, die äthersche Hand
Aus ungebildtem Staub gestirnte Blumen drehen;
Sieh', wie die Röhren sich von neuen Säften blähen;
Wie künstlich bauet er die reitzendste Gestalt,
Und giebt ihr was vom Licht, das farbig ihn umwallt;
Er mischet Himmelsthau in die belebten Säfte,
Und weh't in ihren Schoofs ambrosial'sche Kräfte
Mit Zefyr-Lippen ein. Wie säuselt das Gefild
Von ihrer Flügel Schwung! Ein andrer sitzt und bildt
Den thier'schen Samen aus; mit schöpfrischem Gefieder
Giefst er Gestalt und Reitz auf halb geformte Glieder.

So zieht die Fantasie den schlummernden Verstand
Aus aller Schwierigkeit, und löst das Gord'sche Band
Mit Alexanders Kunst. Lafs himmlische Dämonen,
Anständiger bemüht, in ihren Sfären wohnen,

V. 391 — 417.

Die Erde sieht sie nie! So wenig Islands Strauch
Von goldnen Äpfeln strahlt, und streut arab'schen Hauch;
So wenig Filomel aus den bekannten Büschen
Nach Lybien verirrt, wo Drachen feurig zischen.

Noch witziger irrt G r e w, [1] der, mit platon'scher Hand,
Durch Wesen neuer Art der Möglichkeiten Land
Vermehrt. Im Zwischenraum von Stoff und Geistigkeiten,
Gab ihnen Gott die Macht die Samen zu bereiten;
Sie fühlen nichts von sich, und wirken, ohne Geist,
Die Schönheit, die uns jetzt aus tausend Quellen fleußt.
Zwar klaget Baylens Witz' die schöpfrischen Naturen
Nicht ohne Unrecht an, und findet Stratons Spuren
In einem Lehrgebäu, das ohne Gott nicht steht,
Und, ungereimt an sich, doch seine Macht erhöht.

Doch, darfst du wohl in Gott der Kräfte Einheit trennen,
Und was die Weisheit schmäht, Triumf der Allmacht nennen?
Wozu dient ohne Noth ein unempfindlich Heer,
Entbehrlich in der Welt, an eignen Zwecken leer?
Und wird die Weisheit wohl verschwendrisch Mittel häufen,
Wenn sie mit Sparsamkeit kann gleichen Zweck ergreifen?
Der Geister innre Form und ihres Leibes Bau,
Des wesentlichen Leibs, der ewig und genau
Mit seiner Seele stimmt, und sich ihr gleich beweget,
Löst uns den Knoten auf, den C u d w o r t h schlecht zerleget. [2]
Hierdurch wird von sich selbst jedwede Geistigkeit,
Dem innern Stand gemäß, an ähnliche gereiht:
‚Der Leib, ihr zum Organ vom Schöpfer zugegeben,

V. 418 — 444.

‚Muſs sich zugleich, wie sie, mit ähnlichen verweben;
‚Und ewig laufen so, verknüpft durch Zeit und Ort,
‚In stiller Harmonie die beiden Welten fort.

So, Brüder, werden wir! und nach gemeſsnen Jahren
Läſst uns des Todes Gunst ein höher Glück erfahren.
Ihr, die die Tugend liebt, legt eure Schalen ab,
Nicht passend mehr für euch gebt willig sie dem Grab!
‚Dort oben, im Gebiet von einer höhern Sonne,
‚Erwartet euch bereits das Werkzeug reinrer Wonne,
‚Ein neuer Leib, gemacht für euern neuen Lauf,
‚Und schlieſst euch den Genuſs von neuen Welten auf.
Dort öffnet die Natur sich gern den schärfern Blicken,
Und zeigt euch Bau und Fug von ihren Meisterstücken.
O Tod! du süſser Tod! dich scheuet nur ein Thor!
Du hebest das Geschöpf zu seinem Ziel empor;
Du trägst der Gottheit uns und unserm Glück entgegen,
Wie froh will ich mich einst in deine Arme legen?

Den Raum von uns zu Gott, den ew'gen Zwischenraum,
Füllt ein unendlich Heer, und füllet ihn doch kaum.
Sie steigen fröhlich auf, die glänzenden Dämonen,
In Reichen ohne Zahl, bis zu den hohen Thronen,
‚Wovon, wenn unser Blick den Abstand schwindelnd miſst,
‚Der niedrigste ein Gott, mit uns verglichen, ist.
Im Nähern wächst die Kraft, und eilt in höh're Sfären;
Doch wird die Endlichkeit uns selbst den Gipfel wehren.

Dieſs also ist der Grund, der die Gestalt der Welt,
Seit ew'ger Zeiten Lauf, verschönert dargestellt.

V. 445 — 471.

Wie sich der Geister Schar aus ihren Schranken hebet,
Verläfst sie auch den Ort, wo sie vorher geschwebet.
So mischt, was Marmor war, sich mit der luft'gen Fluth,
Sinkt thauend in ein Kraut, und mehrt der Thiere Blut,
Bis sich sein innres Licht aus seinen Wolken dränget,
Und selbst zur Seele wird, und einen Leib empfänget,
Der gröfsre Bilder fafst. Diefs ist der ew'ge Flufs
Auf dem, was lebt und fühlt, zum Ziele schiffen mufs.

Und eben diefs Gesetz, wornach sich Thiere mehren,
Der Tod, der Leben ist, und bauet im Zerstören,
Diefs ewige Gesetz, der Wesen steter Lauf,
Löst die Verwirrung uns von gröfsern Scenen auf.
Zum Höhersteigen kann verlöschenden Titanen,
So wie dem Thiere, nur der Tod die Wege bahnen.

Schau dort, wie jener Stern erstaunten Welten dräut
Und seine blut'ge Gluth ins Unermefsne streut?
Wie unbegreiflich schnell durchfährt er jene Höhen?
So schnell fliegt kein Gedank, ist gleich der Erde Drehen
Träg gegen seinen Flug; wie rauscht, wohin er schiefst,
Die heifse Himmelsluft, die sprudelnd ihn umfliefst!
Sieh' ihn der Sonn' itzt nah'n, er braust in rothe Fluthen
Titan'scher Flammen auf, wogegen Ätnens Gluthen
Kühl wie der Westwind sind. Jetzt flieht er voller Grimm
Ins Ungemefsne hin, Verwüstung droht aus ihm,
Ihm folgt kein Engelblick, in unbestimmbarn Kreisen
Blitzt er die Schöpfung durch, und zeichnet seine Reisen
Mit Rauch und Brand, und schreckt die Himmel die ihn seh'n.

V. 472 — 498.

Jetzt naht er jenem Ball. Sieh ihn sich wälzend dreh'n,
Wie ein zu schwacher Kahn, vom Strudel fortgezogen,
Sich wälzt und weicht der Macht der unaufhaltbarn Wogen.
Er dampft von neuer Gluth, aufwallend spritzt die See
Siedheiße Wellen aus in die gestirnte Höh';
Der Ball springt krachend auf, und fällt, durchfeurt, in Stücken.
O banges Trauerspiel den nachbarlichen Blicken!
Dort sinkt sein blasser Schweif (ein ausgespanntes Meer,
Das halbe Wirbel füllt,) von Gluth und Dünsten schwer,
Auf eine Erde hin; zerborstne Wolken fallen
Aus der zu leichten Luft mit Blitz und hohlem Knallen.
,So schwamm, nach Whistons Lehr', einst unser Erdenball;
,Ein unaufhaltbar Meer durchbrach den alten Wall,
Der Marmor selbst ward weich und strömte von den Höhen,
Und donnernd wälzten sich die aufgebirgten Seen.

Sieh' dort ein zärtlich Paar sich noch zuletzt umarmen.
Die Liebe weint um sie, die Fluth kennt kein Erbarmen,
Sie reißt sie, halb entseelt, in wilden Strudeln fort,
Und trennt sie noch im Tod. Ein Jüngling fliehet dort
Ätherschen Felsen zu, gewöhnlichen Gewittern
Zu hoch, vom Zugang frey, und hofft mit bangem Zittern
Von offnen Klippen Schutz; doch hier ist alles Meer.
O Anblick der entseelt! Dort stürzt ein wüthend Heer
Von Löwen, fortgewälzt, auf halb erstarrte Schönen,
Und mischt dem goldnen Haar die zotticht-wilden Mähnen.
Wie wimmert menschlichs Ach! mit thierischem Geschrey
Erschrecklich untermischt, und ruft dem Tod herbey!

V. 499 — 525.

O sieh die Mutter dort die zarte Brust zerfleischen,
Und sterbend von der Fluth den zarten Säugling heischen,
Den ihr der Strom entrifs, indem er, unbewufst
Der drohenden Gefahr, die mütterliche Brust
Mit weichem Arm umschlang. Mit wonnigen Gefühlen
Sah sie ihn kürzlich noch um ihren Busen spielen,
Und kostete das Glück, das sie sich einst versprach,
Mit froher Ungeduld zum Voraus. Aber ach!
Da sie so zärtlich denkt und sich vergifst in Küssen,
Stürzt über sie die Fluth, das Kind wird fortgerissen,
Und speyt mit Fluth und Milch sein blutig Leben aus;
Sie selber reifst ein Strom mit schrecklichem Gebraus,
Von Schmerz entseelt, dahin, sie trinkt mit starren Lippen
Die trübe Fluth, und stirbt gespiefst an schroffen Klippen.

So vieles Elend wirkt ein sterbender Planet,
Der, ob er uns gleich irrt, doch nach Gesetzen geht,
Die ihm sein Schüpfer gab, und Welten dort zertrümmert,
Da eine andre hier, durch ihn verschönert, schimmert,
Wenn er, zur Furcht zu klein, magnetisch an sie fährt,
Und ein erfrornes Theil zur neuen Sonne kehrt.
Dann rauscht der alte Nord, gleich Cythereens Westen,
Ohnmächtig, mit Verdrufs, in neu bekleidten Ästen,
Des neuen Himmels Gunst erweicht den starren Grund,
Das Eis wird plötzlich grün, und faule Wiesen bunt.

Diefs Schicksal gab dem Stern, der unsre Schalen erbet,
Die Schönheit, welche schon verblühend sich entfärbet.
Vielleicht hat er vorher, in einem andern Land

V. 526 — 553.

Des Unermefslichen, Äonen durchgebrannt.
Sein Ende naht zuletzt, er weicht aus seinen Gleisen,
Und schweifet manches Jahr in regellosen Kreisen,
Bis sein getrennter Geist zu andern Himmeln führt.
Der ungeheure Leib, vom grausen Tod zerstört,
Zerspringt und streut ein Meer von Asch und schwarzen Flammen
Den nahen Wirbeln zu, und fällt durchglüht zusammen.
Doch da die reine Fluth, die die Gestirne weidt,
Sich nicht mit Erde schlämmt und keine Mischung leidt,
So häufen sich, im Fall, zerberstende Atlanten
Zum neuen Erdkreis auf; Gebirge, die kaum brannten
,Erlöschen nach und nach; der wüthende Vulkan
,Macht, ringsum eingebirgt, sich manche neue Bahn.
,Er blitzet hie und da durch die zersprengten Klüfte,
,Mit donnerndem Gebrüll in stauberfüllte Lüfte,
,Und schreckt den trüben Stoff, der sich chaotisch mengt,
,In abenteurliche Gestalten eingezwängt.
,Allein der mächt'ge Zug, den Orfeus Liebe nennte,
,Versöhnt auch hier zuletzt den Streit der Elemente.
,Die gröfste Masse ballt zum Kern des Klumpens sich
,Zusammen, formenlos, und gühret fürchterlich
,In wilde Flammen aus. Auf ewigen Altären
,Brennt Vesta's Feuer hier, und giefst durch tausend Röhren
,Der kalten Oberwelt erwärmend Leben ein.
Die Erde raucht von Dampf, verschlofsne Grüfte streu'n
Erhitzte Nebel aus, die wolkicht aufwärts wallen,
Und, untermischt mit Blitz, in hohen Lüften knallen.
Der eingedämmte Dampf strömt, in der Erde Schoofs

V. 554 — 581.

Gehäuft, in Seen aus, und reifst sich von ihr los.
Indem nun die Natur den furchtbarn Streit zu schlichten,
Und den belebten Stoff, umbildend einzurichten,
Arbeitet, zieht sie uns in diesen Kreis hinein,
Wo Titans quellend Meer ein unbegrenzter Schein
Äther'scher Luft umgiebt, die jene Erden drehet,
Zu denen er sein Licht mit Lust und Leben wehet.
Hier reifst der Strom uns fort; doch drang der Strahlen Macht
Den Dunstkreis noch nicht durch, und die chaot'sche Nacht;
Bis nach und nach erweicht, vor der zu starken Sonnen,
Die Nebel, Strömen gleich, von Wolkenbergen ronnen;
So stürzt der wilde Nil von luft'gen Felsen ab.
Sie nimmt das tiefste Thal versammelnd in sein Grab;·
Die Berge fangen an sich aus der Fluth zu heben,
Geläutert fliefst die Luft; die Erde fühlt ihr Leben,
Und trocknet bildsam auf; der grimme Nord vertauscht
Sein Reich mit Zemblens Eis; der neue Frühling rauscht
Auf sanften Flügeln her; besamte Wolken thauen
Ein perlend fruchtbar Nafs auf die durchweichten Auen.
Ein einsam funkelnd Grün, gelockt vom Sonnenschein,
Durchbricht das schwarze Land, und lad't die Zefyrn ein;
Die, da sie sich verliebt mit Morgenwolken küssen,
Ein zahllos Blumenheer auf frohe Fluren giefsen.
Nach manchem Jahre geht ein neu entstandnes Thier
Aus niedern Klassen aus, lebhafter an Begier
Und reifer zum Genufs, und sieht sich bald von gleichen
Und schönern noch umringt. In allen ihren Reichen,
In Vesta's dunkler Schoofs, in Luft und Ocean,

V. 582 — 600.

Wächst langsam die Natur zur fernen Blüth' hinan;
Und schmückt sich durch die Zeit in ihren Geistigkeiten.
Der Mensch bekrönt ihr Werk, obgleich die goldnen Zeiten,
Die noch Saturn beherrscht, ihn kaum vom Vieh getrennt.
So führet die Natur stets ein vollkommnes End'
Aus schwachem Anfang aus; so sprofst aus kleinen Zweigen
Die Ceder, königlich die Wolken durchzusteigen.
Doch währt der Blüthe Zeit, so lang gehofft, nicht lang',
Schon naht die Erde sich zu ihrem Untergang.
Wie, die des Gärtners Fleifs fast dreyfsig Jahr bemühet,
Die stolze Aloe, kaum dreyfsig Tage blühet:
So folgt ein welker Tod der kurzen Jugend nach;
Und die aus ihrem Schutt vor sechzig Altern brach,
Wird bald, zum Tode reif, dasselbe Mittel tödten,
Das sie so schön geformt aus flammenden Kometen.
Der beste Theil von ihr floh' schon den Himmeln zu,
Wo Wahrheit, lautre Lust und tiefe Seelenruh
Ätherisch auf sie strömt; dem Rest, den trägern Seelen,
Wird Gott zu ihrem Glück sich neue Wege wählen.

Anmerkungen.

1) Seite 139. Nehemias Grew, ein gelehrter Engländer des vorigen Jahrhunderts, hat seine Meinung von gewissen *Naturis plasticis*, welche weder Geist noch Materie seyn, sondern nur die letztere zu beleben und zu bilden geschaffen seyn sollen, in dem zweyten Buche seiner *Cosmologia sacra*, oder *Discourse of the universe*, weitläufig vorgetragen.

2) S. 139. S. desselben *Dissert. de Natura Genitrice in System. intellectuali Universi*, nach Mosheims Übersetzung, S. 140. *seqq.*

INHALT DES SECHSTEN BUCHS.

Alle empfindende Wesen sind zur Glückseligkeit bestimmt. Gott allein ist die Quelle der Glückseligkeit. Das Anschauen Gottes. Die Geschöpfe, die dazu noch unfähig sind, werden stufenweise dazu vorbereitet. Alles Schöne und Gute, ist als etwas Göttliches unsrer Neigung werth. Anrede an die Menschen, die durch Irrthum und Leidenschaft betrogen werden. Gemählde der drey Haupt-Leidenschaften; wobey im Gegensatz gezeigt wird, dafs die Tugend allein erfülle, was die Leidenschaften betrüglicher Weise versprechen. Das Laster störet die Ordnung und das allgemeine Wohl, ohne diejenigen glücklich zu machen, die es ausüben. Die Tugend allein verbindet unser Privatglück mit dem allgemeinen. Ursprung des sittlichen Übels. Die daraus entstehenden Zweifel werden durch die bekannte Hypothese des Origenes aufgelöst, welche, ungeachtet sie von der Kirche verworfen worden, wenigstens in einer poetischen Kosmologie, wo das ganze System blofs als eine wahrscheinliche Dichtung anzusehen ist, geduldet werden kann.

DIE NATUR DER DINGE

ODER

DIE VOLLKOMMENSTE WELT.

· SECHSTES BUCH.

V. 1 — 9.

O Muse, die durch mich Gott und die Welt besang,
Hoch überm niedern·Schwarm, der an des Berges Hang,
Wo sich der Lorberhain in tiefe Hecken endet,
Die musikal'sche Luft mit rauhen Halmen schändet:
Misch deine Symfonie in meine Saiten ein,
Und laſs des Liedes Schluſs des Vorwurfs würdig seyn.

    Diefs All ist Gottes Werk, ein Schauplatz solcher Wesen,
Die seine Güte sich zum Gegenstand erlesen.
Er ist der hohe Zweck, nach welchem alles strebt;

V. 10 — 36.

Was fühlen kann, fühlt Gott, sich selbst, die Welt, und lebt
Die Ewigkeiten durch, auf gipfellosen Leitern
Sein immer steigend Glück, Gott nahend, zu erweitern.

Du Herr! stets gleich dir selbst, du blickst uns segnend an,
Da wir, wie Ströme, dir aus unsern Ufern nah'n.
Mit göttlich süfser Lust siehst du bey deinen Kindern,
Die dir verhafste Pein, der Wesen Schuld, sich mindern.
Du, weise Liebe, führst, mit niemahls müder Hand,
Dein niedriges Geschöpf, das noch ein irdisch Land
Fern unter dir enthält, unschränkt von Fleisch und Blute,
Auf tausendfachem Pfad zu Dir, dem höchsten Gute.
O lehre mich den Weg, durch den, von dir gelenkt,
Dein Volk zur Wonne eilt, die deinen Liebling tränkt.

Gott ist der Quell der Lust. Denn aus Vollkommenheiten
Strömt alle Wollust aus in alle Geistigkeiten,
Und beider Quell ist Gott. Des Serafs reine Brust
Schöpft ganz allein aus ihm die höchste Himmelslust,
Nach der, was uns vergnügt, von fern' nachahmend, zielet.
Ein Augenblick, den er in Gottes Anschau'n fühlet,
Ist süfser als die Lust, so himmlisch sie auch ist,
Die in zwey zärtlichen vereinten Herzen fliefst,
Wenn sie, getreu umarmt, nach viel genofsnen Jahren,
Ein sanfter Tod, zugleich, zu höherm Glück läfst fahren.
Er sieht der Wahrheit Licht in ihrem ersten Quell
Entzückend schön und rein und unbewölkbar hell;
Da jene Ströme, die zu niedrern Welten fliefsen,
Ihr Glanz je mehr verläfst, je weiter sie sich giefsen.

V. 37 — 63.

Es wallt sein glühend Herz in unstörbarer Ruh
Anbetend, sehnsuchtsvoll, dem nahen Schöpfer zu:
Wie ein äther'scher Strom in schimmernden Gestaden
Sanft wellend fliefst, bewohnt von himmlischen Najaden,
Der Engel Freundinnen. Wie schwimmt sein froher Blick,
In hoher edler Lust bey seiner Brüder Glück?

Diefs ist die höchste Lust, die Gottes Schaun gewähret,
Geringrer Freude Ziel, die unsern Durst vermehret,
Und nie ersättiget. Denn nur ein kleines Heer
Gottgleicher Cherubim, lebt in der ersten Sfär
Mit Gott, und fühlte nie die Schranken die uns zwingen.
Die andern, welche noch mit Macht und Schwäche ringen,
Sind noch nicht reif zum Glück, das jenen Helden lacht,
Die ihre Herrlichkeit zu Gottes Freunden macht.
Zwar ist ihr ew'ger Trieb nach unvermischter Wonne
Der Hoffnung sichres Pfand, dafs, wenn noch manche Sonne
Wird abgelaufen seyn, sie einst die Folgezeit,
Entführt der niedern Welt, mit Engelspeise weidt.
Doch jetzt erträgt ihr Aug noch nicht das hohe Glänzen
Des göttlichen Gesichts; bezirkt von engen Grenzen
Labt sie ein irdisch Gut, und täuschet, bald bereut,
Die hungernde Begier mit Schein und Eitelkeit.
Doch soll es unser Herz zu gröfsern Seligkeiten,
Auf die kein Ekel folgt, nachahmend vorbereiten.
Drum mischte Gott der Lust, die aus der Körperwelt
Uns zuströmt, etwas ein, das aus ihm selber quellt,
Verschlämmt mit trüber Fluth. Was unsern Sinn vergnüget,

V. 64 — 90.

Scheinbare Trefflichkeit, die uns nicht lang betrüget,
Noch mehr, ein wirklich Gut, das unser Herz erfüllt,
Ist dem Ursprünglichen von ferne nachgebildt.
Sein reiner Nektar ists, der unsre Lust versüfset;
Was von Vollkommenheit hier unser Herz geniefset,
Was uns durch Anmuth reitzt, und schöne Symmetrie
In edeln Zügen zeigt; der Töne Harmonie,
Der Farben süfses Spiel, kurz was uns hier entzücket,
Ist jenem Urbild matt und stumpf nur abgedrücket.
Hier ists, wo alle Zier, wo alle Trefflichkeit
In ew'ger Blüthe strahlt, und keine Schranken leidt;
Kein Flecken trübt sein Licht, obgleich die reinsten Sfären
Sich noch mit Dunkelheit und mattem Glanz entehren.

Kurzsichtiges Geschlecht, das unbesorgt vergifst,
Was dir für Hoffnung keimt, wozu du ewig bist,
Häng' nicht ein Herz, gemacht den Engeln gleich zu fühlen,
An Blasen ohne Dau'r, womit nur Kinder spielen.
Sprich du, der Wollust Sklav, im buhlerischen Arm
Der schnöden Üppigkeit, von wilden Trieben warm,
Von halb gefühlter Lust, und mehr von Sehnsucht, trunken;
Und du, der mit Silen in Weinlaub hingesunken!
Sprecht, was ist eure Lust? Wie lang vergnüget sie?
Lohnt ihr Genufs euch auch die dran verschwendte Müh?
Vergilt sie den Verdrufs, den Ekel und die Schmerzen,
Die, angenehm verlarvt, um eure Scheitel scherzen?

Dem Freund der Tugend nur strömt mit der Seelenruh
Sogar die Sinnenlust ganz rein und lauter zu.

V. 91 — 118.

Ihm pranget die Natur mit tausend Lustbarkeiten,
Ihm lächelt Luft und Flur, ihm schmücken sich die Zeiten
Des wandelbaren Jahrs, ihm duftet dort im Thal
Manch schönes Frühlingskind, ihm singt die Nachtigall;
Und Doris reiner Kuß, unfühlbar thier'schen Seelen,
Weiß seinem ernsten Glück auch Anmuth zu vermählen.
Die Tugend ists allein, die uns den echten Werth
Der Güter dieser Zeit, und sie genießen lehrt.
Die Lust, die sie für uns aus ird'schen Gütern ziehet,
Stärkt unsre Sehnsucht nur, die nach der Zukunft siehet.
Sie labt nur unsern Geist, wenn er, von Muth belebt,
Mit angespannter Macht der Wahrheit nachgestrebt,
Und ihm, bey strenger Müh, die matten Kräfte weichen:
So wie ein hauchend Öhl, das von arab'schen Sträuchen
Balsamisch abgeträuft, den schwachen Pilgrim stärkt,
Der bald am kürzern Weg sein heilsam Wirken merkt.

　Und du, noch größrer Thor, vom Ehrgeitz umgetrieben!
O schmeichle ja dir nicht ein besser Gut zu lieben,
Als jener Knecht der Lust. Du siehst ihn höhnend an,
„Mich, prahlst du, reitzt allein die dornenvolle Bahn,
Nur Helden unversagt; die Macht der schönsten Blicke
Prallt kraftlos von mir ab; dem feindlichsten Geschicke
Trotzt mein gestählter Muth, und Arbeit, Schmerz und Tod
Sind mir, was Wollust dir! Wo Mavors donnernd droht,
,Da grünen Lorbern mir, da ist das Feld der Ehre,
,Wo ich im Vorgenuß bereits die Hymnen höre
,Die mir die Nachwelt singt, wo mir die Krone strahlt
,Die all mein Herzensblut zu wohlfeil noch bezahlt."

V. 119 — 146.

Gepriesen seyst du, Held, und, wird's dein Erbe zahlen,
So soll in B a v e n s Lied dein blut'ger Nahme strahlen!
Empfindungslos zur Lust, die zärt're Herzen reitzt,
Hast du nach theurem Nichts und unserm Blut gegeitzt.
Verächtlichs Lob für dich, (Sokraten mag es gleissen!)
Wie Gott, nur wohl zu thun, der Menschen Freund zu heifsen!
Wenn sich um F i l a r e t ein Heer von Wünschen drückt,
Die manch erkenntlich Herz für ihn zum Himmel schickt,
Wenn Wittwen für ihn fleh'n, und Waisen für ihn girren;
Um dich soll rühmlicher ein Schwarm von Seufzern irren!
Der Mutter Jammerton, die Todesangst der Braut,
Die den Geliebten sich im Blute wälzen schaut,
Der Kinder Angstgeschrey, schallt lieblicher für Helden!
Und warum fliefst dein Blut? Soll einst ein Dichter melden,
Die Welt und dein Geschlecht, dir kaum zum Tödten werth,
Hab' jenen Tag verflucht, der sie mit dir entehrt?
Auch uns spornt edler Muth, ein Trieb nach hohen Ehren,
Des Geistes Trefflichkeit durch Tugend zu verklären.
Wir ringen, ohne Blut, den edeln Lorbern nach,
Die einst ein A n t o n i n im Schoofs der Weisheit brach.
Uns ist Sokrat ein Held! Der Brüder Heil zu mehren,
Erwirbt uns gröfsern Ruhm, als dir, es zu zerstören.
Die Weisheit glänzt um uns, und breitet unsern Preis
In ferne Welten aus, wo man von dir nichts weifs.
Und soll uns ja der Tod den Ruhm der Helden geben,
So ströme unser Blut für unsrer Brüder Leben!
Ach! ist es nicht genug, dafs Stolz und schnöde Lust
Uns selbst und andre quält, und schändet unsre Brust;

V. 147 — 173.

Mufs auch die stinkendste von allen Lasterquellen,
Der Triebe schändlichster, der Menschheit Glück vergällen!
Elender, der du dort aus hohlen Augen schielst
Und in verfluchtem Gold, dem Blut der Armen, wühlst,
So giebst du Seelenruh und Tugend und Vergnügen
Um Klumpen, die, verbannt, in tiefen Klüften liegen!
Sprich, Stax, wem sammelst du? Vielleicht der Ewigkeit,
Vielleicht ein dauernd Gut, das noch im Tod erfreut,
Das mit dir übergeht, wenn du diefs Haus wirst sehen
Sich, fern von deinem Blick, zu deinen Füfsen drehen?
Vielleicht ein heilsam Gut, wovon die Welt geniefst,
Das auf dein Vaterland zum Dienst der Tugend fliefst,
Wovon du Arme nährst, und im verlafsnen Waisen
Einst einen Bürger zieh'st, den späte Söhne preisen.
O nein! so ungeschickt brauchst du den Reichthum nicht!
Es sey, dafs dem Filet erseufztes Brot gebricht,
Es sey, dafs dort im Staub ein dürftig Kind verschmachtet;
Du hast den schwachen Trieb schon längst voll Muth verachtet,
Der uns zu Brüdern neigt, die, uns an Rechten gleich,
Ihr härtres Glück verläfst; du bist nicht andern reich.
Wie? den errungnen Preis von so viel falschen Schwüren,
Sollst du zu Fremder Brauch aus seinem Kerker führen?
Nein! ungenützt schliefs ihn, bewachter Kasten, ein!
Ein wenig klüg'rer Sohn mag ihn dereinst zerstreu'n!

Betrogner! wüfstest du, wie reich die Tugend machet,
Du hättest wahrlich nie bey einem Schatz gewachet,
Der dir nur Rauschgold ist, weil der ihn nur besitzt

In dessen kluger Hand er tausend andern nützt.
Die Tugend nur macht reich, sie folget uns in Welten,
Wo Ahnen, Ruhm und Gold kaum bunte Schalen gelten.
Sie darf des Reichthums nicht, die ganze Welt ist ihr,
Der silbergleiche Bach, der Auen goldne Zier;
Und der, durch dessen Fleiſs das Wohl der Welt sich mehret,
Darbt nie verdientes Brot, das ihn den Menschen nähret.

Die ihr ein täuschend Gut, nach dem ihr brünstig lauft,
Mit wahrer Lust, ja oft mit fremdem Blut erkauft,
Wie thöricht, ohne Rast nach eiteln Schatten jagen,
Und dem vollkommnen Gut aus eigner Schuld entsagen!
,Doch nein! Ihr gleicht dem Fisch, der nach der Fliege springt,
,Und, wie er sie erhascht, den Angel mit verschlingt;
,Zu rasch bald in der Wahl und bald im Maſs der Freuden,
,Ergreift, an ihrer Statt, ihr oft verkappte Leiden;
,So wie Ixion dort, von Götterwein berauscht,
,Die Himmelskönigin mit einer Wolke tauscht.

,Doch immer möchtet ihr für eure Thorheit zollen!
,Allein daſs, was ihr fehlt, wir andern büſsen sollen,
,Daſs Millionen oft durch eines Einz'gen Schuld
,Unglücklich sind, erregt des Edeln Ungeduld.
,Und nur zu oft, wenn Gram das Blut in seinen Adern
,Vergället, fühlt er sich versucht mit Gott zu hadern.

,O du, so ruft er aus, wenn du die Liebe bist,
Wie daſs in deiner Welt, ein Wesen elend ist?
Wie daſs ein ganz Geschlecht, weil's ihm an Weisheit fehlet,
Sein eigner Henker wird und andre mit sich quälet?

V. 201 — 228.

,Vergebens hast du mit Vernunft uns ausgeziert!
,Was hilft ein Führer uns, der stets uns irre führt?
,Wofür zu Menschen uns, das ist, zu Thoren, schaffen?
,Warum zu Engeln nicht, und wenigstens zu Affen?"
,O! sage lieber gleich, der Mensch soll gar nicht seyn!
,Soll, in der ew'gen Reih der Möglichen, allein
,Nur er, diefs einz'ge Glied der ganzen Kette, fehlen!
,,,Warum nicht? Besser, als sein Daseyn hinzuquälen,
,Viel besser gar nicht seyn!" — Unsinniger! bedenkst
,Du auch was du so rasch mit deinem Seyn verschenkst?
,Wie kannst du im Gefühl des Augenblicks vergessen
,Dafs Sonnenalter selbst nicht unser Daseyn messen?
,Dafs dieses Lebens Noth so schnell vorüber streicht
,Als strenge Mittagsgluth dem kühlen Abend weicht?
,Kommt denn nicht eine Zeit, da jedes Drangsal schwindet,
,Das deine Ungeduld zu schwer zum Tragen findet?
,Ja wär' ein krankes Herz zur Befsrung ungeschickt,
Blieb' ein verirrter Geist im Irrthum stets verstrickt,
Wärs ewig ihm verwehrt ins Reich des Lichts zu dringen,
Und endlich sich dem Pfuhl des Lasters zu entschwingen:
Dann wär's beklagenswerth, dafs ihn die ew'ge Macht
Aus dem unfühlbarn Nichts zur Qual hervor gebracht.
Doch also schuf uns nicht die Huld, die uns erwählte
Uns ewig wohlzuthun, uns darum nur beseelte,
Und darum nur ihr Ziel (nach unserm Wahn) vergifst,
Weil was uns Zukunft heifst, Ihr gegenwärtig ist.

O Ihr, die ihr für uns, mehr Mitleid werth als Rache,
Ein ewig Qualreich baut, Ihr führt der Gottheit Sache

V. 229 — 256.

Mit ungeschickter Hand! Wißst, daſs sie anders denkt,
-Sie, deren Güte ihr in wenig Jahre schränkt.
‚Ach nur zu sehr gestraft sind die, die Gott verlassen!
‚So haſst kein Feind, wie sich die Bösen selber hassen.
Das Laster straft sich selbst. Der himmlische Genuſs
Der Tugend, die ihr Herz aus Schuld entbehren muſs,
Straft sie unendlich mehr, als wenn, so lang die Kreise
Der uns sichtbaren Welt sich dreh'n in ihrem Gleise,
Ein ewig Feuer sie, stets unzerstörbar, nagt.
Der Durst, der Tantaln dort im neid'schen Wasser plagt,
Das lieblich um ihn perlt und ladt den Mund zum Trinken,
Der sich umsonst bemüht zu ihm herab zu sinken,
Ist nur ein matter Schmerz (wie ein verlöschtes Bild
Von längst empfundner Pein, die bald das Glück gestillt)
Verglichen mit der Qual im nagenden Gewissen,
Der furchtbarn Qual, daſs wir für unsre Thorheit büſsen,
Und mit verklärtem Blick die Seligkeiten sehn,
Die uns vielleicht wohl gar Äonen lang entgehn.
‚Doch, legte auch Gott selbst, als Richter, neue Plagen
‚Den Wunden zu, die sich die Sünder selbst geschlagen,
‚So wär's aus Güte nur: wie, zum Verzeihn geneigt,
‚Ein Vater im Gesicht verstellte Härte zeigt,
‚Und, weit entfernt die Straf' aus Rache zu vergröſsern,
‚Aus bloſser Liebe zürnt, und züchtigt um zu bessern.
‚Oft ist des Kranken Qual der einz'ge Weg zur Kur;
‚Doch quälen ohne Noth kann ein Busiris nur.
‚Kein Sterblicher begeht unendliche Verbrechen,
‚Und ein gerechter Gott straft nicht, nur sich zu rächen.

V. 257 — 283.

‚Er, der das Räderwerk der Welt, die er gebaut,
‚Der Wesen Innerstes, mit Einem Blick durchschaut,
‚Und selbst die Kette zog, an der sich alles schliefset
‚Und in einander greift und aus einander fliefset,
‚Weifs dafs dem Guten nichts den ew'gen Fortschritt wehrt,
‚Und dafs das Übel sich allmählig selbst verzehrt.
‚Seyd unbesorgt! Zuletzt mufs seine Weisheit siegen,
‚Und um der Schöpfung Zweck wird Ihn kein Feind betrügen!
‚Nur macht erst lange Pein und tief gefühlte Reu
‚Die Sünder aller Art aus ihrem Kerker frey.

   Dort, wo in kalter Fern' Saturn sich wolkicht drehet,
Und unzulänglichs Licht vom weifsen Ring empfähet,
Der dumpficht ihn umfafst, wie uns ein blasser Mond
Aus herbstlichem Gewölk vom grauen Horizont
Unkräft'ge Strahlen sendt, dort quält die strafbarn Seelen,
Ungleich gemefsne Pein, in martervollen Höhlen.
Einsame Stille streckt mit Angst und kaltem Graus
Verbreitend über sie die furchtbarn Flügel aus.
Hier seufzen in der Brust bekümmernde Gedanken,
Die, zitternd, ungewifs, den matten Geist durchwanken,
Beraubet jener Lust, ach ewiglich beraubt,
Die das berauschte Herz vom Ende frey geglaubt,
Um die es Seelenruh und Hoffnung befsrer Freuden
Bezaubert gab, und rang nach theu'r erkauften Leiden.

   ‚In einer finstern Gruft, von Felsen eingezwängt
‚Durch deren struppicht Haar kein Sonnenstrahl sich drängt,
‚Liegt auf verfaultem Moos, von tiefem Gram verzehret

V. 284 — 308.

‚Ein Lüstling, gleich gequält durch was er jetzt entbehret
‚Und was er einst genofs. Mit Sehnsucht, Scham und Reu
‚Wird jede Scene ihm von seinem Leben neu.
‚Vergebens strebt er, noch am Schatten jener Freuden,
‚Worin er einst geschwelgt, sich wenigstens zu weiden:

    ‚Umsonst! zum Geier wird der lasterhaften Lust
‚Erinnerung und nagt an seiner blut'gen Brust.
‚Das schreckliche Gemisch von Ekel und Begierden
‚Die, selbst befriedigt, ihn nur schärfer quälen würden,
‚Befördert, schmerzlich zwar, der Seele Reinigung,
‚Bis sie vollendet ist, und nun mit mächt'gem Schwung
‚Sein neugeborner Geist der Kerkerluft entrinnet
‚Und einen neuen Lauf zu seinem Ziel beginnet.

    ‚So schwindet nach und nach das Übel aus der Welt
Das jetzt die Ordnung stört und unser Glück vergällt.
So wird die Zukunft erst des Schöpfers Güte preisen.
Dann löst sich alles auf; dem zweifelreichen Weisen,
So wie dem Grübler, der vor Witz die wahre Bahn
Verfehlte, wird das Buch des Schicksals aufgethan;
Wer jetzt im Dunkeln tappt, wird dann im Lichtmeer schwimmen,
Und jeder Mifston rein zum Klang der Sfären stimmen;
Dann wird von jeder Noth, die jetzt die Welt noch drückt,
Im allgemeinen Glück die Spur nicht mehr erblickt;
Die ganze Schöpfung wird von ew'gem Dank erschallen,
Und du, Unendlicher, wirst Alles seyn in Allen!

MORALISCHE BRIEFE

IN VERSEN.

---

1 7 5 2.

VORBERICHT

DER DRITTEN AUSGABE.

Diese Briefe wurden in den zwey letzten Monaten des Jahres 1751 und den drey ersten von 1752 aufgesetzt. Die damahls sehr berühmten und jetzt ziemlich vergefsnen *Epitres diverses* des Herrn von Bar, welche die Briefe des *Boileau* an innerlichem Werth eben so weit übertreffen, als sie von diesen an Reinigkeit der Sprache und Schönheit der Versifikazion übertroffen werden, gaben dem Verfasser, der damahls nicht satt werden konnte sie zu lesen, die Idee und die Lust zur Ausführung.

Wenn Gedichte dieser Art leisten sollen was man von ihnen zu fordern berechtigt ist, so mufs ein reifer und durch Erfahrung gebildeter Verstand, ein gereinigter Geschmack, Kenntnifs der Welt, tiefe Einsicht in die moralischen Dinge,

Feinheit des Witzes, und die Gabe des sanften Sokratischen
Spottes, der durch Nachsicht und Gefälligkeit gemildert wird,
kurz, so müssen die Eigenschaften, die den Filosofen und den
Weltmann ausmachen, mit den Talenten der Dichtkunst in
ihrem Verfasser vereinigt seyn; d. i. man muß ein Horaz
seyn, um poetische Briefe zu schreiben, wie Horaz.

An diesem Maßstabe müssen die folgenden Briefe nicht
gemessen werden. Das noch unreife Alter, und die Umstände
worin sie geschrieben wurden, haben bey billigen Richtern
mehr Verwundrung erregt, daß sie nicht unvollkommner, als
daß sie so unvollkommen sind.

Der jugendliche Verfasser kannte damahls die Menschen
nur aus Gemählden, und ging nur mit moralischen Wesen um.
Selbst die liebenswürdige Freundin, an welche diese Verse
gerichtet sind, hatte sich in seiner alles verschönernden Fantasie zu einem überirdischen Wesen entschleiert. Daher
kommt es, daß seine Sittenlehre oft allzu idealisch ist, und
in der Ausübung sich bald zu strenge, bald zu nachgelassen
finden würde.

Wer die Menschen nur aus den Geschichtschreibern und
Dichtern kennt; vergleicht die Nerone mit Trajanen, den

Narcissus mit dem Aristides, und Fryne mit Lukrezia;
er erzürnt sich über die einen, und vergöttert die andern.
Wer hingegen die Menschen durch sich selbst kennen gelernt
hat, sieht tausend kleine Züge, welche die moralische Schönheit der einen, wo nicht entstellen, doch weniger blendend,
die Häfslichkeit der andern hingegen erträglich, ja wohl gar
verführerisch machen. Überdiefs bildet sich ein junger filoso-
fischer Einsiedler, den der Karakter eines Sokrates in Entzückung gesetzt hat, ein, es sey gar leicht ihn nachzuahmen,
weil es so natürlich ist ihn zu lieben: die Erfahrung allein
kann ihm diesen Irrthum benehmen. Die Welt, das geschäf-
tige Leben, die Verwicklung in die Leidenschaften und Absichten andrer Menschen, lehren am besten, wie schwer es ist ein
Sokrates zu seyn. Seit so vielen Jahrhunderten zeigt uns
die Geschichte nur einen Sokrates bey den Griechen, und
einen bey den Chinesern. Dieser blieb sich selbst gleich, da
er ein Mandarin bey Hofe, jener da er Nomothetes zu
Athen war; sie erhielten ihren Karakter, aber auf Unkosten
ihres Glückes; der Grieche bezahlte endlich mit dem Leben,
und der Chineser mufste sich in die Dunkelheit des Privat-
standes zurück ziehen. Diese Beyspiele enthalten vermuthlich
die Auflösung der Frage, warum die Filosofie so selten aus-
geübt wird; sie zeigen, dafs nur die aufserordentlichsten
Seelen Stärke genug haben, sich wider die Verführung der

Leidenschaften und das Ansteckende des Beyspiels zu erhalten. Ein genauerer Umgang mit den Menschen beredet uns, vielleicht wegen der Ähnlichkeit die wir zwischen uns und ihnen entdecken, daſs sie mehr schwach als boshaft, mehr betrogen als Betrüger, und öfters mehr Thoren als Bösewichter sind; daſs die Umstände einen groſsen Theil des Lobes oder Tadels unsrer Vorzüge oder Fehler zu fordern haben, und daſs ein wahrer Filosof von den Menschen wenig fordert und nichts erwartet.

Ein andrer Fehler der Unerfahrenheit und Jugend ist ein gewisses übermüthiges Vertrauen auf sich selbst, welches aus dem allgemeinen dunkeln Gefühl jugendlicher Kraft, die diesem Alter natürlich ist, zu entspringen scheint. Junge Sittenlehrer sind gemeiniglich Pelagianer ohne es zu wissen, und da sie die Leichtigkeit der Vorstellung mit der Leichtigkeit der Ausübung immer vermischen, und den Enthusiasmus, in welchen sie das Bild der Tugend setzt, für die Tugend selbst halten, so entsteht daher diese hochtrabende Meinung von der Stärke unsrer moralischen Kräfte, von der Obermacht der Vernunft, von der Annehmlichkeit des Weges der Tugend, den ihre zauberische Fantasie, mit leichter Mühe, gerade so breit, so eben und mit Rosen bestreut, als ihn Prodikus in der Wahl des Herkules schmal, rauh und beschwerlich vorstellt. Die wahren Weisen dachten von jeher ganz anders hievon; und eben dieser Sokrates, der in diesen moralischen Gedichten mit mehr Enthusiasmus als Einsicht angepriesen wird, war unter allen Filosofen derjenige, der die demüthigste Meinung von der Stärke der menschlichen Vernunft hegte, und die Tugend, so sehr sie von unserm Willen abzuhangen scheint, für eine Gabe des Himmels hielt.

Z U S A T Z

Von dem poetischen Werth und Unwerth dieser Briefe gilt
ungefähr eben das, was wir von der Poesie und Versifikazion
des Gedichts über die Natur der Dinge gesagt haben. Man
merkt es, besonders an den vordersten Briefen, noch stark,
dafs die Alexandrinische Versart und der Reim für den Geist
des jungen Dichters Fesseln sind, die er, mit guter Art zu
tragen, noch nicht Geduld und Geschmeidigkeit genug hat;
und dafs er, eben darum, weil es ihm zu mühsam war, unter
dem Zwang dieser Fesseln und Handschellen immer den Ausdruck zu suchen, der gerade da, wo er stehen soll, der einzig
wahre oder schickliche ist, sich die Sache nur zu oft beque-
mer macht, als recht ist, und sich bald, um richtig zu reimen, mit einem nicht an seinem Ort stehenden Worte, bald
um einen schicklichen Ausdruck oder eine (wenigstens seinem
damahligen Urtheil nach) glückliche Wendung nicht aufzu-
opfern, mit einem harten Reime behilft. Indessen scheint

ihm doch, während der Arbeit selbst, das Mechanische im
Versemachen immer leichter geworden zu seyn; der Stil wird
zusehends besser, und es finden sich hier und da (zumahl
in den vier letzten Briefen) Stellen, welche die gute Aufnahme
einiger Maſsen begreiflich machen, womit diese Versuche beehrt
wurden, als sie im Jahr 1752 ohne Nahmen des Verfassers im
Druck erschienen.

Lieblingslektüren pflegten damahls (und noch ziemlich
lange hernach) allezeit so stark auf unsern Dichter zu wirken,
daſs er unvermerkt, ja meistens gegen seinen Wunsch und
Willen, etwas von der Manier des Autors annahm, der gerade
zur Zeit, wenn er selbst etwas komponierte, am meisten bey
ihm galt. Wer mit den *Epitres diverses* des Herrn von
Bar bekannt ist, wird von dieser, jungen Leuten überhaupt
sehr gewöhnlichen, Leichtigkeit, etwas von dem Karakteri-
stischen der Personen, mit welchen sie täglich umgehen, in
Sprache, Ton der Stimme, Geberden, Stellung, Gang und
dergleichen, unvermerkt zu erhaschen, nicht selten auch in
den gegenwärtigen Briefen Spuren finden, und sich das Spruch-
reiche und Epigrammatische, wodurch der Stil derselben sich
von dem der Natur der Dinge unterscheidet, leicht daraus erklären können.

Bey allem dem müssen wir gestehen, daſs diese moralischen Briefe (ohne eben viel dabey gewonnen, oder wesentliche

Veränderungen erlitten zu haben) in gegenwärtiger Ausgabe
eine viel leidlichere Figur machen als in ihrer ersten Gestalt,
und selbst in der Ausgabe von 1770. Denn, wiewohl auch
damahls schon eine ziemlich scharfe Feile über sie ging, so
blieb doch noch viel zu thun übrig, wenn gleich die Absicht
nicht seyn konnte, solche Veränderungen vorzunehmen,
wodurch das Ganze ein neues Werk geworden wäre. Das
beste hat indessen der *calamus transversus* dabey gethan;
und so ist es dann gekommen, dafs, indem man alles ohne
Verschonen wegstrich, was dem übrig gebliebenen nur Scha-
den gethan hätte, diese Briefe nahezu auf die Hülfte ihrer
ursprünglichen Versezahl zusammen schmelzen mufsten.

———————

ERSTER BRIEF.

Eclairer les savans, c'est beaucoup; on fait plus,
Lorsque l'on fait aimer, et regner les vertus.

Epitres Diverses. T. II. Ep. 1.

V. 1 — 13.

Wie vom zufriednen Strand, gesichert vor den Stürmen, [1]
Ein Wandrer ruhig sieht, daß sich die Wogen thürmen,
Und in entfernter Höh' den segellosen Mast
Des goldbeschwerten Schiffs ein wilder Orkan faßt,
Jetzt in die Wolken wirft, im Abgrund jetzt vergräbet,
In raschen Wirbeln dreht, und wieder schleudernd hebet;
Er sieht mit welcher Wuth Neptun und Eurus ringt,
Wie unter ihrem Kampf das lecke Schiff versinkt,
Und nun selbst Palinur, von Fluth und Sand bedecket,
Den steuerlosen Arm dem Tod entgegen strecket;
Von seines Ufers Höh' sieht ers mit heiterm Blick
Und frohem Schauer an, und danket seinem Glück:
So, Freundin, sieht, geschützt durch sichernde Ideen,

V. 14 — 40.

Des Weisen stiller Geist von sturmbefreyten Höhen
Ins Meer der Welt herab, wo die Begier der Wind,
Der Fels das Vorurtheil, die Menschen Schiffer sind;
Wo die Vernunft zu schwach mit Leidenschaften kämpfet,
Mit Feinden, die allein der Tugend Allmacht dämpfet;
Wo oft die Hoffnung sich mit vollen Segeln drängt,
Und, eh sie was besorgt, an blinden Klippen hängt;
Wo, fern vom sichern Weg, der uns zur Wohlfahrt leitet,
Der Thor mit saurer Müh sein Unglück sich bereitet.

Dir, Selbstzufriedenheit, dir, süfse Seelenruh,
Eilt jedes Menschen Wunsch, eilt jede Handlung zu.
Doch wer erreichet dich, wo uns auf beiden Seiten
Dort Schrecken und hier Lust auf Nebenwege leiten?
Wenn hier der Zauberton der falschen Circe reitzt,
Und eine Scylla dort nach unserm Fleische geitzt,
Und bey verwölkter Nacht kein sichres Licht uns zündet;
Wo der Ulyfs, der stets die Mittelstrafse findet?

Hier spornet euern Fleifs, ihr Weisheitslehrer, an!
Du, Sternespäher, steig' aus ferner Welten Bahn
Herab ins eigne Herz! Lafs die Kometen irren!
Bestrebe dich dafür, dich selbst dir zu entwirren,
Und führ, an jener Statt, dein Herz, mit besserm Glück,
Von seines Brennpunkts Flucht zu seinem Ziel zurück.
Beklagenswerther Geist, wem giebst du deine Sorgen?
Im Himmel wohl bekannt, und nur dir selbst verborgen,
Gebläht von Wissenschaft, die nur den Kopf beschwert,
Des Leibes Kräfte schwächt, das Herz nur kärglich nährt.

V. 41 — 68.

Du giebst dem Schöpfer Rath, kannst seine Werke schelten,
Verwirfst der Weisheit Plan, und bauest neue Welten;
Dir zeigt ein Zifferblatt die Seele jener Uhr
Die alle Sfären treibt, die Räder der Natur;
Du missest uns den Stand der neblichten Plejaden,
Und theilst den späten Stoff in geistige Monaden:
Zergliedre mir vielmehr dein' dir so nahes Herz,
Den Schöpfer deines Glücks, den Quell von Lust und Schmerz;
Wie mischen sich in ihm die Triebe die es regen?
Wie machest du, dafs sich der Seele Stürme legen?
Wie mäfsigst du den Hang zu oft bereuter Lust,
Nach Epikurs Gesetz, in der gereitzten Brust?
Wenn sich dein Glück verbirgt, und das Geschick der Weisen
Dich in den Staub verstöfst, und schlägt in Zenons Eisen; ⁎)
Sieht dann dein Heldenblick mit unverwirrtem Sinn,
In aller Dinge Band, ins Glück der Zukunft hin;
Und lernt, umstrahlt vom Licht der überird'schen Sfären,
In schönern Hoffnungen, der Erde leicht entbehren?
Bist du ein Menschenfreund, und fühlest fremde Pein,
Liebst du auch ohne Sold, kannst du dem Feind verzeihn,
Dich rächen wie Lykurg, ³) und nur durch Bessern strafen,
Wie Brama's Jünger thut, auf Laub zufrieden schlafen,
Des armen Krassus Gold begierdenlos besehn,
Und stets mit frohem Mund, Gott danken, nie ihm flehn?
Diefs, Kenner des Gestirns, diefs mufs der üben können,
Der es verdienen soll, dafs wir ihn weise nennen.
Den Weg zur Seelenruh, den allernächsten Pfad,
So rauh auch Prodikus ⁴) ihn uns geschildert hat;

V. 69 — 94.

Nicht, wie der Wollust Feld, mit Frühlingslust umflossen,
Von alten Hecken starr, der Weichlichkeit verschlossen,
Den kenn', den zeig' er uns, den geh' er selbst voran,
Und lehr' uns durch sein Thun, wie Sokrates gethan.

Allein, wo find' ich den, den kein Gespenst betrüget,
Das Bakons 5) edler Fleifs entdecket und besieget?
Wie klein ist jene Zahl die Glück und Ruhm verschmäht,
Und von der Welt entfernt nach echter Weisheit späht?
Wie einsam irrt mein Blick im Weg den Kebes 6) schildert?
Wie ist Sokratens Pfad so traurig und verwildert?
Wenn Weisheit nur allein uns glücklich macht, warum
Ist Wahn und Leidenschaft der Menschheit Eigenthum?
Kann, der aus Huld uns schuf den grofsen Zweck verfehlen?
Ist innerliche Ruh das höchste Gut der Seelen,
Warum gestand man uns nicht auch die Mittel ein?
Warum ist nichts so schwer als Epiktet zu zeyn?
Um dieses Räthsel dir, o Freundin, aufzulösen,
Wirf einen Blick mit mir auf unser zweyfach Wesen.

Benachbart jener Welt, die Gottes Licht erfüllt,
Wird in der reinsten Lust des Engels Durst gestillt,
,Durch stete Thätigkeit der höchsten Geisteskräfte
,Ist Wahrheit sein Genufs, und Wohlthun sein Geschäfte;
,Kein Wechsel, keine Zeit, droht seinem sichern Glück,
,Und aus zu tiefer Fern' trifft seinen reinen Blick
,Der Glanz der Sinnenwelt, der Sonnen und der Erden,
,Von ihren Gütern je, wie wir, gereitzt zu werden.

V. 95 — 122.

Weit unter unserm Kreis, oft glücklicher als wir,
Und unsrer Sorgen frey, lebt das beglückte Thier,
Blind für den Unbestand des künftigen Geschickes,
Verschlungen vom Gefühl des itz'gen Augenblickes,
Arm an Bedürfnissen, von Wünschen ungekränkt
Und auf den engen Kreis der Wollust eingeschränkt
Die ihm die Sättigung des strengen Triebs gewähret
Durch den es Speise sucht und sein Geschlecht vermehret.

Von Engeln und von Vieh in gleichem Abstand weit
Drängt zweifelhaft der Mensch sich zur Glückseligkeit,
Zu geistig, Thieren gleich im Schlamme sich zu weiden,
Zu irdisch zum Genuß unkörperlicher Freuden,
Schwebt zwischen beiden er und sucht vergebens Ruh;
Ein Scheingut glänzt ihn an, er eilt ihm lüstern zu,
Genießt es und erfährt, eh er es ausgenossen,
Sein Herz noch wie zuvor in Wünsche ausgegossen.
Er wechselt ohne Ziel der Sehnsucht Gegenstand,
Erwühlt ein schädlich Gold aus seinem Vaterland,
Sein Geitz entheiliget der Nymfen stille Tiefen,
Ihm wälzt das Meer getreu, in segelreichen Schiffen,
Gold, Sorg und Reue zu: das ganze Reich der Lust
Eröffnet sich umsonst der immer ekeln Brust;
Umsonst umarmet ihn im Schatten voller Reben
Ein wollustathmend Kind, um das die Scherze schweben;
Umsonst schmückt Seid' und Gold sein königliches Haus,
Die Sorge treibet ihn aus Schwanen selbst heraus.
Frißt ein verborgnes Gift das Eingeweid von innen,
So schmeichelt man umsonst den äußerlichen Sinnen.

V. 123 — 149.

O seltne Seelenruh! fremd in des Fürsten Schloſs,
Vor Gold und Purpur scheu, fern von der Wollust Schoofs,
Sucht dich vielleicht mit Recht ein Timon bey den Skythen?
Wie, oder flohst du gar zu Thebens Eremiten?
Kann die Geselligkeit nicht mit der Ruh besteh'n?
Muſs man beglückt zu seyn, nur Eulen um sich seh'n?
Nein! also hat uns nicht des Himmels Gunst verlassen!
Man darf vergnügt zu seyn, nicht Welt und Menschen hassen.
Des Hofes Unruh selbst stört Platons Ruhe nicht.
Wer sich in sich verschlieſst und nie sich selbst gebricht,
Der wird, wohin ihn auch sein Schicksal mag verschlagen,
Bis zu den Mohren selbst die Ruhe mit sich tragen.

Komm, Freundin, laſs uns hier den sanften Weg erspähn,
Der frommen Tugend Pfad, den echte Weisen gehn.
Von deinem Fuſs berührt, bestrahlt von deinen Blicken,
Wird ihn ein neuer Reitz in meinen Augen schmücken.
Was seine Lorbern nicht dem Julius gewährt,
Wofür einst Filipps Sohn umsonst die Welt verheert,
Vergeblich sich Tiber in Kapreä verschlossen;
Was kein Sardanapal, kein Xerxes je genossen,
Was aus gelehrtem Staub kein Skaliger erwühlt; .
Was alle stets gewünscht und wenige gefühlt,
Die Wollust ohne Reu, das immer frohe Leben,
Soll, ohne Gunst des Glücks, uns Lieb und Tugend geben.

O treue Führerin durch diese Unterwelt,
Wo kaum ein dämmernd Licht die Mitternacht erhellt,
Du Königin des Glücks, du Schöpferin der Freude,

V. 150 — 177.

Der Hoffnung Felsengrund, gewisser Trost im Leide,
Und wie dich, Tugend, sonst der Weisen Brust erfährt,
Wie mahl' ich, Schönste, dich? wie preis' ich deinen Werth?
Soll dein erhabner Reitz in meinem Bilde strahlen,
Dass jedes Herz dich fühlt, so müsst' ich Doris mahlen.
Kein heuchlerischer Schmuck, kein wesenloser Schein
Bethört an dir den Geist, und nimmt die Sinnen ein.
Ein ungeschminkter Reitz, der alle Proben leidet,
Ein Glanz wie jener ist, der die Natur bekleidet;
Des Himmels Heiterkeit, aus der dein Ursprung blickt,
Und anmuthsvoller Ernst, ist was an dir entzückt.
So, Freundin, reitzt an dir, aus edeln holden Zügen,
Zur Ehrfurcht sanfter Ernst, und Anmuth zum Vergnügen.
Doch nur die Besten sinds, die sie mit Rührung sehn,
Die echte Schönheit ist nur reinen Augen schön.
Die hohe Harmonie in Gottes Wunderwerken
Kann nur Pythagoras, ein Leibnitz nur bemerken.
Ihr, die in ihrem Arm die trunkne Wollust hält,
Die euch mit Freuden speist, die der Genuss vergällt,
O möchte sie euch einst in ihrem Glanz begegnen!
Wie dankvoll würdet ihr die holde Stunde segnen?
Hört den Betrognen nicht, der sie euch traurig zeigt,
Mit schwarzen Farben mahlt, und ihre Lust verschweigt.
Die Tugend ist nicht so, wie sie die Milzsucht schildert,
Gehässig aller Lust, einsiedlerisch verwildert,
In Seufzer eingehüllt, von Sünden fast erdrückt,
O nein! so ist sie nicht, die unser Herz beglückt,
Zu deren hohem Ernst sich stete Lust gesellet;

V. 178 — 204.

So hat das Vorurtheil ihr reitzend Bild verstellet.
Es kennt die Göttin nicht, und küfst an ihrer Statt
Ein Bild, das mit der Nacht der Wahn gezeuget hat.
So hat an Junons Statt, vom Donn'rer hintergangen,
Ixions trunkner Arm einst eine Wolk umfangen.

Beym ersten Blick nimmt schon der Tugend Antlitz ein;
Sie scherzt im Sokrates bey Rosen und beym Wein,
Entfaltet Aug und Stirn in ernstlichen Katonen,
Sie liebt in Porzien, und trägt im Markus Kronen,
Gesellt sich jedem Stand, leidt auch der Städte Rauch,
Und zeigt den Menschen erst des Lebens wahren Brauch.
Sie lehret den Verstand der ganzen Welt zu nützen,
Sie siehet freudig auf, wenn Donner um sie blitzen,
Und, wer bey heitrer Luft gen Himmel spottend sieht,
Vor Angst Gelübde thut und in Gewölbe flieht.
Wenn ein ermüdter Geist sich aus den Labyrinthen
Des ewigen Geschicks nicht weifs heraus zu winden,
Läfst den erzürnten Witz noch neue Knoten drehn,
Und findet Popens Rifs für unsre Welt zu schön; 7)
So ruht sie zweifellos in ihres Meisters Willen.
Wenn ihre Hoffnungen in Wolken sich verhüllen,
Wenn Neid und Undank sie in Timons Wüste treibt,
Und ihr vom gröfsten Glück kaum die Erinnrung bleibt;
Wenn sie mit Epiktet in dunkler Knechtschaft schwitzet,
Da, seines Glückes werth, ein Thor in Purpur blitzet;
Wenn sie, wohin sie sieht, der Menschheit Elend schreckt,
Das arme Hütten drückt und goldne Dächer deckt:

V. 205 — 210.

Hebt sie ihr Aug empor zu jenen ew'gen Höhen,
Erblickt des Schicksals Lauf in göttlichen Ideen,
Und kehrt voll Seelenruh den aufgeklärten Blick,
Mit sanfter Menschenhuld, auf ihr Geschlecht zurück;
Verlernt, dem Pöbel gleich mit Schatten sich zu plagen,
Sieht in sich selbst ihr Glück, und kann den Thoren tragen.

Anmerkungen.

1) Seite 171. *Lucret. de R. N. L.* 1.

2) S. 173. Zeno von Elea wurde vom Falaris zu Agrigent aufs grausamste mißhandelt. Valer. Maxim. B. III. K. 3. n. 2.

3) S. 173. Man erzählt von diesem Gesetzgeber der Spartaner, daß er einen muthwilligen Jüngling, der ihm ein Auge ausgeschlagen, und ihm von den Spartanern zu willkührlicher Bestrafung ausgeliefert worden, zu sich genommen, und durch Unterricht und Zucht zu einem tugendhaften Manne gemacht habe.

4) S. 173. Von diesem seiner Beredtsamkeit wegen berühmten Attischen Sofisten, hat uns Xenofon die bekannte Erzählung von der Wahl des Herkules aufbehalten.

5) S. 174. Der grofse Beförderer der Wissenschaften, Bakon von Verulamio, hat die Vorurtheile die er Idole nennt, in seinem vortrefflichen Werk, worin er die Gründe der Vernunftlehre aufhellt, mit Eifer entdeckt und bestritten.

6) S. 174. Dieser würdige Schüler des Sokrates ist ohne Zweifel der Verfasser der schönen Schrift, welche wir unter dem Nahmen der Schilderey von ihm haben, und worin er die verschiedenen Bemühungen der Menschen nach der Glückseligkeit, und den wahren Weg dazu entwirft.

7) S. 178. So urtheilte die Misanthropie aus dem Munde des Herrn von Bar, der in dem Schreiben an den Kalendermacher Patridge von Popens *Essay on Man* urtheilt:

Qu'y les Vers les plus beaux font un vilain sistème.

ZWEYTER BRIEF.

Zufriedenheit war stets die Mutter unsers Glückes.
Haller.

V. 1 — 15.

Wie liebenswürdig ist der ungeschminkte Geist,
An dem kein Afterschein unechter Künste gleißt;
Der, eigenthümlich schön und nicht zu viel gezieret,
Zu jeder Wahrheit weich, vom Irrthum unverführet,
Der Unschuld gleicht, die, nur von keuscher Scham bemahlt,
Den ausgesuchten Putz der Hoffart überstrahlt.

Ihr Seelen ohne Kunst, euch hab ich mir vor allen
Zu Schülern ausersehn, euch wünsch ich zu gefallen!
In euch, und däuchtet ihr Sofisten noch so klein,
Fließt ohne Widerstand die leichte Wahrheit ein.
Kein blödes Hirngespenst, das vor gelehrte Blicke
Oft dicke Nebel streut, hält euern Sinn zurücke,
Die Wahrheit einzusehn, die mancher ohne Frucht

V. 14 — 40.

In mottenvollem Staub bey später Lampe sucht.
Wann dort ein Pansofus, vor lauter Kunst und Wissen,
Sokratens Kunst verlernt, und glaubt sie leicht zu missen;
Lehrt euch der Weiseste, wie nichts der Weise weifs,
Und spornt nach besserm Ziel den unverdrofsnen Fleifs.

Ja, wohl hat er gelehrt, der Griechen erste Zierde;
Wie glücklich, wenn ihn noch die Nachwelt hören würde!
Der du der Schöpfung Bau im ersten Plan gesehn,
Und die Gesetze fandst, wornach sich Welten drehn,
O Newton, sprich für mich, du kennest unsre Grenzen,
Und drangst so weit als uns noch matte Strahlen glänzen:
Sprich selbst, wie oft hielt dich der innern Schwere Zug,
Der gröfsten Geister Loos, zurück vom kühnen Flug?
Du grofser Verulam, der mit erhabnen Blicken
Das ganze Feld umfing, wo wir nur Blumen pflücken,
Du Leibnitz, du o Bayl, ihr sahet unsre Nacht,
Und habt oft insgeheim, wie Sextus, uns verlacht.

Der kleine Wahrheitskreis, den unser Geist umfasset,
Gleicht nur dem matten Glanz, der dort im Thal erblasset,
Wenn einsam, über uns, der Mond, in Duft gehüllt,
Mit ungewissem Licht die Mitternacht erfüllt.
Die Farben wechseln stets, die uns die Dinge mahlen,
Begriffe, die uns jetzt in vollem Lichte strahlen,
Verdunkeln sich sogleich so bald man sie zerlegt.
Wer ist der uns erklärt, wie sich der Körper regt?
Wie aus der Wesen Quell sich unsre Kräfte nähren?
Wer kennet die Natur des Stoffes und des Leeren?

V. 41 — 67.

Wer mißt die Schöpfung aus? wer giebt dem fernsten Strahl
Ein undurchdringbar Ziel? Wer faßt der Geister Zahl?
Wer mißt die stete Zeit? Wer jener Sterne Leben,
Die sich so oft verschönt aus ihren Trümmern heben?
Wer zählt die Federn ab, durch die der Himmel Lauf
In seinen Kreisen bleibt? Wer löst die Knoten auf,
Die Sextus, Karnead und Zenon uns gebunden,
Und die oft Leibnitz selbst zerschnitten, nicht entwunden?

Doch ach! wie leicht entbehrt man diese Wissenschaft,
Worein der Vorwitz oft, bis er erblindet, gafft?
Allein daß selbst in dem, was wir ergründen können,
In hundert Sekten sich die Untersucher trennen;
Daß man noch zweifeln kann, ob der auch möglich ist,
Den aller Sfären Lied als ihren Schöpfer grüßt;
Daß Demokrit sich noch in unsrer Zeit verjünget,
Und in Lukrezens Ton so mancher Dichter singet;
Daß auch der Weisere, der Gott und Seele kennt,
Der Tugend Werth erweis't, und sie nur glücklich nennt,
Den Geitz am Krassus schmäht, Fabrizens Tugend adelt;
Daß er, des Wahnes Sklav, den er an andern tadelt,
Gott, den er kennt, nicht liebt, und den gottgleichen Geist,
Von seinem Ursprung fern, mit Schaum der Erde speist,
Daß er es Ehre nennt des Thoren Knecht zu heißen,
Um dessen leeres Haupt geborgte Strahlen gleißen,
An einem Gillias ¹) des Reichthums Brauch erhebt,
Uns einen Kimon rühmt, und selbst sein Gold vergräbt;
Daß in der Weisheit Schooß wir ihr zur Schande leben,

V. 68 — 94.

Bethörte Sterbliche! wer wird uns das vergeben?
Wie wird der grofse Mann, defs diamantner Fleifs
Mehr als Chrysippus schreibt, und mehr als Kircher weifs,
Der Sammelplatz der Kunst der Neuern und der Alten,
In klugen Augen klein, wenn von Timonschen Falten
Die strenge Stirne starrt, und wie er andre scheut,
Das kritische Gespenst ein jeder hafst und meidt?
Was ist ein Lakydes, den kein Beweis vergnüget,
Kein Zeno überzeugt, und den sein Knecht betrüget?
Was Prodikus, der uns die Wollust fliehen heifst,
Und, dafs sie glücklich macht, in ihrem Arm beweist?
Was Brutus, der das Glück nie bey der Tugend misset,
Und doch durch einen Dolch sein bessers Leben schliefset?

Verwünschtes Vorurtheil! du Mutter unsrer Pein!
Wie würden, ohne dich, so viel Sokraten seyn!
Du blendest den Verstand mit trügerischer Klarheit;
Mit manch entlehntem Zug der göttlich schönen Wahrheit
Schmückst du Idolen aus, die nimmermehr Kardan,
Der Weisen Don Quixott, verwirrter sehen kann.

Getäuscht vom Vorurtheil sitzt Mops auf seinem Kasten,
Und übt sich in der Kunst vor Überflufs zu fasten.
Im Vorurtheil berauscht und in Falerner-Wein,
Wälzt sich dort Nomentau, ein epikurisch Schwein.
Vom Vorurtheil geblendt, strebt ein Sejan nach Kronen;
Durch Vorurtheil und Gold rühmt Pindar Hieronen.
Wär ohne Vorurtheil Thrax ein Papinian?
Pantil so liederreich, und Jourdain Edelmann?

V. 95 — 121.

Kein Laster schändt die Welt, kein Unglück trift den Thoren,
Es wird vom Vorurtheil befruchtet und geboren.
Wie würde sonst ein Geist, den nur des Guten Schein,
Nur Lust und Hoffnung reitzt, des Elends Sklave seyn?
Wie weit ist sein Gebiet? wie grofs ist sein Vermögen?
Ihm ist sein stärkster Feind, selbst Bakon, unterlegen.

Gott, Schöpfer unsers Glücks, du Quell von Welt und Zeit,
Ach kennte dich der Mensch, der jetzt dein Antlitz scheut!
O! möcht ein Strahl voll Kraft in seine Seele dringen!
Dann öffnete sich ihm das Herz von allen Dingen;
Dann würd' er seinen Zweck in dir und Tugend sehn,
Und Wahn und Leidenschaft, wie würden sie vergehn!
Du bists, Unendlichkeit, von der die Wesen stammen,
Aus deinem ew'gen Feur entspringen unsre Flammen,
Dein nachgeahmtes Bild verkläret jeden Geist.
Auch, den der fernste Kreis der Schöpfungen verschleufst,
Dem Wurme selbst, verschmäht von ungeschärften Blicken,
Dir aber werth wie ich, erlaubst du fortzurücken;
O Herr, o Quell, o Ziel vom ganzen Geisterreich,
Wie wird mein schmelzend Herz in deinem Strahle weich!
Wie dehnt sich meine Brust von wallenden Gedanken!
Mir schwinden Erd und Zeit und meiner Menschheit Schranken!
Mein Blick läuft ungehemmt in jene Zukunft hin,
Wo ich den Engeln gleich, und dir geähnlicht bin.
O wie vom Schicksal mir die Schlüsse sich entsiegeln?
Wie deine Züge sich in allen Dingen spiegeln?
Wie, was den blöden Blick des Menschen widrig rührt,

V. 122 — 148.

Des Ganzen Zier erhöht, und Unform Ordnung wird?
O Hoffnung! o wie werth, dafs wir, dich zu geniefsen,
Die ungetreue Lust der niedern Erde missen!
Ja, wär'st du nur ein Traum, und was der Thor empfindt
Wär lauter Wirklichkeit, so wie es Schatten sind,
Doch überträfest du die Wollust niedrer Seelen!
Wie freudig wollt ich dich vor ihren Gütern wählen!

Erkennt, Unsterbliche, den Zweck der Ewigkeit,
(Die Zeit erschöpft ihn nicht!) und dafs ihr göttlich seyd!
Zerstreut die alte Nacht, die eure Blicke trübet,
Lafst dem geringern Vieh die Trebern, die ihr liebet.
Der Stoff der ewig fliefst, sein eitles Schattenspiel
Nährt eine Seele nicht, die vom Olympus fiel;
Die reine Götterkost von lautern stillen Freuden,
Die nur im Himmel blühn, mufs ihre Sinnen weiden.

Wer mit so hellem Blick der Dinge Wesen mifst,
Ists Wunder dafs er frey, dafs er glückselig ist?
Er, der nichts sterbliches zum Muster sich erlesen,
Bildt seinen ew'gen Theil nach dem vollkommnen Wesen.
Er ist ein Menschenfreund, und ehrt der Gottheit Strahl
In jeglichem Geschöpf. Kein Land und keine Wahl
Schränkt ihn im Wohlthun ein, und ohne Mifsvergnügen
Sieht er ein prächtig Glück auf andrer Schultern liegen;
Sein Geist, von Eigennutz und Mifsgunst nicht geschwächt,
Verbreitet seine Kraft aufs fernste Geschlecht.
Oft wenn die Mitternacht ihr schlummervoll Gefieder
Um andrer Häupter schwingt, beweint er seine Brüder,

V. 149 — 174.

Die, oft aus fremder Schuld, am innern Auge blind,
Ein Raub der Leidenschaft, des Elends Sklaven sind.
Wenn er sein keusches Glück in freyer Ruh geniefset,
Wenn reine Lust, die stets aus Lieb' und Tugend fliefset,
Aus seinen Augen strahlt, wie innig wünschet er,
Dafs doch ein jeder Mensch nicht minder glücklich wär!
Er ist kein Knecht der Lust; allein, ihr zu entgehen,
Schleicht er in keinen Wald. Er flieht des Hofes Höhen,
Ihr Afterglanz reizt nur ein blöderes Gesicht;
Und wo ein Pallas herrscht, taugt Epiktetus nicht.
Ihm ist kein Glück zu klein, und glänzt an seinen Wänden
Kein Gold noch Elfenbein, noch was die Perser senden,
So schmückt sie Platon aus, so steht dort Seneka
Am weisen Tacitus und bey Plutarchen da.
Hier unterredt er sich mit alter Helden Schatten,
Aus Zeiten, wo zum Lob die Dichter Helden hatten.
Hier lebt noch ein Lykurg; hier rührt ihn Brutus Muth,
Hier strömt Lukrezia ihr unentheiligt Blut:
Unnachgeahmt wird stets der Heldin That entzücken!
Hier stirbt Leonidas vor den erstaunten Blicken,
Den allerschönsten Tod, den Tod fürs Vaterland;
Hier reizt ihn Aristid, wenn ihn Athen verbannt.
Wie mächtig rühren ihn die unvergefsnen Nahmen!
Sein edelmüthig Herz klopft, ihnen nachzuahmen:
Mit tugendhaftem Stolz fühlt er, indem er liest,
Wie grofs der Tugend Reitz, wie schön die Menschheit ist.

Anmerkung.

---

1) Seite 183. Gillias von Agrigent besaſs groſse Reichthümer. Er besaſs sie, denn er gebrauchte sie zum Dienst seiner Mitbürger; er zierte die Stadt mit öffentlichen Gebäuden, er sorgte vor den Mangel der Lebensmittel, er stattete arme Jungfrauen aus, er griff unglücklichen Handelsleuten unter die Arme, er bewirthete die Fremden; kurz, sein Vermögen war ein allgemeines Gut, und ganz Agrigent und die umliegenden Gegenden waren voll Wünsche für sein Wohlergehen.

Valer. Max.

DRITTER BRIEF.

Est inter Tanaim quidquam socerumque Viselli,
Est modus in rebus, sunt certi denique fines,
Quos ultra citraque nequit consistere rectum.

Horat. Sermon. I. Libr. I.

V. 1 — 12.

Umsonst betäubt Chrysipp mit Gründen unser Ohr,
Mahlt uns den Weisen ab, und schreibt Gesetze vor,
Nach denen unser Herz alsdenn erst sich wird regen,
Wenn, stillen Monden gleich, Kometen sich bewegen.
Den Unempfindlichen, der keine Thränen kennt,
Der von der Weisheit sich nie einen Schritt getrennt,
Den nie die Reu gefärbt, den keine Schönheit rühret,
Dem beider Indien Schatz nicht einen Wunsch entführet,
Der in Perillus ¹) Kuh sich so zufrieden fühlt,
Als wenn ein Abendwind um seine Wangen spielt;
Den Mann sey unbemüht bey Menschen zu erfragen;
Die Welt, die er bewohnt, mag dir ein Huygen sagen.

V. 13 — 40.

Der, Freundin, kennt uns nicht, der ein empfindlich Herz
Gefühllos haben will; mit Recht ist uns der Schmerz
Verhafst, die Lust beliebt, wir leben durch Begierden,
Und wären wir beglückt, wenn sie uns fehlen würden?

   Sieh einen Zeno an, der sich aus Weisheit plagt,
Der Menschen Umgang flieht und aller Lust entsagt;
, War er, mit aller Müh' zum Stein sich abzuhärten,
, Vielleicht zufriedner als in seinen stillen Gärten
, Der Freund Leontions, [2] der blofs im Ruhestand
, Der Selbstgenügsamkeit der Güter höchstes fand?
Ist nicht der Feind der Lust zuletzt dem Schmerz erlegen? [3]
Wer stiefs in Katons Brust den falschberühmten Degen?
Der Stolz, derselbe Stolz, der ihm die Menschheit raubt,
Doch nicht zum Gott ihn macht. Wenn er nach Rache schnaubt,
Voll Wuth den Göttern flucht, die seinen Feind erheben,
Und, seiner Hoheit Fall ja nicht zu überleben,
Von eignen Händen stirbt, wo bleibet da der Held?
Er blendet uns im Glück; es weicht, und Kato fällt.
Wer sich bestrebt sein Herz affektenlos zu machen,
Wird oft zum Menschenfeind. Wenn andre um ihn lachen,
Spielt er den Heraklit, und machte Gottes Welt
Uns gern zum Jammerthal, blofs weil sie uns gefällt;
Er kennt kein Mitgefühl; wenn wir zu froh ihm scheinen,
Schilt er an uns die Lust, und zürnet, wenn wir weinen.
Flieh, Timon, unsre Welt schliefst lauter Menschen ein;
Bey Eulen möchtest du vielleicht ein Weiser seyn!

   Doch wie? soll ich mein Herz durch stete Lust verwöhnen,
Und, Wollustsklaven gleich, nur den Begierden fröhnen?

V. 41 — 67.

Kein Mänius zu seyn, werd ich ein Nomentan? 4)
Nein! zwischen beiden zeigt die Weisheit eine Bahn.
,Dem Trieb ist die Vernunft zum Mentor zugegeben,
,Ihn recht zu leiten, ist die wahre Kunst zu leben.

Nicht der Begierden Tod, den ihnen Zeno dräut,
Nur ihre Mäfsigung macht die Zufriedenheit.
Sie sind den Winden gleich: Wenn die auf sanften Schwingen,
Von Blüthen duftend, uns den jungen Frühling bringen;
Wenn sich auf ihren Hauch des Blutes Wallung legt,
Der Wangen Gluth entfärbt, das Herz gelinder schlägt,
So sind sie angenehm; dann saugen sie die Kräuter,
Dann wird die blaue See mit ihrem Himmel heiter,
Dann schnaubt das muntre Reh, dann legt die Schäferin
Sich am zufriednen Bach auf weiche Blumen hin,
Und athmet dich, o West! Doch wenn vom schwülen Süden
Der Stürme wildes Heer im Streiten sich ermüden,
Die Luft, dem Meere gleich, auf Wolken Wolken wälzt,
Der Alpen Gipfel dampft, das Erz der Berge schmelzt:
Dann schreckt des Windes Grimm, bestürzt entfliehn die Heerden,
Die Eich entwurzelt sich aus der gleich alten Erden,
Der Himmel stürzt herab, das feste Land wird Fluth,
Und alles unterliegt der Elemente Wuth.

Die friedsame Begier, die sanft die Brust erhebet,
Und gleich dem Frühlingswest das heitre Herz belebet,
Die Lust, an der der Geist sein Antheil nicht verliert,
Hat edle Seelen stets, und ohne Reu gerührt.
So fühlt dein schönes Herz, in jenen Augenblicken,

V. 68 — 93.

Wenn unsre Lippen sich, o Freundin, zärtlich drücken,
Wenn Freud und Seelenruh in deinen Augen glüht,
Und, süfser Thränen voll, dein Blick gen Himmel sieht:
Wie schön wird durch Vernunft die Leidenschaft gemildert?
So hat uns Lucian die Panthea geschildert.

Die Stimme der Begier, die Fähigkeit zur Lust,
Ist in der Thoren Herz wie in der Weisen Brust.
Im Gegenstand allein, ists wo sich beide scheiden.
Der sucht in Glück und Zeit, umsonst, den Quell der Freuden,
Und jener klügre wählt ein Gut, das nie vergeht,
Und dessen Schönheit stets sich im Genufs erhöht.

Das Gut, wornach aus Wahn die Thoren sich bemühen,
Ergreift das ganze Herz, und macht die Triebe glühen;
Je mehr man sie ernährt, je stärker wird der Brand,
Je herrschender das Thier, je schwächer der Verstand.
Grundlosen Strudeln gleich, die Meere nicht erfüllen,
Macht der Genufs sie arm, und weifs sie nicht zu stillen.
Gieb dem Eroberer der sieben Hügel Macht,   .
Schliefst er wohl Janus Thor? Du magst Potosi's Schacht
Und Amfitritens Schatz dem alten Harpax schenken,
Noch wird er auf ein Schiff, den Mond zu plündern denken.
Hat den Tiberius dein Amt, Cäson, 5) vergnügt?
Und hätte Filipps Sohn wohl jemahls ausgesiegt?

Viel anders wirkt das Gut, das sich der Weise wühlet.
Er wird nicht im Genufs vom stärkern Durst gequälet;
Es läutert sich sein Herz selbst im Genufs der Lust,

V. 94 — 120.

Und er verliert nie ganz beym bittersten Verlust.
Er adelt jeden Wunsch, der seiner Brust entfähret,
Und nur die Tugend zeugt die Lust, die er begehret.
Er kennt der Güter Werth, der Dinge wahren Brauch,
Die Schätze der Natur, und er genießt sie auch.
Wohin sein Blick sich kehrt, strömt Wollust ihm entgegen,
Ihm triefet jeder Tritt von seines Schöpfers Segen;
Kein innerlicher Feind macht, in der Freude Schooß,
Ihn zu vergönnter Lust verstockt und sinnenlos.
Des Himmels holdes Blau, der Athem sanfter Winde,
Des Frühlings Mahlerey, der Schatten tiefer Gründe,
Ist seinem Sinn genug, indem der beßre Geist,
Erhabner Bilder voll, den Schöpfer sieht und preist;
Was schön ist, ists für ihn; sein Auge zu ergetzen,
Entladet Indien sich von seinen reichsten Schätzen:
Zwar nennt er sie nicht sein, doch strahlen sie für ihn
An Celimenens Hals.   Die größte Königin
Besitzt nicht mehr vom Schmuck, der ihre Stirn umblitzet,
Als der, der sie beschaut.   Nur wer die Güter nützet,
Besitzt sie in der That.   So lehret Addison [6]
Den Irus reicher seyn als jeder Harpagon.
Der Preis, den wir dem Glanz gefärbter Steine setzen,
Beweist er nicht, daß wir nach Wahn die Dinge schätzen?
Wie manche Blume seufzt von unserm Fuß erdrückt,
Die jedem Edelstein der Farben Preis entrückt?
Die Wunder der Natur, der Muscheln bunte Schalen,
Läßt man am öden Sand dem frommen Lesser strahlen.

V. 121 — 140.

Des Weisen Urtheil fälscht des Pöbels Irrthum nicht;
Kein schimmernd Vorurtheil giebt seiner Wahl Gewicht.
Ihn rührt die Reitzung kaum, der andre unterliegen,
Er prüft und nützt allein das irdische Vergnügen.
Nur der sie sparsam braucht, empfindet, unbereut,
Das allersüfseste der Lust der Sinnlichkeit.
Wenn der ermüdte Geist in ungewohnten Höhen
Sich nicht mehr halten kann, wo sich in Ur-Ideen
Der Weise Platons senkt, dann stärkt die Leidenschaft,
Mit wohlgewählter Lust die nachgelafsne Kraft.
Dem Zug, den jeder fühlt zur strahlenreichen Ehre,
Folgt auch des Weisen Herz. Zwar würgt er keine Heere
Um einen Lorberkranz, und um der Hoheit Schein
Verlangt er nicht der Sklav von Lamien 7) zu seyn;
Auch mehrt er nicht die Zahl der fruchtbaren Skribenten,
Mit deren Schriften wir sie selbst verbrennen könnten.
Der Ehre höchster Grad, den wenige erreicht,
Ist ihm, wenn immer mehr sein Geist dem Urbild gleicht,
Wenn Tugend und Vernunft, was er beginnet, treiben,
· Und er das üben kann, was Posidone schreiben.

―――――――――

Anmerkungen.

1) Seite 189. So hiefs der Athenische Künstler, der dem Tyrannen Falaris den bekannten ehernen Ochsen gemacht haben soll, in welchem die durch untergeschürte Gluth gemarterten Personen wie Ochsen brüllten. Es ist ein bekannter Stoischer Lehrsatz, dafs der Weise auch in Falaris Ochsen selig sey.

2) S. 190. Epikur.

3) S. 190. Anspielung auf die Sage, dafs Zeno, da er in einem hohen Alter einen seiner Finger gebrochen, sich auf der Stelle erhängt habe.

4) S. 191. *Quid mi igitur suades? ut vivam Maenius? aut sic ut Nomentanus?*
Horat.

5) S. 192. *Novum instituit officium a voluptatibus, praeposito equite Romano, T. Caesonio Prisco.* *Sueton. in Tiberio.*

6) S. 193. S. die 49. Abhandlung im II. Theil des *Guardians.*

7) S. 194. S. den Plutarch im Leben des Demetrius.

VIERTER BRIEF.

La Providence est juste en accordant aux sots
Des postes dignes d'eux, pour vieillir en repos.
Les maux doivent tomber sur celui qui professe,
De nourrir dans son coeur l'amour de la Sagesse.

Epitres diverses.

V. 1 — 11.

Er, dessen diese Welt so wenig würdig ist,
Den ein vergoldter Narr oft kaum durch Winke grüfst,
An welchen wenige ihn nur zu kennen reichen,
Der, Freundin, so wie du, nicht findet die ihm gleichen;
Wie hat der Weise sich auf eine Welt verirrt,
,Wo er kaum noch im Bild' erkannt von Kennern wird?
Wo Der die Welt nicht kennt, sein Glück nicht weis zu machen,
Und werth gehalten wird, dafs Kinder ihn verlachen,
Der die verwachsne Spur der alten Tugend sucht;
Den sein demantner Fleifs und mancher Nächte Frucht,
Zwar nicht die Kunst gelehrt, sich reich und grofs zu rennen,

V. 12 — 38.

Doch, ohne Glück vergnügt, Gott, Welt und sich zu kennen.
Wie hat der Schöpfung Herr, der nach der besten Wahl
Dem unbemerktsten Staub, Ort, Zeit und Zweck befahl,
Den Weisen, den sein Werth in befsre Welten hebet,
Der Erde zugeschickt, wo er so einsam lebet?
Wie kam ein Sokrates, wie kam ein Aristid,
Ins üppige Athen? wo jenem ein Anyt,
Blofs weil er für die Zeit, die seinen Werth verkannte,
Zu gut, zu weise war, zum Lohn den Giftkelch sandte:
Und den der Grofsen Neid des Vaterlands verwies,
Weil aller Griechen Mund ihn den Gerechten pries.
Wer stöfst Hypathien, die Perle weiser Schönen,
Zu Menschen, die mit Wuth dem Aberglauben fröhnen?
Wo blind für ein Verdienst, das noch die Nachwelt preist,
Auf eines Bischofs Wink, der Pöbel sie zerreifst?
Wie löset die Vernunft die räthselhaften Fragen?
Verhängnifs, dürfen wir in dich zu schauen wagen?

Ihr Freunde, höret mich, die in der Einsamkeit
Um euer innres Glück oft Sorg und Zweifel neidt;
Hört mich und seyd vergnügt! Könnt ich euch dieses lehren,
Wie willig wollt ich nicht des Lobs der Welt entbehren?
Und du, der wahren Werth in seiner Brust verschliefst,
Obgleich in deinem Staub dich Ruhm und Glück vergifst,
Du unerkanntes Herz, dem Schein und Schminke fehlen
Uns, mit Tartüffens Kunst, Verehrung abzustehlen,
Dich tröste dieses Lied, wenn dein verborgner Werth
Der echten Tugend Loos, des Glückes Hafs, erfährt;

V. 39 — 65.

Und wisse, wenn dich auch die ganze Welt verkennet,
Dafs noch mein redlich Herz dich Freund, dich Bruder nennet!

Der Weise ziert die Welt, der Tugend Bild zu seyn:
Sein Daseyn fliefset mehr ins Wohl der Menschen ein,
Als manches Klaudius so theur geschätztes Leben.
Die Thaten, die an ihm den Lehren Stärke geben,
Erwecken oft ein Herz, das seiner selbst vergifst,
Und erst durch ihn erkennt, wozu es ewig ist.
Sein Geist, zu grofs dem Tand, womit Sofisten prahlen,
Belustigt, Kindern gleich sich nicht an leeren Schalen,
Er suchet in sich selbst den Kern der Wissenschaft,
Schleicht seinen Trieben nach, wiegt seines Willens Kraft,
Bahnt uns den Weg, worauf so mancher sich verlieret,
Der zur Vollkommenheit, dem Quell der Wonne führet,
Und giebt, bey stillem Öhl, der Wahrheit, die er fand,
Gefälliger zu seyn, ein angenehm Gewand;
Wie die Natur, die er zu seinem Vorbild wählet,
Mit einem schönern Geist den schönsten Leib beseelet.
Des Weisen edles Herz ist seiner Gottheit Bild;
Der Kreis der Wirksamkeit, den seine Kraft erfüllt,
Wird nicht von Vorurtheil und Eigennutz umgränzet;
Das Gute theilt sich mit. Das Licht das von ihm glänzet,
Fliefst auf die Menschheit aus, er ist den Sterblichen
Zum Führer und zum Freund vom Himmel ausersehn.
Und ist der Pöbel gleich, unfähig ihn zu ehren,
Zu seinem Beyspiel blind, und taub zu seinen Lehren,
So hat die Vorsicht doch ihm Schüler zugesellt,

V. 66 — 92.

In welchen was er sät in guten Boden fällt.
Auch wenn sein bester Theil der Erde sich entziehet,
Und in sein Vaterland, das Reich der Geister, fliehet,
Erweckt sein Beyspiel noch der Jugend Ruhmbegier,
Und ein Plutarchus stellt ihn uns zum Muster für;
Sein Geist, sein göttlich Herz lebt noch in seinen Schriften.
Wenn manches Herrschers Ruhm in unbekannten Grüften
Mit ihm zu Asche wird, des Moders stilles Spiel,
Lebt noch ein Tullius, nützt noch dein Lied, Virgil.
Wenn wir von Bagdads Pracht, von glänzenden Palmyren,
Vom Rhodischen Kolofs, kaum noch die Stelle spüren,
Führt noch des Weisen Spur, die nichts vom Alter leidt,
Den Enkel, der sie sucht, zu gleicher Ewigkeit.

Zwar hier hafst ihn das Glück, er weifs ihm nicht zu schmeicheln;
Der Redliche kann nicht dem Laster Achtung heucheln,
Und gründet nicht sein Glück auf eines andern Fall.
Die Bosheit kränket ihn, der Neid haucht gift'gen Schwall
Auf seine schönste That; er bleibt vergessen sitzen,
Wenn Schmeichler, reich an Gunst, um Dionyse blitzen.
Vielleicht, dafs auch sein Herz der Menschheit Loos erfährt,
Und Schmerz und Ungeduld der Seelen Ruhe stört;
Bis die Vernunft die Nacht vor seinem Aug erhellet,
Und ihn zu schärferm Blick auf ihre Höhen stellet,
Wo aller Zauberdunst der Vorurtheile flieht,
Und man an Königen auch ihre Plagen sieht;
Wo er den eiteln Glanz, der ihre Noth verbrämet,
Für Flittergold erkennt, und seines Grams sich schämet.

V. 93 — 119.

O dreymahl selig ist der ehrfurchtswerthe Mann,
Den aller Zeiten Glück nicht reicher machen kann!
Er darf um grofs zu seyn, nie goldne Ketten tragen;
Und hört, mit sich vergnügt, gestürzte Bakons klagen.
Er sieht im Ewigen der Geister Grund und Ziel,
Mifst Zeit mit Ewigkeit; und unser Kinderspiel,
Der Kronen schöne Last, die ungenofsne Ehre,
Der Welterobrer Ruhm, erkauft mit ihrer Heere
Dahin geströmtem Blut, und was sich selbst zur Pein
Der Mensch zu Gütern macht, wie wird es ihm so klein!
Die Flittern, die so viel in blöden Augen gelten,
Wie kindisch schimmern sie beym Glanz von tausend Welten,
Der, Thoren unbemerkt, nur weisen Blicken glüht,
Wo ihre Hoffnungen die Tugend strahlen sieht;
Wo Gott sich uns enthüllt, und zahlenlose Sfären
Sich zum gesehnten Licht der ersten Sonne kehren.
Da steigt sein Heldensinn, von edeln Muth beschwingt,
In Höh'n, wohin kein Wunsch betäubter Sklaven dringt;
Dort, irrend unterm Heer von tausend Orionen,
Bemerkt sein Auge nicht, wo unsre Herrscher thronen;
Versenkt ins Himmlische, der Geister Vaterland,
Den lichtbegiergen Blick, und wird mit ihm bekannt.

Er fühlt, wie frey sein Geist in diesen Tiefen fähret,
Wie nichts ihm fremde scheint, wie sich sein Wesen nähret,
Und hat zum sichern Grund von seiner Göttlichkeit,
Dafs ihn das Göttliche befriedigt und erfreut. [1]
Und führt die Menschheit ihn in sein Bezirk zurücke,

V. 120 — 146.

Wo seine Laufbahn ihn zum unvollendten Glücke
Durch Zeit und Schicksal trägt, doch auf der Weisen Pfad;
So schwebt sein Herz doch stets, wo er sein Erbe hat,
Und ahmt die Richtigkeit der himmlischen Bewegung
In seinem Wandel nach, durch seiner Triebe Regung;
Weiſs daſs sein Ziel sich nicht mit Sonnenjahren miſst,
Und daſs diefs Leben nur des Lebens Schatten ist.

So, Freunde, sucht, wenn ihr erfahrnen Weisen glaubet,
Die Seelenruh, ein Gut, das kein Geschick euch raubet!
So suchet in euch selbst, was keines Fürsten Gunst,
Kein Indien gewährt, des Lebens wahre Kunst.
Wiſst, daſs ihr euch zur Schmach und ohne Ursach klaget,
Wenn euch der Vorsicht Huld ein irdisch Gut versaget.
Mit ihrem eignen Reitz zieh euch die Tugend an,
Wo hat die Zeit ein Glück, das sie belohnen kann?
Wo ist ein Schmerz der Zeit, den der zu schwer befindet,
Der seiner Hoffnung Bau in Gott und Tugend gründet?

Der Beyfall, den mein Herz bey jeder That mir zahlt,
Die meinen Pflichten gleicht, ist, ob er gleich nicht prahlt,
Anständiger für mich als tausend Ewigkeiten,
Die magre Dichter mir für die Gebühr bereiten.
Hält seines Herzens mich ein Freund, ein Weiser werth,
So sey es, daſs mein Lob die Nachwelt nicht erfährt!
Was dieser Erde bleibt, kann mich nicht glücklich machen.
Hebt Stax sich über mich? ich kann des Thoren lachen,
Der, weil er, wie sein Pferd, von edler Abkunft ist,
Verstand den Bürgern läſst, und gern mein Hirn vermiſst.

V. 147 — 152.

Für Ruhm und Glück versteckt, der grofsen Welt verborgen,
Will ich mein göttlich Theil, Verstand und Herz, besorgen.
Mich reizt kein klein'rer Stolz als auf verlafsnen Höhn
Mit munterm Fufs dem Tritt der Weisen nachzugehn;
Ich such und hoffe nicht des Zufalls eitle Gaben,
Und für mein Wohl soll nur den Dank der Himmel haben.

A n m e r k u n g.

---

1) Seite 200. *Quum illa tetigit, alitur et crescit ac veluti vinculis liberatus in originem redit, et hoc habet argumentum divinitatis suae, quod illum divina delectant, nec ut alienis interest sed ut suis.*   · *Seneca.*

FÜNFTER BRIEF.

Nil admirari prope res est una, Numici,
Solaque quae possit facere et servare beatum.

Horat. Epist. VI. L. I.

V. 1 — 12.

Der meisten Plagen Heer, das unsre Ruh bekriegt,
Zeugt die Verwunderung. Nur der lebt recht vergnügt,
O Freundin, der den Werth der Dinge richtig schätzet,
Und den nicht jeder Glanz gleich in Erstaunen setzet.
Gleichgültig, wenn ein Geck von Wunderdingen spricht,
Lobt er was Lob verdient, doch er bewundert nicht.
Nichts ist ihm unverhofft, und in des Weisen Ohren
Hat Zufall, Unglück, Glück, die Deutung ganz verloren.

Der Dummheit Erstgeburt war die Verwunderung.
Kaum, daſs die Erde neu sich aus dem Chaos schwung,
So deckte sie der Wahn mit Tempeln und Altären.
Man sah die Götter sich, mehr als die Frösche mehren;

V. 13 — 39.

In der bewölkten Luft, in den gestirnten Höhn,
Wo etwas schimmerte, da ward ein Gott gesehn.
Es donnert, Luft und Erd hüllt sich in falbe Schatten,
Der Frühling und sein West verschwinden auf den Matten,
Der Vögel Lied verstummt, die scheue Schwalbe flieht,
Die Wolken stürzen sich, der ganze Himmel glüht,
Ein solches Schauspiel muß den ersten Hörer schrecken;
Er läuft, sich, gleich dem Wild, in Höhlen zu verstecken;
Er staunt, er sinnt, und findt daß nichts gewisser ist,
Als daß ein Donnergott den Blitz aus Wolken schießt.
So wird, wenn den Verstand die wahren Gründe fliehen,
Uns die Verwundrung bald aus aller Unruh ziehen.
Das ganze Geisterreich, und mehr als Hesiod
Gottheiten ausgeheckt, die stehn ihr zu Gebot.
Sie rufet Engel ab von den entferntsten Himmeln,
Und lässet Luft und Erd und Fluth von Sylfen wimmeln.
Dem Pöbel, der sich nie zu denken unterwindt ¹)
Verzeihe diesen Wahn.   Allein, wenn Helden sind,
Die, wie Pygmalion, sich selber Götzen schnitzen,
Und sich, dem Pöbel gleich, um einen Schein erhitzen,
Den von gemeinem Tand nur dieser Vorzug trennt,
Daß oft die halbe Welt, ihn zu erhalten, brennt:
Mag ein gedungnes Lob sie bis zum Himmel heben,
Gewiß, kein Julian ²) wird ihnen dieß vergeben!

  Wie klein ist nach dem Maß der Weisen ein August,
Nennt sein und mein Horaz ihn gleich der Völker Lust!
Wie weit treibt Filipps Sohn die tolle Sucht zu siegen?

V. 40 — 66.

Er fand Auroren selbst in Tithons Armen liegen,
Und brach sich Lorbern ab am fernsten Ocean.
Ein Cäsar sieht erstaunt des Helden Thaten an,
Den Diogen verlacht. Er sieht im Überwinden
Was Grofses, das ihn reizt, es selber zu empfinden.
Gebundne Könige zu seinen Füfsen sehn,
Ein Herr der Erde seyn, wie grofs (denkt er) wie schön!
Unseliger Gedank! was Blut hast du vergossen?
In seine eigne Brust hast du den Dolch gestofsen!
Der Fürsten Königin, der Helden Vaterstadt,
Der Götter gröfstem Werk, das weder Mithridat,
Noch Pyrrhus, noch Jugurth, noch Hannibal bezwungen,
Hat die Bewunderung die Freyheit abgedrungen.

Der Herr von seinem Herrn, der glänzende Sejan,
Vor dem das Rathhaus bebt, den niemand schrecken kann,
Der uns in seinem Blick den Gott der Erde zeiget,
Vor dessen goldnem Bild sich schon der Römer beuget,
Vor dem die Tugend flieht, der alle Laster nährt,
Und schon mit einem Wink das Recht in Unrecht kehrt,
Erzittert wenn es blitzt, verspottet seine Götter
So lang der Himmel lacht, und bebt im Donnerwetter.

Der bey Oktavien und Tugend fühllos war,
Läuft bey der Buhlerin Kleopatra Gefahr.
Den rührt die Hoheit nicht, die edle Seelen schmücket,
Den eine Lamia mit falschem Reitz entzücket.
Ein Aug voll wilder Gluth, ein grazienvoller Mund,
Fällt einen Helden oft, der gegen Helden stund.

V. 67 — 94.

Sieh den Bewunderer von Krassus Millionen;
Trotz dem Pythagoras begnügt er sich an Bohnen,
Und findet ungebraucht sein Gold bewundernswerth,
Das ihn vom Anblick blofs, zur Qual der Erben, nährt;
Wie der Kamäleon, wenn der Bericht nicht lüget,
Sich ohne Speifs und Trank blofs an der Luft begnüget.
Stax wacht und sinnt und läuft und streitet und gewinnt,
Er rechnet auch im Traum, und guckt stets nach dem Wind;
Doch, würde seinem Wunsch kein Gold aus Peru fehlen,
Was hat er dann davon? Er darf es sehn und zählen.

Zwar der scheint noch beglückt, dem, was er wünscht und liebt,
Aus Güte oder Zorn sein Stern gefällig giebt.
Doch, Freundin, sollt ich dir den armen Thoren mahlen',
Der fast vor Neid zerplatzt, wenn reich're Thoren strahlen,
Der Werke alter Kunst, Gemählde, Elfenbein,
Japanisches Geschirr, Tapeten, Edelstein,
Bewundert und entbehrt; die stolze Adelheide,
Der eine Nachbarin in einem reichern Kleide
Geduld und Farbe nimmt, und die ein Diamant,
Ja nur ein Pflästerchen, das Chloen besser stand,
Um alle Ruhe bringt; die schönen Dulcineen,
Die Schwestern des Narzifs, die fast vor Gram vergehen,
Dafs Fyllis mehr gefällt, dafs sie der Geck, Amynt,
Sie für so schön nicht hält, als sie im Spiegel sind! —
Sie mahlen? und wofür? wer sieht sie nicht im Leben?
Und würde mir Horaz dazu den Pinsel geben?

Glückseliger Horaz, du sahst, entwölkt vom Wahn,
Die Gröfse jedes Dings im rechten Fernpunkt an.

V. 95 — 121.

Wer Sonnen und Gestirn verwundrungsfrey beschauet, 5)
Wem vor Kometen nicht noch vor Aspekten grauet,
Wer wie in seinem Feld in neuen Himmeln streift,
Von Welten ausgestrahlt, die keine Zahl begreift;
Wie, sprichst du, wird wohl dem die Pracht der Erde scheinen?
Der Perlen schwacher Glanz, das Licht von bunten Steinen?
Gefäße von Korinth, ein marmorner Koloß,
Ein Badhaus vom Mäcen, dem Pöbel sey diefs grofs!
Für Weise hat es nichts, was ihren Sinn entzücket.
Die Unschuld, ohne Kunst, mit Blumen ausgeschmücket,
Dünkt ihm weit reitzender, als der Metellen 4) Pracht,
Die sie nur blendender, nicht angenehmer macht.
Der Frühling weifs sein Kleid weit prächtiger zu zieren.
Hier mufs der gröfste Schmuck der Schönheit Preis verlieren.
Die Nelke, die Viol, wie schön ist sie gemahlt?
Wer zeigt mir den Rubin, der Rosen überstrahlt? ·

Ja wohl, ruft Polyanth, mit Recht strafst du die Thoren,
Wo gleicht ein Edelstein dem ersten Kind der Floren,
Der frühen Hyacinth? — Sehr wohl, Herr Polyanth!
Doch was dir Blumen sind, ist dem ein Diamant.
Wenn du dein Amt versäumst, die Nelken zu beschneiden,
Und Frau und Kind und Magd indessen Hunger leiden
Dafs deine Tulpen blühn, was dünket dich, du Thor!
Geht dir ein reicher Narr mit seinen Steinen vor?

Wie lang, ihr Sterblichen, wollt ihr nach Schatten laufen,
Und um ein schimmernd Nichts das wahre Gut verkaufen?
Stabér, was schrecket dich? was nimmt dir Schlaf und Ruh?

V. 122 — 248.

Was Sokrates erwählt, die Armuth, fürchtest du.
Schämst du dich, dem Arist an Tugend nicht zu gleichen?
O Thor! diefs schändet dich! Das Mark von allen Reichen,
Gold, Purpur, Kronen selbst, vertheilt des Glückes Hand,
Und gröfsern Thoren oft; doch Tugend und Verstand
Schenkt dir kein Zufall nicht, die mufst du selbst dir geben:
Durch sie weifs Epiktet im Mangel wohl zu leben.

Wie edel dacht Ulyfs zum Beyspiel für die Welt?
Er ist des Lebens werth, das ihm Homer erhält!
Herr eines Reichs, wohin kein Tyrus Schiffe schicket,
Von langem Irren müd, vom Zorn Neptuns gedrücket,
Zog er sein Ithaka, entblöfst von aller Zier,
Kalypsens Paradies und ihrer Liebe für,
Und einer Ewigkeit von wollustreichen Tagen.
Wem hat mit solchem Reitz das Glück sich angetragen?
Kein lachend Tempe war der Nymfe Wohnung gleich,
Kein traubenvoll Tarent, noch Afroditens Reich.
Hier schüttelt' Amor stets auf junge Myrtenäste
Und Florens weiche Schoofs ein Heer verbuhlter Weste
Von Rosenflügeln ab; ein nie entblöfster Wald
Umschattet und bekränzt der Göttin Aufenthalt,
Den Procknens Schwestern stets mit ihrem Lied beleben;
In einem ew'gen Herbst windt seine Nektarreben
Der Weinstock um ihn her; ein Feld, wo Veilchen blühn,
Von jungen Westen voll, verbreitet sich um ihn;
Hier rauschen nachbarlich mit abgemefsnen Fällen
Durchs blumichte Gefild vier perlenfarbne Quellen:

V. 149 — 175.

Selbst ein Unsterblicher, der diefs Elysium
Im Flug ersah, hielt ein, und sah noch oft sich um.
Doch für Ulysseu war in diesen Götterauen
Kein Reitz, der seinen Blick, nicht in die See zu schauen,
Vom hohen Ufer rief, wo er nur Ithaka,
Und seinen Telemach und Penelopen sah.
Wo sind die Helden jetzt, die wie Ulysses denken?
Göttinnen, ohne Macht Unsterblichkeit zu schenken,
Und ohn ein Zauberreich voll Freuden, Spiel und Scherz,
Sind, mit gemeinem Reitz, zu stark für unser Herz.

Ach! Freundin, jene Zeit von der Homere melden,
Der Tugend Monarchie, die fruchtbar war an Helden,
Flog mit der Muse fort, die jene Dichter trieb,
Vor deren starkem Lied oft Alfeus stehen blieb.
Wo ist dein Schimmer hin, Zeit der Olympiaden?
Wo ist Leonidas? wo sind die Miltiaden?
Wo bist du Phocion? wo ist mein Sokrates?
Da wo Eufranor ist, da wo Euripides!
Der Frühling ist verblüht, der einst die Erde schmückte,
Der Pfad von Dornen starr, den einst der Weise drückte;
Die scheue Tugend wich von Söhnen fremder Art,
Und hat Asträen sich im Sternenfeld gepaart.
Jetzt nennt man ohne Kraft der wahren Helden Nahmen,
Kein Trieb beseelt uns mehr, Fabrizen nachzuahmen,
Der Arme, wär er auch Sokratens Ebenbild,
Schleicht unbemerkt vorbey, sobald in Gold verhüllt
Ein reicher Narr erscheint; bedeckt mit Diamanten,

V. 176 — 184.

Trägt Rhodope den Raub geplünderter Amanten
Vor aller Welt zur Schau, ihr folgt des Pöbels Blick,
Und ungeachtet weicht Sulpicia 5) zurück.

Komm, Freundin, laſs die Welt vor ihren Götzen knien;
Kein schimmernd Kind des Sumpfs soll uns von Höhen ziehen,
Wo sich vor unserm Blick der Wahn umsonst verdeckt,
Kein Glück uns Wünsche raubt, kein Unfall uns erschreckt.
Die Güter miſs ich leicht, die Thoren angehören:
O Freundin, nur dein Herz, dieſs kann ich nicht entbehren!

————————

Anmerkungen.

1) S. 204. Der Pöbel hat sich nie zu denken unterwunden.

Haller.

2) S. 204. Anspielung auf die Cäsarn dieses Kaisers.

3) S. 207. *Hunc solem et stellas et decedentia certis*
Tempora momentis, sunt qui formidine nulla
Imbuti spectent; quid censes munera Terrae?

Horat. Ep. VI. L. I.

4) S. 207. S. *Horat. L. II. Sat. III.*

5) S. 210. Diese Sulpicia wurde von zehn ihres Geschlechts, welche aus hundert andern ausgelesen wurden, für die keuscheste Matrone ihrer Zeit zu Rom erklärt, und deßwegen erwählt, das Bild der Venus Verticordia einzuweihen. Sie stehet hier statt einer jeden andern, welche sich, ohne die äuserlichen Vortheile des Glücks zu besitzen, allein durch das stille Verdienst der Tugend unterscheidet.

SECHSTER BRIEF.

V. 1 — 12.

O Freundin! laſs dich nie der Heuchler Blendwerk trügen,
Das Laster schmücket oft sich mit der Tugend Zügen,
Oft hüllet ein Tartüff die innre Häſslichkeit,
Die unsern Abscheu reitzt, in ein serafisch Kleid:
‚So wuſste Satanas, um Even zu belügen,
‚Den schönsten Schlangenbalg sich künstlich anzuschmiegen.
Wie manche dünket uns Lukrezia zu seyn,
Und nur ihr Longaren sieht unsern Irrthum ein. [1]
Sieh diesen Kato an, den ehrfurchtswerthen Alten,
Doch glaube nicht dem Ernst der heuchlerischen Falten;
Der ist Herodes oft, der uns Johannes scheint. [2]
Die wahre Tugend ist dem Schein der Tugend feind;

V. 13 — 30.

‚Wer, einem Wirthsschild gleich, sie prunkend ausgehangen,
‚Hat ein geheimes Ziel, und hoffet dich zu fangen.

Wo jemand den Geruch der Tugend von sich streut,
Da untersuche nur des Lebens Richtigkeit.
Nur Eine Tugend ists, die in erhabnen Seelen
Dem Trieb Gesetze giebt; laſs ihr das mindste fehlen,
Sie ist nicht Tugend mehr. Das ganze Stück sey schön,
Soll ich darin die Hand des groſsen Meisters sehn.
Dein Leben gleiche stets den klugen Schildereyen,
Wo über ihren Ort sich alle Striche freuen.
So wie die schönste Haut Albinen nur verstellt,
Weil ihren Augen Geist, den Zügen Ordnung fehlt;
So macht ein edler Zug, der schlimme Sitten zieret,
Daſs uns das Häſsliche mit gröſserm Ekel rühret.

Ich bin kein Mänius, ruft muthig Nomentan,
Der Tänzerinnen Freund, und klagt den Oheim an;
Kein ungenütztes Gold bewacht er bey dem Kasten:
Doch wie? — der Jüngling schwelgt, um einst als Greis zu fasten.

Stax lacht Kometen an, kein nächtliches Gesicht,
Kein Kobold, kein Gespenst, kein Zeichen schreckt ihn nicht;
Doch eines Höflings Blick, des Knechts von höhern Knechten,
Entnervt den schwachen Geist, den keine Teufel schwächten.

Da ist die Tugend nicht, wo Laster Laster fliehn,
Und einer Thorheit Platz zehn gröſsere beziehn.
Was hilft es dir, o Thor, umringt von Dornenspitzen,
Von einer frey zu seyn, wenn dich die andern ritzen? 3)

V. 39 — 65.

Der Säfte Mischung fliefst oft in die Sitten ein;
Ein Timon wird durch sie der Themis Rächer seyn.
Der Kato, dessen Blick die Laster zittern mach!e,
Der an der Freyheit Thron mit Brutus Eifer wachte,
Den Cäsars Glück und Sieg entkräftet, nicht gebeugt,
Ist nicht der Göttliche, den Addison uns zeigt.
In Augen die nur drohn, und stets von Eifer brennen,
Kann ich den milden Glanz der Tugend nicht erkennen.
Sokratisch lächelt uns ihr ruhiges Gesicht,
Und ihre Stirne zürnt selbst mit Verbrechern nicht.
Den rauhen Menschenfeind, der selber nie gefühlet
Wie sich mit Billigkeit der Themis Strenge kühlet;
Der nie vergnügter ist, als wenn er strafen kann,
Dem keine Thräne nie sein Mitleid abgewann;
Den werden jene nur zu wahren Helden stellen,
Die einen Klaudius den Göttern zugesellen.

Der Anti - Porzius, der weichliche Hedon,
Liebt aus Gemächlichkeit, und ist zu faul zum Drohn.
Im Hain von Amathunt an Venus Brust erzogen,
Kennt er sonst kein Gewehr als Amors Pfeil und Bogen.
Er dehnt die Menschenhuld bis auf die Frynen aus;
Sein würdig Leben ist ein fortgesetzter Schmaus;
Er will gesellig seyn, doch seufzen seine Schwellen
Nur unter Fannien und schwelgenden Tigellen: 4)
Der erste, der ihn grüfst, ist sein vertrauter Freund,
Zum kräftigen Beweis, wie redlich er es meint,
Beglückt er ihn so lang mit sprudelnden Lyeen,

V. 66 — 92.

Bis sie sich vielfach sehn, und wie Mänaden drehen.
Wie zärtlich ist Hedon? ein Pflästerchen, ein Band,
Ein buhlerischer Blick entführt ihm den Verstand.
Zwar wird er sich beym Schmaus mit keinem Freunde schlagen,
Doch, wenn die Pflicht es will, sein Leben kühn zu wagen,
Den Freund mit eignem Blut dem Tode zu entziehn,
Diefs wird Hedon so sehr als Thrasons Degen fliehn.

Kein kenntnifsloser Zwang, dem wir vergebens wehren,
Kein Mechanismus soll die Tugend uns gebären;
Dem blinden Triebe gleich, der, ohne dafs sie denkt,
Der Biene muntern Fleifs beym Honigsammeln lenkt.
Die Tugend zeugt der Geist, der ordnet unsre Triebe,
Und senkt ins weiche Herz der wahren Schönheit Liebe;
Er zeiget der Begier, hoch über Erd' und Zeit,
Die göttliche Gestalt der echten Seligkeit:
Diefs Bild erfüllt sie ganz; das Urbild zu erstreben,
Diefs grofse Ziel allein ist ihrer Wünsche Leben!
Dem ist ein jeder Zug der Seele unterthan;
Vergeblich lockt alsdann uns eine Circe an.
Die selge Harmonie, die der von Samos preiset, 5)
Die Schöpferin der Pracht, die sich im Weltbau weiset;
Ist unsrer Thaten Seel', und herrschet im Verstand,
Und fesselt die Begier mit diamantnem Band.
Das Urbild, dessen Form die Weisheit in uns drücket,
Ist das, was nachgeahmt die ganze Schöpfung schmücket,
Diefs sey dein letzter Zweck, nach dem gestalte dich;
Aus seiner Fülle nährt die wahre Tugend sich.

V. 93 — 119.

Die nahe Ewigkeit, in die dein Leben fliefset,
Der Himmel, wo dein Geist des Lebens erst geniefset,
Sey stets vor deinem Blick; und deine kleinste Zeit,
O Freundin, mache dich werth der Unsterblichkeit!

Doch, o wie selten ist die Tugend jener Seelen,
Die sich die Gottheit selbst zum Ideal erwählen!
Der an der Hoheit gnügt, die sie sich selbst gewährt,
Die nichts zu missen glaubt, wenn sie kein Pöbel ehrt.
Von so erhabner Gluth wird jener nicht getrieben,
Dem Aristoteles die Tugend vorgeschrieben.
Der liebt an ihr den Glanz, der um die Helden strahlt,
Die das empfangne Blut dem Vaterland bezahlt;
Der liebt sie, weil sie ihm die Mittel weifs zu geben,
Sich wie Perikles einst vor andern zu erheben.
Wie scheint der Mann uns grofs! Doch lafs das Glück entfliehn,
So bleibt der kaum ein Mensch, der vor ein Halbgott schien.

O Freundin, wüfst ich hier Plutarchen auszudrücken,
So solltest du, erstaunt, des Brutus Bild erblicken,
Des Römers Bild, der, mehr als ein gemeiner Held,
Zu seinem Ziele sich die Tugend vorgestellt.
Da würd' ich dir ein Herz voll edler Triebe schildern,
Wo sich mit Menschenhuld die strengsten Sitten mildern,
Den Helden, den kein Geitz nach hoher Schande treibt,
Der, auch wenn Cäsar herrscht, ein freyer Römer bleibt;
Den tugendhaften Mann, defs unverfälschtes Wesen
Wir in dem holden Ernst der edeln Mienen lesen;
Den zärtlichen Gemahl der grofsen Porzien,

V. 120 — 146.

Diefs alles würdest du im schönsten Lichte sehn,
Belebte mich der Geist von jenem weisen Britten,
Dem Freunde Addisons, des Polygnots der Sitten.
Doch, Freundin, eh du ihn vergötterst, sieh vorher
Sein Ende an, und du vergötterst ihn nicht mehr.
Dort, als er Porzien den kühnen Schlufs entdeckte,
Als ihn ihr Heldenmuth zu gröfsrer Tugend weckte,
Als er dem treuen Arm zu jener That entflieht,
Die die entferntste Welt noch zur Bewundrung zieht,
Wie dünkt er uns so grofs! Wie mufs ihm Kato weichen!
Doch ach! bald wird sein Tod ihn seinem Kato gleichen.
Es siegt Oktavian. Ihn läfst das Glück allein,
Gleich hört er auf ein Held und tugendhaft zu seyn!
Der weise Patriot, der unsre Gunst erworben,
Der Held, der uns entzückt, ist als ein Sklav gestorben.
Unselige! (so redt er seine Tugend an)
Für wirklich hielt ich dich, jetzt fühl ich meinen Wahn.
Du bist ein eitler Schall, und bist du ja vorhanden,
So dienest du dem Glück, und lässest uns in Banden.
So sagt er, und sein Schwert macht ein unedles End'
An einen Lebenslauf, der unsre Augen blendt.
,O wie ganz anders dort mein Sokrates erduldet
,Was sein undankbares Athen an ihm verschuldet!
,Wie fest er auch im Tod noch an der Tugend hält,
,Von der das schönste Bild sein Leben dargestellt!
Er nimmt mit Heiterkeit, und ruherfüllten Zügen
Den ungerechten Kelch, und trinkt ihn mit Vergnügen.

V. 147 — 154.

Die Tugend hintergeht des Weisen Hoffnung nie;
Er hofft von ihr kein Gold, und niemahls macht er sie
Zur Unterhändlerin mit dem treulosen Glücke;
Er hat es oft geprüft, und lachet seiner Tücke.
Die stets der Tugend folgt, die frohe Seelenruh,
Schliefst seine Brust dem Gram und allen Wünschen zu;
,Die Göttin liebt er, nicht die Grazie, die sie kleidet,
,Und liebt sie desto mehr, je mehr er um sie leidet.

————————

Anmerkungen.

1) Seite 212. *Horat. L. I. Sat. II.*

2) S. 212. *Un saint Jean au dehors, au dedans un Herode.*
   Mr. de Bar.

3) S. 213. *Quid te exemta juvat spinis de pluribus una?*
   Horat. Ep. II. L. II.

4) S. 214. *Fannius Hermogenis — conviva Tigelli.*
   Horat.

5) S. 215. *Pythagoras.*

SIEBENTER BRIEF.

C'est un mignon du sort, et ma Philosophie
Me permet hautement, de lui porter envie.

Epitres Diverses.

V. 1 — 12.

Der allgemeine Wunsch ist immer froh zu seyn;
Nur in der Mittel Wahl kommt man nicht überein.

Der treibt sein Afterglück bis zu dem Fuſs der Thronen;
Ein gröſsrer Thor verfolgts im Reiche der Tritonen,
Vertraut sich und sein Gut dem ungetreuen Meer,
Und macht halb Indostan an reichen Waaren leer.
Ihn höhnt Nasidien, er will sein Leben nützen;
An seines Zimmers Wand muſs Gold und Seide blitzen,
Ihn tränkt Tokay und Kap, ihn speiset Ost und West,
Und Tunquin sendet ihm sein aromatisch Nest.

Duns, in gelehrtem Ruhm ein edler Glück zu finden,
Giebt künftgen Bakons Stoff zu neuen Anfangsgründen;

V. 13 — 38.

Verwirrt was deutlich war, giebt Paradoxen Schein,
Führt Lehrgebäude auf, reifst Lehrgebäude ein,
Bis einst ein Herkules, von V i v e s ¹) Muth geschüret,
Den hochgelehrten Mist aus unsern Hallen führet.

So drängen viele sich mit ungleich saurer Müh,
Zur Kunst beglückt zu seyn, und keiner findet sie.
Wie, dafs der Mensch so sehr in seinem Hauptzweck fehlet,
Was nützlich ist, verkennt, und selbst sein Unglück wählet?.
Hat der Verstand nicht Schuld wenn unser Herz sich quält?
Der echten Wonne Bild ist's, was den meisten fehlt;
So lange wir den Werth des wahren Guts nicht schätzen,
Reitzt seine Larv' uns an, dem falschen nachzusetzen.

,Indessen wollen wir um nicht zu weit zu gehn,
,Auch einem Aristipp, was recht ist, eingestehn,
,Und keine falsche Scham wehr' uns, ihm nachzusagen,
,Dafs mit dem höchsten Gut auch klein're sich vertragen,
,Und dafs (ist gleich der Thor für diese Wahrheit blind)
,Nur der sie recht geniefst, dem sie entbehrlich sind.

O Weisheit, lehre mich mit wohlgewählten Bildern,
Das allergröfste Glück, das Glück des Weisen, schildern,
Dem, zu der innern Ruh, die nie der Tugend fehlt,
Auch äufsre Güter noch sein Schicksal zugezählt!
Zwar kenn ich nicht den Mann, den solch ein Stern uns schickte,
Den, bey der Thoren Glück, nicht auch ihr Elend drückte;
Der in der Weisheit Arm, auf ihrer Tochter Schoofs,
Ein irdisch Paradies, ein lautres Glück, genofs;

V. 39 — 65.

Der nie gezwungen war, die Grofsen anzuflehen,
Des Lasters Ball zu seyn, und Thoren nachzustehen.
Mit Hülfe der Vernunft schafft meine Fantasie
Sich einen Glücklichen; das Urbild lebte nie.
Was Sofroniskus Sohn und Seneka besafsen,
Soll mein Gemählde dir in einem sehen lassen;
Das Glück verschwendet nicht, wenn es den Weisen ehrt,
Diefs hat Laerzius und Suidas mich gelehrt.
Doch borgte Zeuxis nicht zum Bilde von Helenen,
Verschiedner Theile Zier auch von verschiednen Schönen?
Sein Pinsel stahl von der des Mundes Anmuth ab,
Wenn die, der Augen Glanz, die, Stirn und Wangen gab.
Was die Natur vertheilt, um nicht zu reich zu scheinen,
Das wufste seine Kunst in Einem zu vereinen,
Und so entstand sein Stolz, die Venus von Kroton;
Den Weisen mahlte so Chrysipp und Posidon.
So, Freundin, will ich dir den Glücklichen gestalten;
Mag dann, wer will, sein Glück an diesen Mafsstab halten!

Fern von der Fürsten Hof schliefst ein zufriedner Hain,
Sein väterliches Gut, den weisen Kleon ein.
Dem Neid, der Schmeicheley (den Geifseln aller Grofsen)
Der Sucht nach höherm Glück, dem Geitz nach Ruhm verschlossen,
Geniefst er, ungestört, in süfser Einsamkeit,
Das Lauterste der Lust, die uns die Erde beut.
Sein stets zufriednes Herz ist allen Freuden offen,
Bebt vor der Zukunft nicht, wallt nicht von eitlem Hoffen,
Und dankt dem Himmel das, was ihm genugsam ist,

V. 66 — 93.

Weil auch ein Theil davon auf seine Brüder fliefst.
Sein Haus zeigt zwar kein Gold noch Persische Tapeten,
Doch darf die Reinlichkeit beym Eintritt nicht erröthen.
Er plündert nicht Korinth, sein Dach ist nicht vergoldt,
Ihm hat Numidien den Marmor nicht gezollt,
Und kein Silanion das Vorhaus ausgezieret;
Des Besten Wahl wird hier im Nöthigen verspüret.
Ein richtiger Geschmack, der wahre Schönheit schätzt,
Nicht den Vulkan ins Meer, Neptun ins Trockne setzt,
(Wie Hagedorns Fatill,) giebt den bescheidnen Zimmern
Zwar keine fremde Kunst, und kein ermüdend Schimmern,
Doch Anmuth, die gefällt. Sein Büchersahl stellt zwar
Kein Chaos ohne Form von allen Schriften dar,
Die, zu der Motten Lust, Pansof in Schränke schliefset;
Doch wird hier kein Homer, kein Sofokles vermisset.
Er braucht was er besitzt. Ihn lehret Tullius,
Roms Karnead, wie man vernünftig zweifeln mufs.
Des besten Weisen Bild entwirft mit Meisterzügen
Ihm Xenofon, gleich grofs im Schreiben und im Siegen.
Er sieht im Theofrast die Thoren seiner Zeit,
Hält sie an Neuere, und lacht der Ähnlichkeit.
Er steigt an Platons Hand zum Urbild der Ideen;
Und wenn sein blödes Aug sich müd und stumpf gesehen,
Lockt ihn ein Theokrit zur Hirtenlust zurück.
Bald macht ihn Seneka zum Meister vom Geschick.
Er sieht im Livius den Wuchs geringer Staaten,
Als sie die Väter noch vom Land aufs Rathhaus baten.
Will er in seiner Brust der Tugend Reitz erhöhn,

V. 94 — 120.

So läfst ihm sein **Plutarch** der Helden Bilder sehn,
Wovon die Züge noch an edeln Seelen haften.
Dann führt ein **Bakon** ihn durchs Feld der Wissenschaften,
Und stürzt die Götzen um, wovor die halbe Welt,
Zur Schande der Vernunft, abgöttisch niederfällt.
Auch folget er erstaunt dem **Solon der Planeten**,
Er sieht (und zittert nicht) die schweifenden Kometen,
Und wie die Welten sich, als durch Gewichte, ziehn.
Er siehts, und sinkt, o Gott! anbetend vor dich hin.

So bildet Wissenschaft sein Herz und seine Triebe,
Befeurt in seiner Brust des grofsen Schöpfers Liebe,
Hellt seine Blicke auf, zeigt ihm die Wahrheit blofs,
Und macht sein edles Herz in jeder Regung grofs.
Er selber widmet oft die Müh des ersten Morgen,
Und später Mitternacht, für andrer Wohl zu sorgen.
Was uns sein Fleifs geschenkt, trägt, auch nach seiner Flucht
In eine befsre Welt, in späten Altern Frucht.

Komm, Freundin, lafs uns jetzt, an seiner Gattin Seiten,
Ihn in des Frühlings Sitz, zur Abendlust begleiten.
An seine Wohnung grenzt die angenehmste Flur,
Ein kleiner Sammelplatz der Schätze der Natur.
Zwar wird das Wasser hier nicht königlich gezwungen,
Die schöne Einfalt hat hier alle Kunst verdrungen;
Des Weisen Urtheil fälscht nicht Pracht noch Seltenheit;
Ihm ist die gröfste Kunst, die ihren Schein vermeidet.
Ein kaum entsprungner Bach, der seine Silberwellen
Durch Rosenbüsche wälzt, durchschleicht in tausend Quellen

V. 121 — 147.

Das blumenreiche Feld, wo, bis der Tag sich kühlt,
Der Bienen Emsigkeit in Florens Busen wühlt.
In Zeilen abgetheilt durchschneidt der Bäume Menge
Des Gartens weiten Raum in schattenvolle Gänge,
Bis, wo die stille Fluth sich in ein Becken giefst,
Ein immergrüner Hain die holde Scene schliefst.

Hier ruft der Sommer ihn den Abend zu geniefsen,
Wenn durch die frische Luft gelindre Winde fliefsen,
Mit denen sich der Dampf gesunder Kräuter mengt,
Und von den Bäumen schon der Schatten sich verlängt.
Dann irret er umher an seiner Gattin Seiten,
Die holden Grazien, die frohen Zärtlichkeiten
Sind scherzend neben ihr; ihm dünkt der stille Hain
An ihrer sanften Brust Elysium zu seyn.
Hier sehn sie aufmerksam was Thoren niemahls sehen;
Bald lockt ein blühend Kraut sie, bey ihm still zu stehen,
Das oft an Form und Zier der Tulpe Stolz beschämt;
Bald sehn sie wie ein Quell aus Felsen sprudelnd strömt,
Bald hören sie entzückt der Wälder Sängerinnen
Im lispelnden Gebüsch ihr Abendlied beginnen.
Dann führt sie ein Gespräch zum Schöpfer der Natur;
Sie sehen sanft gerührt der weisen Liebe Spur
Im kleinsten Gegenstand, und läutern ihr Vergnügen,
Da sie des Gebers Lob zu ihren Freuden fügen.

Ietzt führt der Abendstern sie in den Speisesahl.
Hier zollt kein fremdes Land ein ekelhaftes Mahl;
Kein Koch, den Frankreich schickt, vergiftet uns mit Brühen;

V. 148 — 173.

Kein Wein vom Vorgebirg wird in den Flaschen glühen;
Würzt uns ein Sokrates mit Weisheit seinen Kohl,
Wem mangelt der Fasan, der Lachs, die Bütte wohl?
Die Freundschaft ohne Kunst belebet hier die Zungen,
Das freye Herz wird nicht von List und Furcht gezwungen,
Dann singt ein Demodok der Tugend tapfre Müh;
Ein jeder Hörer fühlt die Macht der Harmonie;
Jetzt ruft ein Dorisch Lied erhabne Heldentriebe,
Jetzt lockt ein weicher Ton die angenehme Liebe.

So nützt der Glückliche die vorgezählte Zeit;
Die Ruhe wohnt bey ihm, die blasse Sorge scheut
Sein unbewachtes Haus; mit seinem Stand zufrieden,
Wird er der Vorsicht Ohr mit Bitten nie ermüden.
Die Freyheit ist sein Reich. Kein Cäsar, kein Mäcen,
Nimmt für sein Glück den Dank, kein Höfling hört ihn flehn.
Die Unterwürfigkeit, der Abhang von Befehlen,
Erstickt die Tugend oft, und bildet kleine Seelen.
Ein freyer Mann allein hat Aug und Mund und Ohr,
Ist das was ihm beliebt, und stellt sich selber vor.

Die Freunde, die er sich gewählet, nicht gefunden,
Hat Ähnlichkeit, Verdienst und Tugend ihm verbunden;
Er, der den Schmeichler flieht, nimmt den Arist nur an,
Der ihn so edel liebt, daß er auch strafen kann. 2)

Was fehlt dem Glücklichen zum reichesten Vergnügen?
Er sieht sein Bild, vermischt mit seiner Freundin Zügen,
In Kindern edler Art; es wallt in ihrem Blut

V. 174 — 200.

Der Mutter Zärtlichkeit, der väterliche Muth.
Er formt ihr weiches Herz schon in der ersten Jugend,
Die noch kein Laster kennt, zu unverfälschter Tugend;
Und sieht entzückt, wie sich ihr anerschaffnes Bild,
Von seinem Fleifs gepflegt, in ihrer Brust enthüllt.
Eh die Vernunft sie kennt, lehrt er das Herz sie üben:
Ihn wird die Nachwelt noch in seinen Enkeln lieben.

Diefs ist von Kleons Glück ein unvollkommner Rifs.
Ist auch ein Wunsch, den ihm die Vorsicht übrig liefs?
Er gleicht dem Sokrates, nur nicht in seinen Plagen,
Und hat in sichrer Ruh, warum sich Fürsten schlagen.
Doch, Freundin, dieses Bild das dir vielleicht gefällt,
Ist nur des Witzes Spiel, und zierte nie die Welt.
Welch trauriges Geschick? Es lebt nur in Gedichten!
Ich blättre unruhvoll in morndnen Geschichten,
Ach! weder Diogen, Plutarch noch Älian
Zeigt mir den Glücklichen, der Weisen Fönix, an.
Der Weisheit liebsten Freund lohnt Armuth, Gift und Eisen;
Er soll, dem Glück zum Trotz, der Tugend Stärke preisen.

Doch also wird die Huld der Vorsicht nicht vermifst,
Dafs sie der Weisen Leid mit Wonne nicht versüfst,
Die, wie Homers Nepenth, der Sorgen Angedenken
In sanfte Schlummer hüllt. Soll mich die Armuth kränken,
Die minder als das Gold der weise Tejer scheut? [3]
Die Weisheit ist ein Schatz, den kein Cikuta [4] neidt.
Mein mitleidswerther Feind, soll der mich traurig machen,
So lang mich T** liebt? Ich will des Thoren lachen,

V. 201 — 227.

Zorn strafte nur mich selbst. „Sollt' ich mich ärgern (spricht
Ein Dichter dort) wenn mich Pantil, die Wanze, sticht?
Und da mich Varius, Messala, Furnus lieben,
Soll mich ein Fannius, Tigellus Gast, betrüben?"

So dachte mein Horaz, und wohl ihm! Nur wer so
Zu denken fähig ist, wird seines Lebens froh.
Er, den des Hofes Pracht vom Lande nie verwöhnet,
Verliefs, um sein zu seyn, wenn er genug gefröhnet,
Den schwelgenden Mäcen, floh seinem Tibur zu,
Und fand das echte Glück im Schoofs der freyen Ruh.
An Aulons fruchtbarn Fufs, der mit Hymettus streitet,
Da hat den Einsamen sein Satyr oft begleitet,
Und die Zufriedenheit; da reitzt' ihn oft ein Bach,
Der aus bemoostem Stein mit frischem Murmeln brach,
Und dann durch Blumen flofs, zu Liedern die ihm gleichen.
Da, wo die Schlummer nie dem Neid der Sorgen weichen,
Und seiner Auen Schmelz den Marmor überstrahlt,
Womit Numidien der Römer Ästrich mahlt, 5)
Geniefst er die Natur, die gleichfalls zu geniefsen
Die Reichen in der Stadt durch Kunst erzwingen müssen.
Dort gab die Weisheit ihm die edeln Lieder ein,
Worin er uns belehrt, auch arm vergnügt zu seyn.

Vergnügen! Wunsch der Welt, dem Thoren stets verwehret,
Dich zeuget die Natur; dich hat, wer diese höret.
Der zeigt mir, wer er ist, viel besser als sein Bild,
Und wär es vom Apell, der auf sein Schicksal schilt;
Er ist ein Thor! du wirst, willst du sein Klagen stillen,

SIEBENTER BRIEF.

V. 228 — 234.

Mit sieben Indien nicht seine Wünsche füllen.
Dem Weisen gnügt an sich; ein aufgeklärter Geist,
Dem sich der Dinge Werth im wahren Lichte weist,
Verschließt sein männlich Herz vor Wunsch und eiteln Klagen;
Er wird zu Delfi nie nach seinem Schicksal fragen;
Und trägt ihn auf dem Strom zur nahen Ewigkeit,
Ein Argo oder Kahn, was ist der Unterscheid? [6]

———————

Anmerkungen.

1) Seite 221. Ludwig Vives, ein Spanier, der im Anfang des 16. Jahrbunderts blühte und mit Feuer und Einsicht die Fehler der damahligen Gelehrsamkeit und Filosofie aufdeckte.

2) S. 226. *Horat. L. I. Ep. X. v. 45.*

3) S. 227. Anakreon.

4) S. 227. Ein reicher Filz im Horaz.

5) S. 228. *Est ubi depellat somnos minus invida cura?*
   Deterius Lybicis olet aut nitet herba lapillis?
                      Horat. Ep. X. L. I.

6) S. 229. *Nave ferar magna an parva unus et idem.*
                      Horat.

ACHTER BRIEF.

Ad summam sapiens uno minor est Jove, dives,
Liber, honoratus, pulcher, Rex denique Regum.

Horat. Ep. VI. L. I.

V. 1 — 12.

Warum ist Epiktet vergnügt im Sklavenkleid?
Ist nicht Äsop ein Knecht? Was macht ihn so erfreut?
Kein Purpur schmückt ihr Haar, der goldnen Sklaven Menge
Macht ja um sie herum kein königlich Gepränge?
Kein Volk verhungert ja zu ihrer Wollust nicht?
Wo reimt ein Lohnpoet auf sie ein Lobgedicht?
Wo stellt ein Heldenlied der Welt sie zum Exempel?
Wo schmückt ihr Marmor wohl, zum Dank, Fortunens Tempel?
Arm, unerkannt, im Staub, von allem Schimmer blofs,
(Ihr reichen Thoren hörts!) sind sie beglückt und grofs.
War diefs Polykrates? ¹) Wer zeigt mir doch die Thronen,
Wo Laster, Sorg' und Harm der Fürsten Ruhe schonen?

V. 13 — 40.

Nehmt dem geschminkten Glück den prahlerischen Schein,
Der König wird ein Sklav, der Reiche dürftig seyn.
Wo Tugend und Verstand mit Armuth sich verbinden,
Da, Freundin, wohnt die Ruh, da wirst du Ruhe finden;
Den Pöbel wundert diefs. Ich bin nicht grofs, nicht reich,
Ein jeder Erdensohn ist mir an Staude gleich,
Kein König weifs von mir, auch bin ich überhoben
Mäcenen und August, wie mein Horaz, zu loben;
Mein Wissen runzelt nicht die immer freye Stirn,
Auf meine Lehren schwört kein Schüler ohne Hirn;
Kein Journalist befiehlt dem Erdkreis mich zu lesen,
Und schützet mein Gedicht vor Heringslak und Käsen;
Kurz, ohne Glück und nach dem Mafs der Grofsen klein,
Sollt' ich glückseliger als alle Grofsen seyn?

    Diefs fafst der Pöbel nicht, er wird mich rasend nennen,
Und, so gesund ich bin, mir Nieswurz zuerkennen.
Er kennt die Güter nicht, die der in sich verschliefst,
Defs Sinn von Leidenschaft und Wahn gereinigt ist;
Des Weisen Göttlichkeit, das himmlische Vergnügen,
In stete Harmonie Verstand und Herz zu wiegen;
Die Schätze der Natur, die der allein besitzt,
Den die Vernunft gelehrt, wie sie der Weise nützt;
Die Ehre, die sich nie den Edeln wird versagen,
Die ihren Ruhm mit sich in befsre Sterne tragen;
Diefs Freundin, unser Glück, begreift der Pöbel nicht,
Und lacht, wenn ein Boeth *) von Glück im Kerker spricht.

    Komm, Freundin, dir allein, und denen die dir gleichen,
Versucht mein Pinsel sich, das Vorbild zu erreichen,

V. 41 — 67.

Das ihm Horaz entwarf. Den Weisen mahl ich dir,
Schön, frey, im Purpurschmuck, gekrönt mit Ruhm und Zier,
Und kleiner nur als Gott: Ihn soll ein Krösus sehen,
Sehn soll er ihn, und ihm den Vorzug zugestehen!

Der Weise nur ist schön. Was auch der Tejer singt,
Kein Kleobulus ist, 3) dem hier der Streit gelingt,
Wenn sich Äsop ihm stellt. Hipparchia soll sagen,
(Wer wagts, des Ausspruchs Recht den Schönen abzuschlagen?)
Ob, vor dem weichen Reitz des wächsernen Bathyll, 4)
Ihr, bucklicht, klein und alt, ein Krates nicht gefiel?
Jung, angenehm, geliebt von artigen Narcissen,
Ergab sie sich aus Wahl des Weisen kalten Küssen.
Gefiel nicht Sokrates, und glich doch dem Silen?
Narcifs! dein Spiegel lügt, der Weise nur ist schön!

Wie arm ist Krassus nicht, den wir für glücklich preisen?
Auf seine Schätze stolz, verachtet er den Weisen,
Der seine Güter stets, wie Bias, bey sich trägt,
Und nie von Dieben träumt, wenn er des Schlummers pflegt.
Doch, Krassus, richte selbst, wem wird der Preis gehören?
Dem, welcher kummerfrey des Goldes kann entbehren,
Der weiter nichts bedarf, als was ihm Gott beschied,
Und nicht nach seinem Glück durch alle Meere zieht?
·Wie, oder dem, der stets von Wünschen überfliefset,
Und immer mehr begehrt und weniger geniefset,
Je mehr Peru ihm zollt? Hier ist das Urtheil leicht!
Der Weise darbet nie, er hat sein Ziel erreicht.
Sein ruhend Herz empört kein Wunsch, noch mehr zu haben;

V. 63 — 94.

Die ganze Welt ist sein. Wem sind des Frühlings Gaben?
Wem ist des Sommers Pracht? Wem strahlt des Himmels Heer?
Den Thoren nicht, für die ist alles öd und leer.
Der Weise kann allein der Zwecke Band ergründen,
Und überall den Stoff zu seinem Glücke finden.

Schweigt nur zu seiner Ehr', ihr Bave unsrer Zeit,
Behaltet euer Lob und eure Ewigkeit.
Der Weise ist vergnügt, die Tugend still zu üben;
Sie krönt mit Himmelsglanz die Seltnen, die sie lieben.
Liebt ihn ein Redlicher, wünscht ein entfernter Freund:
„O! wäre mein Geschick mit seinem doch vereint!"
So reitzt ihn keine Sucht sich Lorbern zu erringen;
Ihr Helden theilet sie mit euern Dichterlingen!
Der niemahls welke Kranz, den uns die Tugend flicht,
Der ist uns Lohns genug, kennt gleich die Welt uns nicht.
Den Schimmer, der uns selbst in unsern Augen weihet,
Den jede schöne That durch unsre Seele streuet,
Du, Freundin, kennest ihn, ihm gleicht kein Lobgesang,
Kein Lorber, kein Triumf, kein Ordensband, kein Rang.
Der Vorsicht würdig seyn, die mütterlich uns führet,
Dem schönen Vorbild nahn, das jetzt die Sterne zieret,
Sich selbst der spätsten Welt zum Musterbild erhöhn,
In seiner eignen Brust dieselbe Tugend sehn,
Die mit Verwundrung man im Sokrates erblicket,
Die uns an Plinius, an Fannien 5) entzücket;
O diefs Bewufstseyn zahlt kein Ruhm der ganzen Welt,
Kein Weihrauch, kein Altar, den auch der Thor erhält.

V. 95 — 120.

Der Weise nur ist frey, auch wenn ihn Ketten drücken,
Oft leichter noch, als die, womit uns Fürsten schmücken.
Die Seele bindet nichts als Wahn und Leidenschaft;
Die stürzen sie vom Thron, sonst keine äufsre Kraft.

Hervor, ans Tageslicht, ihr Anti-Epikteten,
Der Thorheit Hausgesind, und schüttelt eure Ketten!

Ist Harpagon wohl frey, den sein tyrannisch Geld
Mit unsichtbarem Netz an sich verstricket hält?
Gleich dem, womit Vulkan das schöne Paar umwunden,
Als er sein Ehgemahl in Mavors Arm gefunden.

Ist Stentor nicht ein Sklav, der Bodmers Trefflichkeit
Mit beiden Augen sieht, und doch aus Neid verschreyt?
Was er am Milton schilt, wird er am Griechen loben;
Er schweigt von Hallers Lob, und Neukirch wird erhoben.
Schreib göttlich wie Horaz, find auf der Alten Spur
Mit Hagedorns Gefühl die reitzende Natur;
Bist du sein Schüler nicht, er wird gebietrisch tadeln;
Nur seine Jüngerschaft kann matte Reime adeln!

Was ist der reiche Mops? der, seiner Freyheit satt,
Des Königs Sklav zu seyn, das Land verlassen hat,
Wo seine Ahnen einst am Feldbau sich ergetzten,
Der Sonnen Ankunft sahn, und selber Bäume setzten.
Die unschuldsvolle Lust, die auf dem sichern Land
Ein Cyrus, Xenofon, ein weiser Kato fand,
Wird ihm gemein und alt; die Neuheit mufs das kleiden,
Was ihn ermuntern soll. Ihr unerkauften Freuden,

V. 121 — 146.

Gefolg der Seelenruh, ihr Töchter der Natur,
Beneidet von der Kunst, euch fühlt der Weise nur!
Mops eilt, der Haine Lied, der Frühlingsbäche Rauschen,
Um Welschlands Sängerin und Bälle zu vertauschen:
Er eilt, der goldne Narr, aus dem verhafsten Wald
Voll Sehnsucht nach der Stadt; sein halbes Erbgut strahlt
An ihm, an Liverey, an Pferden und Karossen;
Nun schimmert er bey Hof, folgt als Trabant den Grofsen,
Und ist in seinem Wahn der glücklichste der Welt,
Wenn einst ein Seitenblick des Fürsten auf ihn fällt.
In mancherley Gestalt mufs hier sein Gold zerrinnen,
Er ist des Hofes Spott, ein Raub der Tänzerinnen.

Wer glaubt, dafs diefs Gepräng, diefs herrschende Gesicht,
Diefs sklavische Gefolg, uns einen Knecht verspricht?
Doch ist Fotin ein Knecht, dem Will und Freyheit fehlen.
Wenn war wohl je der Hof die Wohnstadt freyer Seelen?
Sein Fürst sey ein Tiber, doch höre den Fotin,
Er ist mehr als Trajan, ihm weichet Antonin.
Dem Sklaven bleibet kaum des Denkens Willkühr eigen.
Wie ein Kamäleon mufs er die Farben zeigen
Die ihm der Vorwurf giebt, er ist nur Wiederschein,
Und was er redet, wird des Fürsten Echo seyn.

Und du, vor welchem sich so viele Völker bücken,
Den Weisen blenden nicht die Kronen, die dich schmücken;
Es sey, Domizius, dafs Fürsten vor dir knien;
Die halbe Welt dient dir, du einer Sängerin. [6)]

V. 147 — 170.

Der Weise herrscht allein, ein König der Begierden;
Um seine Scheitel glänzt die Würde aller Würden;
Die Triebe dienen ihm, gebunden vom Verstand,
In deren Fesseln sich manch Weltbezwinger wand.
Des Weisen heitre Stirn und nie erhitzte Wangen,
Sind stets von Seelenruh und stiller Freud' umfangen;
Sein königlicher Geist gebietet dem Gefühl,
Und läßt sein folgsam Herz den Lüsten nie zum Spiel;
Und wagt es die Begier, die Ketten abzuschütteln,
So zähmet die Vernunft sie bald mit härtern Mitteln.

O Freundin, welch ein Bild! Welch eine Hoheit krönt
Den Weisen, der vom Glück nicht einen Strahl entlehnt!
Ihn übertrifft nur Gott an Trefflichkeit und Wonne,
Er ist der Gegenglanz der schöpferischen Sonne;
Gleich Gott, schöpft er aus sich die Freude, die ihn nährt,
Bey der er leicht den Schaum der Erdenlust entbehrt.
Auch uns, o Freundin, ist dieß hohe Glück vergönnet!
Dieß bürgt uns unser Herz, der Trieb, der in uns brennet,
Der tugendhafte Trieb zu wahrer Trefflichkeit,
Der unverwandte Blick nach jener Ewigkeit,
Wo unsre Hoffnung blüht; dieß redliche Bestreben,
Der Vorsicht, die uns führt, der Tugend treu zu leben;
O! glaube, solch ein Herz, und solch ein Herz allein
Hat innern Werth genug, um stolz darauf zu seyn!

———————

Anmerkungen.

1) Seite 231. Polykrates von Samos wird von den Alten als ein besonderes Beyspiel eines Lieblings des Glückes angeführt. Sein Freund, der König Amasis von Ägypten, rieth ihm einst, er sollte, die Göttin Nemesis zu befriedigen, eine Kostbarkeit, die vor andern selten und werth wäre, ins Meer werfen. Polykrates schmiß den von den Alten so sehr gerühmten Siegelring hinein, welchen der Künstler Theodorus aus einem Smaragd verfertiget hatte, und der ihm aus einer großen Menge von Kleinodien vorzüglich lieb war. Allein einige Tage darauf fand ihn sein Koch in dem Bauch eines Seefisches, der für ihn zubereitet werden sollte. Demungeachtet ist das Ende dieses großen Fürsten sehr tragisch gewesen.

2) S. 232. Anspielung auf die berühmten Bücher *de Consolatione Philosophiae*, welche Boëthius, *Magister Palatii et officiorum* unter dem Gothischen König Theodorich, im Gefängniß schrieb, worin ihn dieser durch falsche Beschuldigungen hintergangene Fürst einige Jahre schmachten und enthaupten ließ.

3) S. 233. Ein Liebling des Anakreon.

4) S. 233. Gleichfalls ein Jüngling von Samos, dessen Gemählde Anakreon in der 29. Ode mit Meisterzügen entwirft.

5) S. 234. Siehe den 19. Brief des 7. Buchs der Briefe des Plinius. Wie rühmlich ist es dieser Fannia, von einem Plinius so sehr verehrt worden zu seyn! Aber wie groß wird Plinius selbst in unsern Augen, da er uns den Karakter seiner Freundin so vortrefflich schildert! „Welche Keuschheit! (ruft er mit Entzückung

von ihr aus,) welche Redlichkeit! welche Klugheit! welche Grofsmuth! — Und
wie angenehm, wie leutselig war sie zugleich! Wie wenigen ist es gegeben,
wie Fannia, eben so verehrungswerth als liebenswürdig zu seyn! O gewifs, sie
wird ein Beyspiel unsrer Frauen bleiben; sie wird uns Männern selbst ein Muster
des Heldenthums seyn, da wir sie noch in ihrem Leben so sehr bewundern, als
jene Heldinnen, deren Vortrefflichkeit uns die Geschichte lesen läfst."

6) S. 236. Akte, eine Sklavin, in welche Nero, nach dem Bericht des Sueton und Tacitus, so unsinnig verliebt war, dafs er sie heirathen wollte, und defswegen etliche gewesene Consuls zwang, zu schwören, dafs sie von königlichem
Geblüte sey.

NEUNTER BRIEF.

Qui lit, et ne lit point pour devenir meilleur,
Perd son tems, sa lecture, et n'est qu'un vil lecteur.
Convainquons par nos moeurs, et par nos habitudes,
Tous les Anti-savans du prix de nos etudes.

Epitres diverses.

V. 1 — 10.

Glückselig, wessen Herz schon in der ersten Jugend
Der Weisheit Reitz gefühlt, und die Gewalt der Tugend!
Eh noch ein Vorurtheil das neue Auge trügt,
Und Alcibiades den Aristid besiegt.
O Kindheit! schönste Zier von der Gelehrten Leben,
Da vorm erstaunten Blick noch jene Helden schweben,
Die man, weil uns die Kraft sie zu erreichen fehlt,
Zur Schande unsrer Zeit, jetzt kaum für möglich hält;
Da sich ins weiche Herz die schönen Bilder drücken,
Die im Plutarchus und im Nepos uns entzücken!

V. 11 — 37.

O Lehrer jener Zeit, die, aller Sorgen blofs,
Mir wie ein sanfter Bach, voll stiller Freuden, flofs,
Wie? soll ich euch vielleicht, um einen Duns zu fassen,
Den Afterweisen gleich, den Schulen überlassen?
Soll ich, taub für Horaz und blind für Tacitus,
Im hochgelehrten Staub, den Stax verschlucken mufs,
Aus allen Pansofis und Encyklopädien,
Wie aus dem tiefsten Schacht die Wahrheit mühsam ziehen?
Lauft immer, wenn ihr wollt, versteckten Pfützen nach,
Durch Blumen fliefst mir hier der Wahrheit lautrer Bach;
Und bin ich nicht gelehrt, und mefs ich nicht die Seelen,
Bey Sokrates wird mir kein Glück des Weisen fehlen.
Der träume Kirchern gleich, der steig auf Newtons Bahn,
Dir, o Kassini, nach, den reitze Konring an;
Mir schimmert dort Athen von alter Tugend Bildern;
Den ich nachahmen will, soll Xenofon mir schildern.

Ihr Dichter! wählet euch nur Helden auf dem Thron;
Wer Esel einst besang, sing leicht vom Hieron.
Erhebt an Königen was ihr am Irus tadelt,
Weil seine Tugenden kein Fürstenmantel adelt;
Vergöttert den August, damit einst Julian,
Was ihm zum Menschen fehlt, der Nachwelt zeigen kann:
Mein Held borgt seinen Glanz nicht von gefärbten Steinen,
Dem Pöbel würd' er nur im Purpur gröfser scheinen.
Zwar deckt sein kahles Haupt kein Kranz, den Julius
Um Bürgerblut erwarb; kein nahmenloser Flufs
Sah ihn in Indien, der Siege Zahl zu mehren,

V. 38 — 64.

Die angestammte Ruh verborgner Völker stören.
Doch lafs Eroberern den heuchlerischen Schein!
Wie die Natur gefällt, so nimmt die Tugend ein.
Ihr Glanz verspricht nicht viel, und schimmert nicht von ferne,
Wie oft ein Kind des Sumpfs, ein Irrlicht, bleiche Sterne
Zu überstrahlen meint; ein feineres Gesicht
Findt ihre Schönheit nur, den Pöbel blendt sie nicht.

Mein Lehrer Sokrates! dich will ich nicht erheben;
Kein Lob, so grofs es sey, erreicht dein göttlich Leben;
Diefs redet kräftiger von deiner Trefflichkeit,
Als Pythia, die dir der Weisheit Preis bescheidt.
Sein mattester Entwurf wird edle Herzen rühren,
Und Helden andrer Art des Vorzugs Preis entführen.
O Muse von Athen! o reitz' in meinem Lied
Die Anmuth, die das Herz zu deinen Schriften zieht! *)

Kein Stamm, mit dessen Ruhm Pökile *) sich geschmücket,
Hat meinen Sokrates in seiner Schoofs erblicket.
Ihn über Könige durch sich nur zu erhöhn,
Liefs aus unedlem Blut ihn die Natur entstehn.
Die ihr uns Ahnen zeigt, wenn wir euch sehen wollen,
Glaubt ihr, dafs wir in euch Ämile ehren sollen,
Die euer Leben schändt? Der läugnet sein Geschlecht,
Der seiner Ahnen Glanz mit eignen Lastern schwächt.
Die Tugend adelt nur; nur sie gab den Korvinen
Die Lorber, die am Haupt der Enkel jetzt vergrünen.
Mein Held entlehnet nichts von seines Stammes Glück,
Sein Vorzug glänzt vielmehr auf sein Geschlecht zurück.

V. 65 — 91.

Das Alter, dessen Brauch des Menschen Werth entscheidet,
Um welches oft, zu spät, der Greis sich selbst beneidet,
Des Lebens Lenz, worin die üppige Natur,
Verschwendrisch mit sich selbst und auf Vergnügen nur
Erhitzt, dem süfsen Hang sich blindlings oft ergiebet,
Hat in Enthaltung ihn und Wissenschaft geübet.
Zu jedem Lehrenden zog ihn der Wahrheit Schein;
Da führt' Archelaus ihn bey der Weisheit ein,
Weckt die Ideen, die in seiner Brust noch schliefen;
Ein Anaxagoras eröffnet ihm die Tiefen
Der wirkenden Natur; ein andrer zeigt ihm an,
Wie Suadens Obermacht die Seelen fesseln kann.
Des Lebens rechten Brauch, die süfse Kunst zu lieben,
(Doch keuscher als Ovids, und schwerer auszuüben,)
Lehrt ihn Diotima; die Herzen auszuspähn,
Sich und die Weisheit selbst nach jedes Trieb zu drehn,
Und die Gefälligkeit, die seinen Umgang schmückte;
Die Künste, sonder die es keinem Zeno glückte,
That dem gern Lernenden der schönen Freundin Mund,
(Der, Doris, deinem glich) mit süfser Anmuth kund;
Sie lehrt ihn das Gesetz, von dem in allen Reichen
Die folgsame Natur sich scheuet abzuweichen,
Die einen schönen Geist, dem Leibe, der gefällt,
Bey Thieren und Gewächs, harmonisch zugesellt.

Die wahre Schönheit wird uns selten hintergehen;
Sie läfst die Seel' im Aug, als wie im Spiegel, sehen.
Ihr Schönen, schränkt euch nicht auf kleine Ansprüch' ein,

Erkennt euch selbst, und seyd zu stolz, nur schön zu seyn!
Sogar Armidens Reitz verblühet im Geniefsen;
Der Seele Schönheit nur legt Seelen euch zu Füfsen.
Seht wie Diotima der äufsern Reitze Macht
Durch Geist und Wissenschaft unwiderstehlich macht.
Wie glänzend ist ihr Ruhm! Die späiste Welt wird lesen,
Ihr Freund, ihr Schüler sey ein Sokrates gewesen.

    In solchen Schulen schrieb sich dieser Jüngling ein,
Den die Natur erlas, der Menschheit. Zier zu seyn.
Die Tugend, die zertheilt an andern Wesen scheinet,
Zu einem einz'gen Strahl war sie in ihm vereinet.
,Sein bester Lehrer war ein richtiger Verstand
,Der seines Lebens Norm in seinem Busen fand.
,Der war sein Genius! Den Geist von seltnen Kräften,
,Den unerschöpfbarn Fleifs in würdigen Geschäften,
,Die herrschende Vernunft, die kein Gespenst betrügt,
,Kein blinder Sinnentrieb, kein Zufall überwiegt,
Den unbesiegten Muth, den Neid und Schmach nicht dämpfet,
Der für ein Vaterland, das einst ihn tödtet, kämpfet,
Ein menschenfreundlich Herz, das fremdes Leiden theilt,
Nicht mit den Thoren zürnt, sie lieber schonend heilt,
Und das nur Leben heifst, für andrer Wohl zu leben;
Diefs giebt kein Unterricht, diefs mufs der Himmel geben.

    Er, dem nicht eine Kunst zu lernen übrig blieb,
Die Anaxagoras und Demokrit beschrieb,
Entdeckte bald den Tand der prahlerischen Weisen,
Die, unbekannt zu Haus, in fremde Welten reisen,

V. 119 — 146.

Zu sehr uneingedenk, dafs zum gemeinen Wohl
Des Weisen edler Fleifs allein sich üben soll.
Was hilfts, wie Gorgias, des Pöbels Lob zu haschen,
Mit langem Wortgepräng gelehrt von nichts zu waschen?
Entflöfse deinem Mund Hymettens Süfsigkeit;
Wann deine Redekunst sich nicht der Tugend leiht,
So bist du ein Melit. Was sind die stolzen Künste,
Die man von Memfis hohlt? 3) Gefärbte Wasserdünste,
Die im Beschaun vergehn, wie Iris bunter Kreis!
Die ganze Wissenschaft, die mit demantnem Fleifs
Der weise Abderit, 4) von aller Welt entlehnet,
Durch eignes Forschen noch in tausend Bücher dehnet,
Stärkt sie das Herz? Macht sie, wie Agathenors Sohn,
Ein Bild der Mäfsigkeit aus einem Polemon? 5)
Was weifs Hipparchus dann, wenn er von tausend Sternen
Stand, Gröfsen und Bezirk, Verhältnisse und Fernen,
In Ziffern uns entdeckt, da er die Kraft nicht sieht
Die ihre Federn rührt, da ihn ihr Innres flieht?
Was sieht der, der vielleicht uns vom Saturn betrachtet?
Ein Stäubchen, das er kaum aus Millionen achtet.
So siehst du Welten an, die in entwölkter Nacht
Dir ein entkräftet Licht als Punkte sichtbar macht.
Welch eine Finsternifs vermischt sich unsrer Klarheit!
Kaum thun wir einen Schritt in dem Gebiet der Wahrheit,
So endet sich der Schein, den unsre Dämmrung gab;
Wen seine Kenntnifs bläht, dem fehlt der wahre Stab
Zum Mafs der Wissenschaft; das Nichts von seinem Wissen,
Wird, will er weise seyn, Sokrat ihn lehren müssen.

V. 147 — 173.

Die Weisheit, die, vor ihm, die Himmel nur durchspürt,
Hat Sokrates zuerst zur Erden abgeführt. 6)
Er lehrte, wie das Herz den Quell in sich verschliefset,
Aus dem, nicht aus der Welt, uns alles Übel fliefset.
Er, ein erklärter Feind von Wahn und Vorurtheil,
Zeigt uns das echte Gut, und macht die Herzen heil,
Die jede Leidenschaft, von Weisheit nicht gereinigt,
Mehr als das stärkste Gift des wilden Fiebers peinigt:
Die Tugend, die Kleanth in eine Larve hüllt,
Die leicht ein zartes Herz mit Furcht und Ekel füllt;
Die Pflicht, die Aristipp von allem Ernst befreyet,
Und, ohne roth zu seyn, in Lais Arm entweihet, 7)
Zeigt er uns wie sie ist, streng jeglicher Begierd,
Die von der Pflicht uns lockt, und dann die Reu gebiert;
Doch lächelnd für ein Herz, das seine Würde fühlet,
Und auf dem engen Pfad nach wahrem Glücke zielet.
Die Gottheit, die der Wahn, zum Spott der klügern Welt,
In tausend Götzen schneidt und eingekerkert hält,
Lehrt er, von Bildern frey, die unsrer Ehrfurcht wehren,
In ihren Schöpfungen entdecken und verehren;
Sie lafs, Parmenides, des Weltbaus Krone seyn,
Alkmäon giefse sie in die Gestirne ein;
Dem Weisen, der das Nichts von unserm Wissen kennet,
Ist sie zu ehren nur, nicht sie zu sehn, vergönnet.
Wie? dienet der dem Herrn, den uns die Schöpfung zeigt,
Der sein entheiligt Knie in Marmortempeln beugt?
Der kennt und ehret Gott, der ihm zu gleichen trachtet,
Und seine Stimme nie in der Natur verachtet!

V. 174 — 202.

So lehrte Sokrates! — Glückseliges Athen!
Du hast den Mund gehört! du hast den Mann 'gesehn!
Du hast der Pflichten Bild in seinem Thun erblicket,
Du sahst in ihm den Geist, der selber sich beglücket;
Den Redlichen, den Freund, den Menschen, der die Welt
Für seine Vaterstadt und uns für Brüder hält!
Den Richter, den kein Drohn der Kritias beweget,
Den Ehmann, der mit Huld der Gattin Fehler träget, 8)
Den Freund, der in der Schlacht, von gleicher Noth bedroht,
Doch seinen Leib zum Schild der Brust des Freundes both. 9)
Ihr, deren Saiten nur von Weltbezwingern klingen,
Seht meinen Helden an, und schämt euch fortzusingen!
Bleibt neben Sokrates ein Alexander grofs?
Beglückter Xenofon! du wardst in seiner Schoofs
Zum Helden ausgebildt; die Kunst erhabner Seelen,
Die dich unsterblich macht, dem Glücke zu befehlen,
That dir sein Beyspiel kund, und rief die edle Lust,
Sein Ebenbild zu seyn, in deine junge Brust.
Wer hätte seinem Werth sich nicht ergeben müssen?
Selbst Alcibiades ward von ihm hingerissen!
Sein Antlitz, wo sich Ernst in Anmuth sanft ergofs,
Nahm schon die Seele ein. Von Venus Gaben blofs,
Verschönt er die Natur, die ihn dem Delfin 10) gleichte,
Mit Mitteln ohne Kunst, die ihm die Weisheit reichte;
Bey aufgeklärter Stirn und lächelndem Gesicht,
Beleidigt unsern Blick die Faunennase nicht:
Und darf er nicht beym Mahl, obgleich die Gäste lachen,
Dem schönen Kritobul den Vorzug streitig machen? 11)

V. 203 — 229.

Im Schoſs der Armuth hat die Weisheit ihn beglückt.
Vom Reichthum unbeschwert, vom Mangel nicht gedrückt,
Vergnügt' er die Natur, die nie zu viel begehret,
Und unterm Schieferdach des Marmors leicht entbehret.
Nie, Vorsicht, hat er dich mit eitlem Flehn ermüdt;
Was fehlt dem, der sein Glück in sich gegründet sieht?
Nie hat er euch beneidt, ihr Thoren auf den Thronen;
Dem fehlts an Lorbern nicht, der misset keine Kronen,
Der in sich selber herrscht, und die Begier besiegt,
Zu deren Füſsen selbst der Weltbezwinger liegt.

Gefällt mein Lehrer dir? Erkennest du den Weisen,
Den Plato, Xenofon, der tauben Nachwelt preisen?
Ist er der Sorgen werth, die meinen Geist bemühn,
Und, ähnlich ihm zu seyn, mir Scherz und Schlaf entziehn?
Doch, Freundin, könnt ich dir von einem solchen Leben,
Den würdigsten Beschluſs mit Platons Zunge geben,
Da würdest du den Mann in seiner Gröſse sehn,
Den Kerker und Anyt mehr als Apoll erhöhn;
Sehn, mit Entzückung sehn, wie nun der Mensch vergehet,
Und Stufenweise sich zu einem Gott erhöhet.
Zwar weintest du vielleicht, von frommer Wehmuth voll,
Daſs hier das Laster siegt, die Tugend leiden soll;
Doch welche Wollust ist so süſs als solche Schmerzen?
Sie sind das Eigenthum von tugendhaften Herzen.
Ja, Freundin, traure nur, wenn Kerker, Gift und Tod
Dem Besten seiner Zeit, dem Stolz der Menschheit, droht!
Wenn ein Aristofan in spotterfüllten Scenen

V. 230 — 245.

Es kecklich wagen darf den Weisen zu verhöhnen,
Wenn einen Sokrates Melit zum Urtheil führt,
Und was Belohnung heischt, Stoff zur Verdammnung wird;
Wenn seine Freund' ihm nun zum Kerker folgen müssen,
Wer tadelt sie und uns, wenn unsre Thränen fliefsen?

Jedoch ein Sokrates will nicht bejammert seyn;
Bey eines Weisen Tod soll sich sein Freund erfreun.
Er fleht den Richtern nicht, die ihn zu beugen hoffen,
Beym Urtheil lächelt er, die Kläger stehn betroffen.
Er schlägt die Lösung aus, die ihm die Freundschaft both,
Und fliegt dem Kerker zu, und segnet seinen Tod,
Ihn, der das Göttliche, in unserm Leib verschlossen,
Zurück zur Quelle führt, aus der es ausgeflossen.
Dort sieht im reinen Licht, das um die Gottheit fliefst,
Sein nebelfreyer Geist das was wahrhaftig ist;
Dort liegt der Plan vor ihm, wornach die Vorsicht handelt;
Dort findet er, die ihm zum Himmel vorgewandelt,
Die Edlen, deren Ruhm noch in Verdiensten lebt,
Die Weisen, denen er zu gleichen sich bestrebt.

So hofft mein Sokrates, und lässet mit Vergnügen
Weit unter seinem Fufs die kleine Erde liegen;
Er nimmt den Schierlingskelch, so frey von Angst und Gram,
Wie dort Anakreon den Rosenbecher nahm, 12)
Reitzt seine Freunde, sich nach seinem Glück zu sehnen,
Und lächelnd scheidet er von ihren frommen Thränen.

———

Anmerkungen.

1) Seite 242. Um der Schönheit und Anmuth seiner Schreibart willen, wurde Xenofon von Dichtern seiner Zeit die Attische Muse genannt.

2) S. 242. So hiefs die vornehmste öffentliche Gallerie in Athen, von den verschiedenen Schildereyen, womit sie von den grofsen Meistern Polygnotus, Pandämus, Mykon, ausgezieret war. Sie stellten meistens die Thaten des Theseus und einiger berühmten Athenienser vor, wie Pausanias *in Atticis* weitläufig erzählt.

3) S. 243. Man stund damahls in Griechenland in der Einbildung, dafs bey den Agyptischen Priestern tiefe Geheimnisse der Weisheit verborgen lägen, deren Ruf den Anaxagoras, Demokritus, ja sogar den Plato, dessen Wissensdurst die reine Lebensweisheit seines grofsen Meisters nicht zu stillen vermochte, nach Memfis und Sais zog.

4) S. 243. Demokritus.

5) S. 243. Ein üppiger Athenischer Jüngling, an welchem Xenokrates, Agathenors Sohn, ein echt Sokratischer Nachfolger Platons in der Akademie, das berühmte Wunder von einer plötzlichen Bekehrung wirkte. Mit Rosen bekränzt, von Salben triefend, und in einer seinen losen Sitten gemäfsen Kleidung, taumelte Polemon in die Schule des ehrwürdigen Alten, um seiner Ernsthaftigkeit zu spotten. Xenokrates fing an, so bald er ihn erblickte, von der Mäfsigkeit zu reden, und

machte in kurzem den Jüngling so aufmerksam, daſs er seine Rosenkränze weg-
warf, bald darauf seine Kleider zusammen zog, sich unter die Lehrlinge des Xenokrates begab, und von Stund' an ein so eifriger Schüler der Weisheit und Tugend
wurde, daſs er seinem Lehrer in der Akademie folgen konute.

6) S. 246. *Socrates mihi videtur primus a rebus occultis et ab ipsa natura
involutis, in quibus omnes ante eum Philosophi occupati fuerant, avocavisse phi-
losophiam et ad vitam communem adduxisse, ut de virtutibus et vitiis quaereret
etc.* Cicero, *Acad. quaest. L. I. c. 4.*

7) S. 246. Dieser höfische Filosof antwortete einem, der ihm die Lais vor-
rückte: Lais besitzt mich nicht, ich besitze sie.

8) S. 247. Unsere Zeiten, welche mehrern fälschlich angeklagten und ver-
schreyten Alten Gerechtigkeit widerfahren lassen, haben auch die bekannte Xan-
tippe unschuldiger befunden, als man ehedem glaubte. Indessen zeigen uns Stellen aus dem Xenofon, daſs sie eben nicht den zärtlichsten und sanftmüthigsten
Karakter gehabt; denn Sokrates heirathete sie, um sich an ihr in der Geduld und
Menschenliebe zu üben.

9) S. 247. Sokrates rettete, nach der unglücklichen Schlacht bey Potidäa,
seinen jungen verwundeten Freund, Alcibiades, indem er ihn sammt seinen Waffen
mitten durch einen feindlichen Haufen davon trug.

10) S. 247. In der Sammlung der Bilder der Helden und groſsen Männer
des Alterthums, welche Johann Angelus Canini gemacht, und de Chevrieres
ins Französische übersetzt zu Amsterdam 1731 heraus gegeben hat, ist ein Jaspis
abgezeichnet, in welchen der Kopf des Theätetus geschnitten ist, der statt der
Mütze eine Larve hat, die von der einen Seite einen Delfin, und von der andern
den Sokrates vorstellet. Die Haare des Jünglings machen den Bart des Alten aus,
und die Ähnlichkeit, welche der kahle Kopf und die gebogene Nase dem Sokrates
mit einem Delfin giebt, widerlegen die Gelehrten genugsam, welche diesen Weisen
mit Gewalt verschönern wollen, ob ihnen gleich die Augenzeugen Platon und

Xenofon zuwider sind. Auf diesen Stein, wo Theätetus, Sokrates und der Delfin alle drey einander ganz gleich sehen, welches auch mit dem Zeugnisse der Alten überein kommt, folgen zwey andere wo Sokrates und Silenus einander so ähnlich sind, als ob sie Zwillinge wären.

11) S. 247. Dieser scherzhafte Streit des Weisen mit dem schönen Kritobulus ist, so wie ihn Xenofon in seinem Gastmahl erzählt, eines von den schönsten Beyspielen von dem, was die Attische Urbanität und das Attische Salz genennt wurde, so uns aus diesen glücklichen Zeiten übrig geblieben ist.

12) S. 249. *Ode XXVI.*

ZEHNTER BRIEF.

O praeclarum diem, cum ad illud divinum animorum concilium coetumque proficiscar, eumque ex hac turba et colluvione discedam!

Cicero.

V. 1 — 12.

Die Weisheit, die allein den Menschen leben lehrt,
Macht ihm den Tod beliebt, der andrer Ruhe stört.
Er hat nichts schreckliches für aufgeklärte Seelen.
Der Aberglaube mag sich mit Gespenstern quälen,
Er öffnet unserm Blick ein paradiesisch Feld,
Ein Leben ohne Schmerz, und eine beßre Welt.

Zwar eilet auch der Held mit unerschrecktem Muthe
Zum gegenwärt'gen Tod, und zahlt mit theurem Blute
Den Zweig, von dem sein Land ihm ganze Wälder schenkt,
Der aber dann nur reitzt, wenn Menschenblut ihn tränkt.
Voll Trotz hört ein Huron zum Tode sich verdammen,
Lacht seine Mörder an, und jauchzet in den Flammen;

V. 13 — 59.

Vor Alexandern zündt der nackende Kalan,
Der Inden Herkules, sich seinen Holzstofs an.
Stirb, Thor, doch hoffe nicht der Helden glänzend Leben,
Die ihr geweihtes Blut dem Vaterland gegeben;
So stirbt der Weise nicht! er lebet als ein Held;
Und fliefst sein heilig Blut, so fliefst es für die Welt.
Sein Leben mit dem Tod sokratisch zu vertauschen,
Darf ihn kein Vorurtheil, nicht Stolz noch Wuth berauschen.
Er, welchen die Vernunft die Kunst zu sterben lehrt,
Braucht keines Mittels nicht, das die Vernunft entehrt;
Die Wollust hat für ihn kein Paradies gebauet;
Er lacht des Acherons, vor dem den Thoren grauet.

Wenn Wahn und Leidenschaft des Pöbels Muth erweckt,
Wer nennt mir die Gefahr, die seinen Unsinn schreckt?
Doch, dafs ein freyer Blick, den keine Houris blenden, ¹)
Den nicht Bellona ruft mit Lorbern in den Händen;
Noch mehr, dafs selbst im Schoofs der ird'schen Seligkeit,
Ein leicht gerührtes Herz des Todes Bild nicht scheut;
Diefs ist der Weisheit Werk! Nur sie schafft Heldenherzen,
Und lehrt den Sokrates dem Tod entgegen scherzen. ²)

Wie mitleidwürdig ist, wie aller Hoffnung blofs,
Wer seiner Wünsche Ziel in dieser Welt verschlofs?
Nicht klugen Wandrern gleich, die nur ihr Ziel ereilen,
Und die kein Lotus reitzt, sich bey ihm zu verweilen.
Der arme Harpagon, dem nichts mehr übrig bleibt,
Wenn ihn sein Bild, der Tod, von seinen Säcken treibt;
Die schöne Lydia, an die kein Schnitzbild reichet,

V. 40 — 66.

Der Knidens Venus selbst, nur nicht an Härte, weichet;
Der Bruder vom Silen, der weiche Sybarit,
Dem nun mit Wein und Kuſs sein ganzes Glück entflieht;
Der prächtige Mäcen, dem mit Numidschen Säulen
Auf der getreuen See beschwerte Schiffe eilen, 3)
In dessen Eigenthum das halbe Paros gleiſst,
Der zu Neptuns Verlust Gebirge niederreiſst, 4)
Als ob er ganz allein dem Tod sein Recht nicht zollte,
Und sein Elysium sich hier erschaffen wollte;
Die alle, Freundin, sprich, sind sie nicht Thränen werth,
Da mit dem letzten Hauch ihr ganzes Gut entfährt?
Wie furchtbar muſs der Tod sich solchen Seelen mahlen,
Die ihm die Ewigkeit mit ihrem Glück bezahlen?
Die Ewigkeit, die nur dem Weisen brauchbar ist,
Der willig hier entbehrt, und dort erst recht genieſst.
Dort wo zu neuer Lust den Geist kein Leib umfasset,
In einer öden Nacht, die Scherz und Freude hasset,
Wo die Natur kein Gold den öden Bergen gab:
Wie sehr wünscht da der Thor auch seinem Geist ein Grab?
Beglückt ist Lydia, sie schonet unsrer Klagen;
Sie stirbt mit ihrem Leib und wird davon getragen;
Sie wuchs und grünt' und blüht' und welkt', und fiel nun ab,
Und ihren schönsten Theil verschlingt nunmehr das Grab;
Für eine Seele darf sie keine Rechnung geben,
Die war ein Embryon und fing nie an zu leben.

Doch welch ein Theofrast mahlt mir den Tigellin,
In dessen eigner Brust der Höllen Flammen glühn?

V. 67 — 94.

Der Feind des Vaterlands, die Geißel seiner Bürger,
Des Fürsten Sklav und Herr, so vieler Heere Würger,
Ein Nero, ein Sejan, ein Filipp, ein Gregor,
In welcher Schreckgestalt stellt der den Tod sich vor?
Der Gottesläugner, den kein Blitz, kein Richter beuget,
Der nicht den schwächsten Rest der Menschlichkeit gezeiget,
In welchen Schauern starrt sein nie erschüttert Herz,
Wenn sich der Tod ihm naht? Wie marternd ist sein Schmerz?
Mein Geist erliegt bestürzt den jammervollen Bildern,
Ihr Schatten schreckt ihn schon; ihn mag ein Dante schildern!

   Noch glücklicher ist der, der zu vergehen glaubt,
Wenn dem belebten Blut der Tod den Umlauf raubt;
Der mit gelaßnem Muth der Nerven Ohnmacht spüret,
Und, wie im Nireupan, 5) sich sanft ins Nichts verlieret.
Doch welche Seligkeit? beym bloßen Wort Vergehn,
Erbebt mein ganzes Herz, und glaubt schon still zu stehn.
Ein Herz, von Wünschen heiß, die nie gesättigt werden,
Das mitten im Genuß der Freuden dieser Erden
Nach unbekannten lechzt; ein Geist, der sich empfindt,
Und seine Grenzen nicht in Raum und Zeiten findt,
Wie kann der ohne Angst an sein Vergehen denken,
Und in des Undings Schlund gelaßne Blicke senken?
Der, dessen Unglück noch um unser Mitleid wirbt,
Der an der kalten Brust der schönen Thisbe stirbt;
Die Dido, die Virgil so rührend jammern lässet,
Daß ihrer Thränen Strom die unsrigen erpresset,
Ist minder hoffnungslos, als ein Averroist, 6)
Deß abgeschiedner Geist in dünne Luft zerfließt.

V. 95 — 122.

Der ist bedauernswerth, den seine Zweifel quälen;
Allein wie nenn ich euch, ihr pöbelhaften Seelen,
Euch, die, zur Schmach der Zeit, wo die Vernunft regiert,
Die ungeborne Welt dereinst verachten wird,
Euch Sklaven, die, der Lust mit Sicherheit zu fröhnen,
Sich nach der Lais Tod und nach Vernichtung sehnen? [7]
Vergeht nur, die ihr so die Menschlichkeit entehrt;
Wer solche Wünsche thut, ist seiner Wünsche werth.
Doch wer sich menschlich fühlt, fühlt auch den Trieb zum Leben
Sich bis zur Ewigkeit in seiner Brust erheben.
Dieselbige Begier, die uns zu Thaten zieht,
Durch die der Helden Lob noch in den Sternen glüht;
Die Memfis Herrscher trieb, in aufgebirgten Steinen,
Vor denen Rom noch staunt, der Nachwelt grofs zu scheinen;
Die in der Alten Brust die Tugend angefacht,
Die Zeit und Alterthum nur glänzender gemacht;
Die durch Homerus Mund der Nachwelt vorgesungen,
Und sich im Maro kühn dem Griechen nachgeschwungen;
Dieselbige Begier, die alle Grenzen scheut,
Ist unserm Geist ein Pfand der Unvergänglichkeit.

O selig, wer in Gott der Wesen Endzweck siehet,
Und besserm Leben zu mit seinen Wünschen fliehet!
Wer hier der Tugend schon mit Eifer nachgestrebt,
Und mitten in der Zeit der Ewigkeit gelebt;
Mit Freuden wird er sich von dieser Erde schwingen,
Und zum beglückten Kor belohnter Weisen dringen.

Ist, Freundin, diese Welt wohl unsrer Herzen werth,
Wo Tugend Schande macht, und nur das Laster ehrt?

V. 123 — 149.

Wo Leidenschaft und Tand fast jede That gebieret,
Wo Epiktetus dient, Domizian regieret;
Wo sich zum Mittelpunkt ein jeder selber setzt,
Wo man Verdienst und Witz nach Stand und Reichthum schätzt;
Wo Rapax durch die Kraft der zaubrischen Dukaten,
Uns mit Verdiensten blendt; 8) wo die geringsten Thaten
Der Thoren, die das Glück, und nie ihr Werth, erhebt,
Ein schmeichlerischer Sklav' in Erz und Marmor gräbt?
Nein, Doris, hier ists nicht, wo unsre Wohlfahrt blühet!
Dort wo dein schöner Blick den weisen Gürtel siehet,
Der seinen Silberglanz von tausend Erden lehnt,
Die beßrer Sonnen Strahl zur Wohnung uns verschönt; 9)
Dort ruft uns unser Lohn, dort freuen sich die Weisen,
Daß wir zu ihrem Glück auf ihrer Straße reisen.
Dort täuschet unsern Wunsch kein wesenloser Wahn;
Dort strahlt uns die Natur durch beßre Sinnen an;
Dort endet alles Weh, dort fließen unsre Zähren,
Nicht mehr von Gram erpreßt, nur unsre Lust zu nähren.
Dort sättigt unsern Geist ein unvergänglich Glück,
Und eine Ewigkeit wird ihm zum Augenblick.

So wenig schrecklichs hat der Tod für freye Augen,
Die durch den äußern Schein zum Grund zu dringen taugen!
Bebt auch ein Wanderer, in Wüsteney'n verirrt,
Vor einem Freunde, der zum Ziel der Reis' ihn führt?
Was, Kenner der Natur, hat uns der Welt gegeben?
War nicht des Thieres Tod der Weg zu diesem Leben?
Des Engels Leben ist des vor'gen Menschen Grab!

V. 150 — 168.

So legt ein träger Wurm die goldne Hülle ab,
Erhebt sich buntbeschwingt in ungewohnten Lüften,
Und nährt, statt Erde, sich mit junger Rosen Düften.
Vielleicht.dafs uns auch dort, wo unser Glück jetzt winkt,
Ein minder bittrer Tod in neue Welten bringt!
Kein unbeweglich Ziel zwingt uns in enge Kreise,
Der Geister rege Kraft weicht stets aus ihrem Gleise
In eine gröfsre Sfär: so tritt aus seiner Bahn
Ein kühner Mond, und glänzt entfernte Himmel an.
O reiche Hoffnungen für aufgeklärte Seelen!
Wird wohl, wer euch besitzt, sich Attals Schätze wählen?
Beynah versucht ihr mich, wie einst Sokratens Tod
Und die Unsterblichkeit den edeln Kleombrot. 10)

Doch nein; ein höh'rer Schlufs verbindet uns der Erden.
Die Ewigkeit verdient, mit flüchtigen Beschwerden
Von uns erkauft zu seyn. Vollend erst deinen Lauf,
Und steig, auf engem Pfad, zum schönen Ziel hinauf;
Denn nur zum Sterben ward dics Leben uns gegeben,
Und was der Tod uns schenkt, das ist das wahre Leben.

Anmerkungen.

1) Seite 254. Diesen Nymfen des Mahommedischen Paradieses wird hier die Gabe zu blenden nicht hyperbolischer Weise zugeschrieben; denn sie haben (nach der Versicherung der Kommentatoren des Korans) Augen, die so groß wie Hühnereyer und von solchem Glanze sind, daß wenn sich eine von ihnen um Mitternacht auf Erden sehen ließe, sie es so helle machen würde, als die Sonne am Mittag.

2) S. 254. Man würde mich sehr unglücklich verstehen, wenn man meinte, ich rechne hierdurch meinen Weisen unter die großen Männer des Herrn *Deslandes*, die scherzend gestorben sind. Man muß ein Sokrates oder Thomas More seyn, um dem Tode so entgegen scherzen zu können, daß die Weisheit Antheil daran hat.

3) S. 255. S. *Horat. Od.* 18. *L. II.* und den 92 Brief des Seneka.

4) S. 255. *Contracta pisces aequora sentiunt*
Actis in altum molibus; huc frequens
Caementa demittit redemtor, etc.

Horat. L. III. Od. I.

5) S. 256. N i r e u p a n ist das Paradies oder vielmehr die Seligkeit der Siamesen, worin die Seele so glücklich ist, gar nichts zu empfinden noch zu begehren. Foe, dessen Meinungen durch ganz Indien ausgebreitet sind, verweiset auf eine eben so subtile und schläfrige Seligkeit, welcher Epimenides von Kreta sehr nahe

gekommen seyn mufs, der in einer Höhle sieben und funfzig Jahre nach einander fortgeschlafen hat; wenn die, nach S. Pauls Zeugnifs, sehr unzuverlässigen Kreter, die es ihm nachsagen, nicht gelogen haben.

6) S. 256. So hiefsen einige freye Köpfe, welche sich die psychologischen Lehrsätze des Alexander von Afrodisien und des Averroes gefallen liefsen, und sich im funfzehnten Sekulum in Italien so fürchterlich machten, dafs ihnen durch das letzte Lateranische Concilium Einhalt gethan werden mufste.

7) S. 257. La Metrie, z. B.

8) S. 258. *Scilicet uxorem cum dote, fidemque et amicos*
Et genus et formam regina pecunia donat,
Et bene nummatum decorant Suadela Venusque.

Horat. Sat. I, L. I.

9) S. 258. Die Milchstrafse war, nach der Meinung einiger filosofischen Sekten, die Wohnung der seligen Abgeschiedenen. *Ea vita, vita in coelum est, et in hunc coelum eorum qui jam vixerunt et corpore laxati, illum incolunt locum, quem vides; erat autem is splendidissimus candore inter flammas circus elucens, quem vos ut a Grajis accepistis, orbem lacteum nuncupatis etc.*

Cicero in Somn. Scip.

10) S. 259. Ein Jüngling, den nach Lesung des Gesprächs von der Unsterblichkeit der Seelen, welches Plato aus den letzten Reden des Sokrates verfafste, eine so grofse Begierde nach dem zukünftigen Leben ergriff, dafs er sich ins Meer stürzte, um ungesäumt zu einer so grofsen Glückseligkeit zu gelangen.

ENDE DES ERSTEN BANDES.

Leipzig,

gedruckt bey Georg Joachim Göschen.

www.ingramcontent.com/pod-product-compliance
Lightning Source LLC
Chambersburg PA
CBHW030642030726
47497CB00006B/1909